Petra Zeichner
Katerdämmerung

Für Hannelore,
ein „Kriminelles"
Lesevergnügen
wünscht
Petra Zeichner

Für meine Gruppe

PETRA ZEICHNER, geboren 1962 in Kassel, ist Journalistin. „Katerdämmerung" ist ihre erste Buchveröffentlichung, der Katzenkrimi erschien erstmals im Februar 2015 als E-Book. Sie lebt mit ihrem Mann und einem Kater in der Wetterau.

Petra Zeichner

Katerdämmerung

Ein Katzenkrimi

FSC
www.fsc.org
MIX
Papier aus verantwortungsvollen Quellen
Paper from responsible sources
FSC® C105338

Bibliografische Information der Deutschen Nationalbibliothek:
Die Deutsche Nationalbibliothek verzeichnet diese Publikation in der Deutschen Nationalbibliografie; detaillierte bibliografische Daten sind im Internet über http://dnb.dnb.de abrufbar.

Herstellung und Verlag:
BoD – Books on Demand, Norderstedt

ISBN 978-3-7392-0228-0

Inhalt

Floras Fluch

Der Dobermann preschte heran. Mit voller Wucht warf er sich gegen den Maschendraht des Zwingers.

„Blöder Köter", rief der Mann und knallte die Autotür wieder zu.

Knurrend zog sich der Hund auf das Dach seiner Hütte zurück. Der Mann unternahm einen weiteren Anlauf auszusteigen und ließ sich diesmal nicht von dem erneut bellenden Hund abschrecken. Er nahm aus dem Kofferraum seines Kombis einen Karton und ging damit quer über den Hof. Dicke Regentropfen fielen auf sein glatt gekämmtes schwarzes Haar. Der Himmel war dunkelgrau, in der Ferne donnerte es.

Robin, der die Szene durch das gekippte Fenster des Tierheims beobachtet hatte, legte die Ohren an, sprang von der Fensterbank und verkroch sich unter dem Regal gegenüber der Eingangstür. Als der Mann die Tür öffnete, über der in großen, geschwungenen Buchstaben „Amalienhof" stand, prasselte der Regen auf ihn herab. Schnell trat er ein.

„Hallo, da sind Sie ja", begrüßte ihn die Tierpflegerin, die hinter einem Tresen am Computer saß. Der Mann stellte den Karton darauf ab und schüttelte sich, um die Regentropfen aus den Haaren zu bekommen. Wasser spritzte auf den Tresen und auf einige dort verteilte Schriftstücke. Robins Rückenhaar sträubte sich. Er mochte den Mann nicht. Es war nicht das erste Mal, dass er ihn hier sah. Der große, grau-schwarz getigerte Kater mit dem weißem Bauch und den weißen Beinen verließ seine Deckung, baute sich hinter dem Mann auf und brummte laut. Der fuhr herum. Sein Lächeln sah gezwungen aus.

„Was hat er denn, der Gute?" sagte er, ging in die Knie und streckte Robin seine rechte Hand entgegen.

„Verdammt!"

Fluchend zog der Mann die Hand zurück und betrachtete die Kratzer auf dem Handrücken. Sie waren tief und bluteten.

„Das tut mir leid“, sagte die Tierpflegerin und schaute mit gerunzelter Stirn den Kater an, der sich wieder unter das Regal zurückgezogen hatte, nur um von dort noch lauter zu brummen. „So kenne ich ihn gar nicht. Was ist bloß in ihn gefahren?“

Zu dem Mann gewandt fuhr sie fort:

„Hier, bitte, Pflaster. Ich hoffe, Sie sind gegen Tetanus geimpft?“

„Bin ich“, sagte der Mann ärgerlich. „Ist Ihr Kater gegen Tollwut geimpft?“

„Natürlich. Bei uns bekommen alle Tiere immer die notwendigen Impfungen.“

„Na, dann will ich mal nicht so sein“, sagte der Mann. „Schließlich ist Ihr Tierheim einer meiner besten Kunden.“ Er öffnete den Karton. „Ihre Bestellung.“

Zwei Monate später wanderte Flora durch einen Raum im Tierheim. Kaum hatte sie sich auf den alten Handtüchern unter dem Tisch niedergelassen, raffte sie sich wieder auf. Auch auf den Zeitungen in der Höhle im Kratzbaum behagte es ihr nicht. Robin beobachtete sie vom obersten Podest eines Kratzbaums aus. Er verstand Flora nicht. Sonst war sie nicht wählerisch, und nun wollte sie sich nicht entscheiden. Ihre Schritte wurden beschwerlicher. Zwischendurch miaute sie schmerzerfüllt und krümmte sich zusammen. Bei jedem Schritt wackelte ihr dicker Bauch hin und her. Dann unterbrach sie ihre unruhige Wanderung und blieb mitten im Raum stehen. Ein kleines Kätzchen glitschte aus ihrem Hinterteil und plumpste auf den harten Betonboden. Dort blieb es mit verklebten Augen liegen. Die

Katze drehte lustlos den Kopf nach dem reglosen kleinen Körper. Robin sprang auf.

„Flora!“, miaute er laut. „Du musst dich darum kümmern!“

Doch Flora ging ein paar Schritte weiter und blieb wieder stehen. Erneut fiel ein Kätzchen auf den Betonboden und blieb dort reglos liegen. Dann fing es leise an zu jammern. Die Katze ging, ohne sich noch einmal umzudrehen, in das Außengehege.

Das Kätzchen wimmerte weiter. Robin sprang mit einem Satz von dem Kratzbaum. Er beschnüffelte den kleinen Körper, nahm das winselnde Kätzchen vorsichtig ins Maul, trug es zu den Handtüchern, legte es ab und begann es zu lecken. Mit seiner rauen Zunge entfernte er den Schleim von der Nase, vom Mund und aus den Augen des Welpen. Unter dem Lecken kam langsam das Fell zum Vorschein, schwarz-weiß wie das seiner Mutter.

Als die Tierpflegerin zehn Minuten später in den Raum kam, sah sie das tote Kätzchen auf dem Fußboden.

„Aber so was!“ rief sie und schaute sich suchend um. „Das gibt es doch gar nicht. Flora! Floraaa!“

Doch Flora kam nicht. Die Pflegerin hob den Welpen auf und legte ihn in einen Pappkarton. Dann hörte sie das Fiepen.

Sie nahm den zweiten Welpen samt Handtuch hoch und streichelte dem Getigerten über den Kopf. „Mal wieder ein Fall für die Milchflasche, hm?“

Robin folgte der Tierpflegerin. Den Kleinen ließ er nicht aus den Augen. Er strich ihr noch um die Beine, als sie sich an den Schreibtisch setzte und Floras Nachwuchs mit einem Handtuch abrieb.

„Ich verstehe das nicht“, sagte die Tierpflegerin gleich darauf am Telefon. „Ich dachte, ich suche mal bei dir als einer Kollegin Rat. Floras Trächtigkeit verlief bisher normal. Und jetzt kommen die Kätzchen zwei Wochen zu früh auf die Welt. Außerdem ist es seltsam, dass sie sich nicht wenigstens um das Überlebende gekümmert hat."

Sie hatte den Lautsprecher am Telefon angeschaltet. Während sie die Antwort hörte, versuchte sie, dem Tierbaby einen mit Katzenmilch benetzten Finger in das Maul zu stecken. Robin sprang auf den Schreibtisch und sah ihr mit gespitzten Ohren zu.

„Vielleicht war es zu laut? Zu viele andere Katzen? Oder habt ihr erst kürzlich etwas umgeräumt? Das kann die Katzenpsyche stark belasten", sagte die Kollegin am anderen Ende der Leitung.

„Nein, nein, alles beim Alten. Und dazu kommt, dass Flora schon einmal eine Geburt hatte, damals ging alles glatt."

„Also ist sie keine Anfängerin mehr."

„Genau", bekräftigte die Pflegerin vom Amalienhof. „Ich mache mir Vorwürfe. Haben wir irgendetwas falsch gemacht? Ich bin nur kurz rausgegangen, weil ich mich um die kürzlich operierte Hündin kümmern musste. Ich bin heute alleine hier und sie hat so laut gebellt."

„Aber nein", unterbrach sie die Kollegin. „Hör´ mal, wir tun alle, was wir können. Aber mit so vielen Ehrenamtlichen und noch dazu, wo wir auf Spenden angewiesen sind. Wir können nicht überall gleichzeitig sein."

„Ich ruf´ mal bei unserem Tierarzt an, vielleicht weiß der etwas."

Die Kollegin seufzte. „Wenn du meinst, aber glaub´ mir: Du hast alles richtig gemacht. Sei doch froh, dass der Kater sich des kleinen Wesens angenommen hat."

„Das ist allerdings wahr", antwortete die Tierpflegerin und lachte erleichtert. „Seit über zehn Jahren bin ich hier, aber so etwas habe ich noch nicht gehört, geschweige denn erlebt. Was für ein Glück, dass er es nicht tot gebissen hat.“

Die Tierpflegerin sprach mit dem Tierarzt des Amalienhofes. Doch weder der noch sein Kollege konnten sich die Frühgeburten und das ungewöhnliche Verhalten der Katze Flora erklären.

Die Pflegerin hielt dem Kätzchen wieder einen Milchfinger vor das Maul. Der kleine Schwarz-Weiße drehte seinen Kopf zur Seite. Robin nahm ihn ins Maul und legte ihn so, dass er mit der Nase an den Finger stieß. Der Welpe schnaubte und begann, an dem Finger zu nuckeln.

Robin hatte schon viele Geburten gesehen, doch noch nie hatte er eine Katze erlebt, die sich nicht um ihre Jungen kümmerte. Das war nicht normal.

Von Freund zu Feind

Mit steifen Beinen stand er auf dem Bürgersteig. Vor ihm versperrte Mankowski den Weg nach Hause. Robin sah ihn nicht oft. Aber wenn er ihn sah, endete es jedes Mal mit einer Flucht seinerseits in das nächste Gebüsch oder auf den nächstbesten Baum. Der Mann hob seinen Gehstock und schimpfte:

„Da bist du wieder, du Biest. Ihr grabt meine Beete um, ihr bepinkelt und verätzt meine Rosen, ihr jault nachts, und ich kann nicht schlafen!“

Robin machte einen Buckel und stellte seinen Schwanz steil auf. Dann sträubte er seine Haare entlang des schwarzen Haarstreifens auf seinem Rücken und seinen grauschwarz getigerten Schwanz machte er buschig wie einen Staubfeudel. Er knurrte. Mit diesen Drohgebärden hatte er bisher jeden Rivalen in die Flucht geschlagen.

„Was? Willst du etwa frech werden?“ Der Alte schrie auf Robin ein und ging einen Schritt auf ihn zu. Kein anderer Kater, den Robin kannte, hielt so lange einem schreienden Menschen stand. Als der alte Mann mit erhobenem Stock auf Robin zukam, war es auch ihm zu viel. Er machte aus dem Stand einen Sprung, drehte sich um fünfundvierzig Grad in der Luft und rannte in weiten Sätzen auf den großen Kastanienbaum zu, der in dem Garten des Hauses stand, das seit einiger Zeit sein Zuhause war. Mit einem gewaltigen Satz landete er einen Meter hoch an dem dicken Stamm und kletterte bis zum ersten Ast. Seine Vorderbeine hatte er dabei breit ausgefahren, als wollte er den Stamm umarmen. Mit den Hinterbeinen stieß er sich immer wieder kräftig ab. Dann sprang er von Ast zu Ast, bis er auf den Balkon des vierten Stocks springen konnte. Vor der Balkontür setzte er sich hin, hob die rechte Vorderpfote und klopfte an.

Durch die Scheibe sah Robin, wie Johanna Schöning mit einem Geschirrtuch über der Schulter aus der Küche kam. Sie lächelte, als sie ihn erblickte und öffnete die Balkontür. Robin wollte in die Küche laufen. Da fiel ihm ein, dass er sich noch nicht gedrückt hatte. Drücken mochten seine Besitzer besonders gerne. Also lief er zurück und drückte sich an Johannas Beine. Sie beugte sich hinunter und streichelte über seinen Rücken. Das wiederum mochte Robin gerne. Er buckelte der streichelnden Hand entgegen.

Das Telefon klingelte. Johanna lief in den Flur, Robin in die Küche. Es war Zeit fürs Abendessen. Er spähte in die Ecke hinter der Tür, wo seine Fressnäpfe normalerweise standen. Nichts. Robin hob den Kopf und schnüffelte. Er roch Fisch. Johannas Stimme kam immer noch aus dem Flur. Es war ihm nicht wohl bei dem Gedanken, auf die Arbeitsplatte zu springen. Nicht, dass es zu hoch wäre. Es war verboten. Deshalb tat er es nur, wenn niemand seiner Besitzer in der Nähe war. Sein Magen war leer, die Maus war ihm vorhin entwischt. Zwar hatte er sie schon zwischen seinen Zähnen, schlaff hing sie in seinem Maul, der Kopf zur einen Seite heraus, der Schwanz zur anderen. Doch als er sie absetzte, um ihr den Kopf abzubeißen, war sie plötzlich auf und davon geflitzt.

Mit einem Satz war Robin auf der Holzplatte. Dort lagen drei Forellen auf einem Teller. Der Kater schnappte sich eine und wollte mit ihr unter dem Tisch verschwinden.

„Oh nein!", rief Johanna, die just in diesem Moment in die Küche kam. Sie schwenkte das Geschirrtuch.

„Gehst du da runter!", rief sie noch lauter, als Robin nicht von dem Fisch lassen wollte. Das Tuch sauste auf sein Hinterteil nieder. Es tat nicht weh, aber es war unangenehm. Er ließ den Fisch Fisch sein, sprang von der Arbeitsplatte und setzte sich in die Mitte der Küche. Er hatte Hunger und Johanna war sauer. Wenn sie sauer war, gab es kein Futter. Also musste er Johanna versöhnen, damit er sein Abendessen bekam. Er begann zu schnurren. Johanna ignorierte ihn und spülte die Fische unter dem Wasserhahn ab. Robin ging zu ihr und presste sich an ihre Beine. Johanna schob ihn zur Seite und trocknete den Fisch mit einem Papiertuch ab. Robin war einen Schritt weiter. Wäre sie noch sehr ärgerlich, würde sie ihn aus der Küche verbannen. Er warf sich auf den Küchenfußboden, der dank der Fußbodenheizung warm war, und rollte sich hin und her. Dann streckte er sich und miaute auffordernd. Johanna grinste. Robin hatte gewonnen. Zum Abendessen gab es für ihn Forelle mit Gartenkräutern.

Eine Stunde später saß Robin drei Stockwerke unter der Wohnung von Schönings in der Braunfelsschen Wohnung im Flur. Hier hoffte er auf einen Nachschlag. Weil Johanna meinte, er sei zu dick, bekam er gerade so viel, dass der ärgste Hunger gestillt war.

„Ich weiß nicht, Jens“, sagte Elke Braunfels gerade in der Küche.

„Wieso denn nicht?“, fragte Jens. „Überleg mal: Es ist nicht nur so, dass wir uns um sie kümmern müssen. Sie kümmern sich auch gewissermaßen um uns.“

„Katzen?“ fragte Elke mit erhobener Stimme. „Wie sollten sich Katzen um uns kümmern?“

Jens seufzte. „Hör´ mal, meinst du, ich merke nicht, wie du seit … seit damals traurig bist?“

„Ich kann nichts für die Fehlgeburt“, sagte Elke mit schriller Stimme. „Ich …“

„Das habe ich doch auch gar nicht gesagt! Mein Gott, schon so oft haben wir darüber gesprochen und jedes Mal enden wir am selben Punkt.“

Robin ging zur Küche, blieb auf der Türschwelle sitzen und beobachtete das Paar. Jens und Elke bemerkten ihn nicht. Sie schwiegen. Saßen steif am Tisch und starrten sich an. Sie mussten in Kampfstimmung sein, dachte Robin. Wenn er einen Artgenossen derartig anstarrte, lag Spannung in der Luft.

„Du hast selbst gesagt, dass du dich manchmal alleine fühlst“, sagte Jens in beruhigendem Tonfall. „Gerade mittags, wenn du aus der Blumenhandlung kommst und hier niemand ist, in der Wohnung, meine ich.“

„Glaubst du, dass mir Katzen Gesellschaft leisten könnten?“ Elke schaute vom Fenster zur Tür. „Ach, wo kommst du denn her?“, sagte sie überrascht und Jens folgte ihrem Blick. Er lachte. „Wenn man vom Kater spricht.“

„Bestimmt hast du wieder die Balkontür im Wohnzimmer nicht richtig zugemacht“, sagte Elke schnippisch. Jens antwortete nicht, sondern ging zum Kühlschrank und goss Katzenmilch in eine Schale. Robin trank. Die Milch war zwar kalt, aber sie füllte den Magen.

„Vielleicht hast du recht“, sagte Elke und beobachtete ihrerseits den Kater. „Er hat etwas Beruhigendes. Und wie er mich anschaut. Als ob er verstehen würde, was ich sage.“

„So ist es“, miaute Robin bestätigend.

Elke lachte.

„Aber wenn schon, dann gleich zwei. Eine Katze und einen Kater. Und Junge sollen sie haben.“ Robin hörte auf, die Milch zu schlabbern, setzte sich auf und spitzte die Ohren.

„Geht das nicht etwas schnell?“, fragte Jens. „Zuerst willst du gar keine und auf einmal eine Katzenzucht?“

„Ich hab´s dir nicht gesagt, Jens, aber ich denke darüber schon eine Weile nach.“ Elke stand auf und ging ins Nachbarzimmer. Kurz darauf kam sie mit einem Prospekt in der Hand wieder rein. „Hier. British Shorthair. Sehen die nicht knuffig aus?“

Jens blätterte in dem Prospekt.

„Wie ein Teddy, selbst als ausgewachsene Katze noch“, antwortete er. „Und so eine Art Hamsterbacken haben sie, dadurch sehen sie wirklich drollig aus.“

Robin plusterte seine Backenhaare auf. Er miaute vorwurfsvoll. Rassekatzen! In all den Jahren, die er im Tierheim verbracht hatte, hatte er schon einige von ihnen kommen und gehen sehen. Das Gehen war bei ihnen immer schneller gegangen als bei den anderen. Mischlinge wie er, Europäisch Kurzhaar zwar, aber mit einem Schuss Perser, hatten schlechtere Karten, von dort wegzukommen. Vor allen Dingen mit einer Allerweltszeichnung wie er, oben grau-schwarz getigert, Brust, Bauch und Beine weiß. Wenn er es sich genau überlegte, so schlecht war es gar nicht gewesen. Die Tierpflegerinnen und Tierpfleger waren nett, besonders die eine, er konnte sich ob seiner Größe unter all den anderen Katzen und Katern gut behaupten und zu Fressen gab es auch genug – zumindest wenn man sich beeilte, an den großen Napf zu kommen, der für mehrere Katzen reichen musste. Deshalb drängte er sich nie in den Vordergrund, wenn Besucher kamen. Man wusste nie, an wen man geriet. Dann wurde er zum Lebensretter des Kätzchens, weil Flora sich nicht gekümmert hatte. Dieser Tag veränderte alles. Nie hatte Robin viel für Katzenwürfe übrig. Aber dieser kleine Kerl lag hilflos auf dem kalten Betonboden, da konnte er nicht anders als sich um ihn kümmern. Überall wackelte der Welpe hinter ihm her, sobald er laufen konnte. Robin kam sich wie ein Vater vor.

Als der Kleine etwa sechs Monate alt war, erzählte er Robin von seinem Verdacht: Dass sein Geschwisterwelpe keines natürlichen Todes gestorben sei, dass er zwar noch keine Beweise habe, aber schon wisse, wo er ansetzen müsse. Einen Monat später verschwand er plötzlich. Am helllichten Tag, ohne ihm Lebewohl zu sagen. Vermutlich im Kofferraum des Mannes, der regelmäßig das Futter brachte, wie Robin die Tierpflegerinnen untereinander hatte reden hören.

An diesem Tag fasste Robin einen Entschluss: Er würde den Schwarz-Weißen finden und er würde ihm helfen herauszufinden, warum dessen kleiner Bruder gestorben war. Dafür musste er das Tierheim verlassen. Die Gelegenheit war da, als die Schönings kamen um sich eine Katze auszusuchen. Kaum hatte sich Stefan in die Mitte all der Katzen auf einen Hocker gesetzt, sprang Robin auf seinen Schoß. Er hatte sich seine Besitzer ausgewählt.

„British Shorthair?“, fragte Elke und riss Robin aus seinen Gedanken.

„Also gut“, stimmte Jens zu.

Robin rümpfte die Nase. Dann lief er in den Flur und

miaute fordernd vor der verschlossenen Wohnungstür. Jens ließ den Kater ins Treppenhaus.

Die Schönings waren mit dem Abendessen fertig. Stefan bestückte die Spülmaschine, wusch zwei Töpfe mit der Hand. Johanna saß am Esstisch im Wohnzimmer und las die Wetterauer Zeitung.

„Na, was ist los in unserer Kleinstadt?" fragte Stefan.

„Och, das Übliche halt. `Auto gerammt und weg´, `Landfrauen feiern 20-Jähriges´, `Erwin Rosbach gewinnt zum dritten Mal bei Allgemeiner Rassegeflügelschau´."

Stefan grinste. „Beschaulich geht´s zu bei uns. Das liebe ich."

„Na ja, mir ist das manchmal zu beschaulich."

„Aber für Robin gerade gut", sagte Stefan. „Besonders hier in der Freiherr-von-Stein-Straße. Sackgasse, kein Durchgangsverkehr, viele Gärten."

Johanna wiegte den Kopf. „Das schon, aber die B 3 ist nicht weit. Hoffentlich passiert ihm da nichts."

„Glaub´ ich nicht. Hast du schon mal gesehen, wie viel Angst Robin vor Autos hat? Bestimmt wagt er sich nicht einmal in die Nähe der Bundesstraße."

Johanna blätterte weiter in der Zeitung.

„Oh!", sagte sie erschreckt.

„Was ist?"

„`Totgeburt im Tierheim´, hier ist im Tierheim Amalienhof", Johanna hielt inne und schaute Robin an, der mit einem Mal auf der Türschwelle saß.

„Wo warst du schon wieder, hm?"

„Futter fassen", miaute Robin vorwurfsvoll. „Du gibst mir ja nicht genug."

Johanna las weiter.

„`Vor einem Monat hatte eine Katze im Tierheim Amalienhof in Butzbach eine Frühgeburt. Vier Wochen vor dem Geburtstermin kamen drei Welpen zur Welt. Sie überlebten nur mit viel Mühe der Tierpfleger. Vor einem Jahr hatte die gleiche Katze schon einmal eine Fehlgeburt, dabei war ein Kätzchen bei der Geburt gestorben. Die Mitarbeiter haben Grund zu der Annahme, dass äußere Einflüsse der Grund für die Früh- und Totgeburten sein könnten. Bisher reichen die Beweise jedoch nicht aus, um damit zur Polizei zu gehen. Die Tierpathologie in Gießen müsste die Katze untersuchen, diese Untersuchungen sind teuer. Das Tierheim bittet nun um Spenden. Spendenkonto und so weiter.´"

Robin hatte mit gespitzten Ohren Johannas Worten gelauscht. Tierheim Amalienhof, die Kätzchen. Er knurrte bei dem Gedanken an den kleinen Schwarz-Weißen, dem er sieben Monate lang ein Vater gewesen war und der sich dann einfach aus dem Staub gemacht hatte.

Johanna und Stefan blickten überrascht zu ihrem Kater.

„Was hat er denn?" fragte Stefan.

„Keine Ahnung, vielleicht ist ihm mal wieder eine Fliege entwischt", antwortete Johanna.

„Wenn ihr wüsstet", brummte Robin wütend.

„Ich muss noch Unterricht vorbereiten", sagte Johanna und stand auf.

„Ich auch", sagte Stefan und hängte das Geschirrtuch an die Hakenleiste hinter der Tür.

„Wer fährt morgen mit Robin zur Tierärztin wegen der Impfung?", fragte Johanna. „Kannst du das machen? Ich habe morgen Abend noch eine AG."

„Meinetwegen. Aber dann musst du die Getränke einkaufen."

„Schon wieder? Immer diese Schlepperei", nörgelte Johanna.

„Warum beschwerst du dich? Es sind nur die paar

Schritte vom Auto bis zum Eingang, und dort kannst du die Kisten und Flaschen in den Aufzug stellen."

Johanna seufzte.

„Unseren Vorbesitzern aus der Hotellerie sei Dank."

„Nicht nur denen. Erinnerst du dich an die Eigentümerversammlung vor drei Jahren, als die früheren Bewohner aus dem zweiten Stock den einstigen Speisenaufzug ausbauen lassen wollten?"

„Was ein Glück, dass sie sich damit nicht durchsetzen konnten."

„Stimmt", entgegnete Stefan. „Aber ein Gutes hatte ihr Vorstoß. Seit dem sind die hässlichen Knöpfe für die Bedienung des Aufzugs weg. Die hölzernen Verzierungen, die sie ersetzen, passen viel besser."

Robin brummte und verließ die Küche. Er sprang auf seinen Kratzbaum und legte sich auf das oberste Podest. Den Kopf legte er auf seine Vorderpfoten, schaute zur Balkontür hinaus und sinnierte. Zur Tierärztin ging es immer abends. Wenn er zu spät von seinem Ausgang zurückkam, bliebe ihm dieser Weg vielleicht erspart. Eine Amsel setzte sich auf das gusseiserne Balkongeländer. Robin beobachtete den Vogel ohne großes Interesse. Satt und schläfrig schloss er die Augen und hörte die Amsel zwitschern. Minuten später rannte er durch eine Wiese, deren Gräser höher als er selbst waren. Es war Sommer, überall standen Blumen, blaue und weiße und diese hohen, grünen Gewächse mit den Stacheln. Aus dem Stand sprang er in die Höhe und dabei immer wieder ein paar Zentimeter weiter. Als er nach einem solchen Satz neben einem der stacheligen Gewächse landete, saß dort der kleine Schwarz-Weiße. Er piepste weinerlich. Robin wollte auf ihn zugehen, aber plötzlich war sein früherer Gefährte nicht mehr dort, sondern schwebte ein paar Meter weiter über dem hohen Gras.

„Hilf mir", piepste er. „Hilf mir, ich schwebe davon."

„Warte, bleib hier, warte auf mich", rief ihm Robin nach.

„Ich kann nicht", rief der Kleine.

„Warum nicht?"

Als keine Antwort kam, sprang Robin mit einem hohen Satz in die Luft, um den Schwarz-Weißen festzuhalten. Aber er griff mit seinen Vorderpfoten ins Leere und fiel von seinem Podest auf das darunterliegende. Er schüttelte sich, schaute im Wohnzimmer umher um sich zu vergewissern, dass dort kein anderer Kater herumschwebte.

Kein Wunder, dass er diesen Traum hatte. Seit er bei den Schönings war, war es ihm nicht gelungen, eine Spur von seinem einstigen Schützling zu finden. Keine der anderen Katzen in der Gegend hatte einen Kater gesehen, auf den die Beschreibung passte. Morgen würde er seinen Suchradius auf außerhalb seines Reviers ausdehnen müssen. Sein Rückenhaar sträubte sich unwillkürlich bei dem Gedanken, dass der Schwarz-Weiße alleine da draußen unterwegs war und denjenigen suchte, der seinen Bruder auf dem Gewissen hatte.

Robin hob seinen Kopf und schnüffelte in der Luft. Eine Meise hatte sich unvorsichtig auf dem dicken Ast der Kastanie, der bis an das Balkongeländer reichte, niedergelassen. Robin duckte sich an den Boden und schlich an das Geländer, das mit Schilfrohr umkleidet war. Die Meise konnte ihn nicht sehen. Er schnellte aus dem Stand nach oben auf das Geländer, doch der Vogel flatterte aufgeregt zwitschernd davon. Mit sicheren Pfoten schritt er auf dem Ast bis zum Baumstamm und kletterte durch das Geäst kopfüber nach unten. Auch das machte ihm kaum eine andere Butzbacher Katze nach. Die meisten kletterten rückwärts nach unten. Sein erster Gang führte ihn wie jeden

Morgen zu einem der Rosenbeete hinter dem Haus. Dort war die Erde locker und er konnte sein großes Geschäft leicht vergraben. Gerade hatte er sich in die richtige Position gesetzt, da stach ihn etwas Spitzes ins Hinterteil. Er miaute laut, sprang nach vorne und drehte sich herum, um die Ursache des Schmerzes zu entdecken. Im lockeren Erdreich steckten kleine Holzspieße. Sie waren fast so braun wie die Erde, deshalb hatte er sie nicht gesehen. Robin ging einen Schritt zur Seite, als ihn etwas Spitzes in die Tatzen stach. Wieder miaute er, diesmal empört und machte einen Satz aus dem Blumenbeet heraus. Er inspizierte das Beet genauer und entdeckte die kleinen Holzspieße überall in der Erde um die Rosenstöcke herum.

„Damit hast du nicht gerechnet, wie?“, sagte hinter ihm eine Männerstimme. Dann ein gehässiges Lachen. Mankowski stand, auf seinen Gehstock gestützt, am Rand der Wiese. „Ich treibe es euch Stinktieren schon noch aus.“

Robin fauchte, entschloss sich aber, es diesmal nicht auf eine Konfrontation ankommen zu lassen. Er drückte sich durch ein Loch in der menschenhohen Hecke in den Nachbargarten. Dort gab es auch Beete.

Robin durchquerte sein Revier zielstrebig. Nicht jedoch, ohne zu markieren. So viel Zeit musste sein. Hier sein Durchschlupf durch die Koniferenhecke, da der Stapel mit Brennholz drei Gärten weiter, dort sein Brombeerbusch am Gartenhäuschen. Überall stellte er seinen Schwanz steil in die Höhe und presste den Harnstrahl aus seinem Hinterteil. Sein Schwanz zitterte dabei. Wenn er den Duft eines Artgenossen roch, presste er besonders viel heraus, um den rivalisierenden Geruch zu überdecken.

Sein Magen meldete sich, deshalb trabte er voller Zuversicht auf reichhaltigen Erfolg seinem Mauseloch entgegen. Es war nicht irgendein Mauseloch. Es war DAS Mauseloch von Butzbach. Hier gab es die meisten Mäuse und nicht nur die meisten, sondern offenbar auch die dümmsten. Normalerweise verbreiteten sich Katzenangriffe auf die Mäusebevölkerung in Windeseile unter den kleinen Nagern. So kam es, dass er ein Mauseloch nie öfter als drei- oder viermal besuchte. Dann buddelten sie sich andere Gänge und andere Mäuselöcher. Die Mäuse waren normalerweise nicht dumm. Aber hier war das anders. Seit Wochen schon kam Robin täglich hierher und fast jedes Mal schnappte er eine.

Das einzige, das die uneingeschränkte Vorfreude auf die leichte Beute trübte, war die breite und viel befahrene Bundesstraße zwischen dem Kern seines Reviers und dessen Außenbezirken, in denen das Mauseloch war. Robin hatte eine Strategie, die ihn bisher immer sicher über die gefährliche Piste gebracht hatte. Er steuerte sein Mauseloch nicht auf direktem Weg an, sondern machte einen Schlenker. So erreichte er die B 3 dort, wo der Gehweg zu Ende war und am Straßenrand ein Graben mit hohem Gras verlief. Über diese Route musste er zwar an dem Haus der Tierärztin in der Wetzlarer Straße vorbei, doch das nahm er lieber in Kauf als ungeschützt vor den brummenden Autos auf dem Gehweg zu warten, bis eine Lücke kam. Im Schutz des hohen Grases machte ihm das weniger aus.

Heute überquerte er die Fahrbahn mit wenigen großen Sätzen. Er ließ die weitläufige, platt gewalzte Erdfläche rechts liegen und überquerte den schmalen Ebersgönser Weg. Dann noch über den Feldweg, der an den Pferdekoppeln vorbeiführte. Zielstrebig bog er um die hintere Ecke des Reitstalls, als er abrupt stoppte.

Vor seinem Mauseloch saß ein fremder Kater.

Er hatte ihn noch nie hier gesehen. Der andere drehte ihm seinen schwarz-weißen Rücken zu. Robin ging in die Knie, hob eine Tatze ganz langsam und setzte sie ebenso langsam wieder auf den Boden. Im Zeitlupentempo, eng an den Boden gedrückt, schlich er sich an. Seine Strategie war klar. Ein gezielter Sprung von hinten, sofort den Nackenbiss anwenden und so dem Gegner den Garaus machen. Er wollte sich nicht auf einen langen Kampf einlassen. Er hatte keinen Zweifel daran, dass sein Plan aufgehen würde, denn der Schwarz-Weiße war kleiner als er. Er müsste nur sein ganzes Gewicht – immerhin stolze sieben Kilogramm – in den Sprung legen, das würde den anderen umwerfen, dabei hätte der aber schon Robin im Nacken hängen und könnte sich nicht mehr wehren.

Während er näher schlich, ging er den Angriffssprung in Gedanken durch. Dann war es so weit. Robin verharrte geduckt und sammelte sich zum Sprung. Mit den Hinterbeinen trat er auf der Stelle. Er wärmte seine Muskeln und spannte sie an. Da drehte sich der Schwarz-Weiße herum.

Beide Kater erstarrten. Nun war der Fremde im Vorteil, denn er saß aufrecht, während Robin immer noch am Boden kauerte. Robin stellte seine Nackenhaare auf und knurrte bedrohlich. Der Fremde gab keinen Laut von sich. Unendlich langsam, Zentimeter für Zentimeter, richtete sich Robin auf. Dann saßen sie sich gegenüber, nur einen Meter voneinander entfernt, zu Eis erstarrt, während die Minuten vergingen. Offenbar wollte der Fremde nicht ohne Weiteres abziehen. Jede Sehne an Robins Körper war gespannt. Dann entschloss er sich zu handeln.

„Das ist MEIN Mauseloch“, knurrte er laut.

Der Schwarz-Weiße legte den Kopf kaum merklich zur Seite, der Blickkontakt war für eine Sekunde unterbrochen. Doch gleich darauf starrte er zurück.

„Ich habe Hunger“, sagte er und wie zur Bestätigung brummte er. „Die Mäuse gehören niemandem.“

Robin betrachtete den Fremden genauer. Er war dürr und

bestimmt drei Zentimeter kleiner als er.

„Irrtum“, knurrte er deshalb. „Sie gehören mir, weil sie aus MEINEM Mauseloch kommen.“

Die Wucht des Sprungs traf Robin unvorbereitet. Er wollte noch zur Seite springen, aber da hing der Schwarz-Weiße schon an seinem Hals. Robin strauchelte und kippte um. Sein dickes Fell schützte ihn vor den Zähnen des Widersachers. Doch er lag auf dem Rücken, der Fremde über ihm. So dicht war des Angreifers Kopf über Robins Nase, dass der nichts anderes als dessen intensiven Geruch wahrnahm. Er kannte ihn. Wie ein heller Blitz tauchte das Bild des kleinen Welpen aus dem Tierheim vor Robins Augen auf.

„Hör auf“, wollte er miauen. „Kennst du mich nicht mehr?“

Aber der Kater hatte sich so fest in seinem Hals verbissen, dass ihm die Luft weg blieb. Robin schrie und fauchte und schlug seine Hinterbeine mit weit ausgefahrenen Krallen in den Bauch seines einstigen Freundes. Der jaulte und lockerte für einen Moment seinen Biss. Das verschaffte Robin die Luft, um sich aus der Umklammerung zu winden. Er fuhr herum und biss blindlings zu. Der Schwarz-Weiße jaulte auf, ihm fehlte ein Stück vom Ohr. Dann ein scharfer Schmerz auf Robins Nase, Blut tropfte ihm ins Maul, sein eigenes, aber Robin blieb stumm. Er ließ sich nicht mehr von seinem Vorhaben abbringen. Er umklammerte seinen Gegner und der umklammerte ihn. Ineinander verkeilt, schreiend und blutend, wälzten sie sich auf dem Boden.

„Hau ab!“, schrie Robin fauchend. Er war so wütend, dass es ihm egal war, wen er vor sich hatte.

„Hau du ab!“, schrie der Fremde zurück.

Ein Traktor ratterte um die Ecke. Die beiden Kater ließen voneinander ab und sprangen auseinander, der eine nach links, der andere nach rechts. Keine Sekunde zu früh, denn wo sie sich eben noch gewälzt hatten, machte der Traktor die Grashalme platt.

Kaum war der Trecker vorbeigefahren, sammelte sich Robin mit aufgestellten Rückenhaaren zum Angriff und machte sich zum Sprung bereit. Der Schwarz-Weiße aber leckte sich eine Pfote und fuhr mit ihr über sein verletztes Ohr. Von ihm war im Moment nichts mehr zu befürchten.

Jetzt war der richtige Zeitpunkt gekommen.

„Weißt du nicht mehr, wer ich bin?“, fragte Robin.

Der andere schaute ihn aus schmalen Augen an.

„Wer solltest du schon sein?“

Robin konnte es kaum glauben. Sie waren wie Vater und Sohn gewesen.

„Im Tierheim Amalienhof, ich habe mich um dich gekümmert.“

Der Schwarz-Weiße schwieg. Dann miaute er heißer:

„Das kann jeder sagen.“

Robin miaute empört.

Ohne ein weiteres Wort drehte sich sein früherer Schützling um und trottete langsam davon.

„Aber woher sollte ich wissen, was im Tierheim geschehen ist, wenn ich nicht selbst dabei gewesen wäre?“, schrie Robin ihm hinterher.

„Ich habe viele schlimme Sachen erlebt. Ich lasse mich nicht mehr hereinlegen. Ich passe jetzt auf mich selbst auf, niemand anders“, rief der Eindringling zurück und reckte seinen Kopf, den er gerade noch vor Schmerzen gesenkt hatte, stolz in die Höhe. Dann trabte er mit weit ausgreifenden Schritten erhobenen Kopfes um die Ecke des Reitstalls.

Robin hatte sich für zwei Stunden in die Sonne gelegt. Auf einen Strohballen mit dem Rücken zur Stallwand: Von dort hatte er sein Mauseloch im Blick. Der Kampf hatte ihn angestrengt, und er war fest eingeschlafen. Er streckte sich und spürte, wie hungrig er war. Schließlich hatte er auf seine Mäusemahlzeit verzichten müssen. Der Kater umrundete den Stall einmal, bevor er sich auf den Heimweg machte. Den Schwarz-Weißen roch er an den Strohballen vor dem Hallentor und an den Pfosten der Pferdekoppeln. Aber er sah ihn nirgendwo.

Als sich Robin den Kastanienbaum hocharbeitete, rutschte er mit den Hinterbeinen ab. Der Kampf steckte ihm noch in den Knochen. Die Balkontür war offen und er lief schnurstracks in die Küche, weil er sich sein Mittagessen von Johanna erhoffte. Doch dort stand nicht Johanna, sondern die Frau mit dem Lappen. So nannte zumindest Robin sie, denn sie hatte immer einen Lappen in der Hand. Sie kam dreimal in der Woche, immer vormittags und lief ständig mit diesem Ding durch die Wohnung, wischte hier über Regale, dort über den Fußboden und dann und wann auch über die Fensterscheiben. Er merkte sich ihren Namen nicht, was nicht zum unerheblichen Teil daran lag, dass er sie nicht leiden konnte. Es war einfach so, dass sie den großen Kater gar nicht wahrnahm. Wenn es an der Zeit war, gab sie ihm Futter. Mehr nicht. Robin war es nicht gewohnt, ignoriert zu werden.

Nachdem sie ihm ohne Worte das Futter hingestellt hatte, schlang er es hinunter. Er wollte ihr möglichst schnell aus dem Weg gehen. Die Lappenfrau war ihm unheimlich. Wer wusste schon, was sich hinter der stillen Fassade verbarg?

Robin sprang auf den Kratzbaum und streckte seine schmerzenden Beine. Der Kampf hatte ihn müde gemacht. Doch er musste nachdenken. Auch die Tierheimmitarbeiter glaubten, dass Floras Fehlgeburt – nun schon die zweite –

von außen nachgeholfen worden war, hatte Johanna aus der Zeitung vorgelesen. Wer würde ihm bei der Aufklärung des Falles helfen? Er hatte große Hoffnung gehegt, zusammen mit seinem früheren Schützling wieder ein Team sein zu können. Zur Not würde er sich alleine an die Aufklärung machen oder andere Unterstützer suchen, wenn der Schwarz-Weiße nicht zu ihrer alten Freundschaft zurückfand.

Jäh war mit dem Nachdenken Schluss. Etwas hob ihn in die Luft. Er fauchte und strampelte. Stefan stand auf einem Stuhl und hielt ihn mit weit ausgestreckten Armen von sich. Auf dem Boden stand der Korb mit geöffnetem Deckel. Die Tierärztin! Er hatte vergessen, dass sie heute Abend mit ihm dort hinfahren wollten. Panisch fuhr er seine Krallen aus, spreizte alle Viere und klammerte sich an den Rand des Katzenkorbs.

„Nun mach schon“, forderte Johanna Stefan auf.

„Du hast gut reden“, sagte Stefan. Immer wieder wurde Robin hoch gehoben und jedes Mal, wenn Stefan ihn in den Korb setzen wollte, krallte er sich an dessen Rand fest.

„Ich dachte, der Überraschungseffekt würde ihn weniger aggressiv machen. Aber … au!“, rief Stefan und ließ den Kater los. Er blickte auf die blutigen Streifen auf seinem Handrücken.

Robin hatte sich in den Spalt hinter das Sofa gedrückt und brummte laut. Normalerweise knurrte er Johanna und Stefan nicht an. Aber der Gedanke an die burschikose Tierärztin Eva Zack mobilisierte in ihm jedes Mal die Furcht, buchstäblich das Fell über die Ohren gezogen zu bekommen. Denn die Frau hatte einen Griff, aus dem selbst er sich nicht herauswinden konnte. Sie fasste fest in seinen Nacken, griff dort eine dicke Falte und hob ihn hoch. Nur noch mit den Hinterpfoten stand er auf dem kalten Metalltisch in der Praxis. Wenn er fauchte, schüttelte sie ihn so stark hin und her, dass ihm ganz wirr im Kopf wurde. Zack – schon hatte sie ihm eine Spritze verpasst. Und Stefan beschwerte sich, dass er aggressiv war? Robin fühlte sich gründlich missverstanden und beschloss, die Nacht hinter dem Sofa zu verbringen.

„Und jetzt?“, fragte Johanna.

„Versuch´s doch selbst mal“, antwortete Stefan. „Mir reicht es.“

„Tja. Das hilft alles nichts.“ Johanna ging in den Flur und kam mit Handschuhen zurück. Robin legte die Ohren an. Die Tierärztin würde ihm nicht erspart bleiben. Dem groben Leder der Handschuhe konnte er nichts anhaben. Egal, wie stark er seine Krallen hineinschlug, egal, wie fest er sich darin verbiss: Sie zogen ihn unbarmherzig aus seiner schützenden Höhle.

In der Praxis warteten nur eine Katze und ein Mann. Es war die gut aussehende Katze aus dem Nachbardorf Griedel, mit der er sich vor einem Jahr schon einmal hier unterhalten hatte.

„Hallo“, sagte die Katze durch das Gittertürchen in ihrem Bastkorb hindurch.

„Hallo“, antwortete Robin. „Warum bist du hier und nicht bei deinem Tierarzt?“ Er war froh, dass er sich mit anderen Dingen beschäftigen konnte als mit dem Gedanken an den tierärztlichen Nackengriff.

„Oh, mit geht es gut. Danke der Nachfrage“, antwortete die weiße Perserkatze erfreut. „Mein Tierarzt ist krank. Und er ist zu alt. Er macht Fehler bei der Arbeit.“

„Was macht er denn?“

„Es geht nicht darum, was er tut, sondern was er nicht tut.“ Die Katze machte eine kunstvolle Pause und schaute Robin wissend an.

Der wusste, worauf die Katze wartete. Er sollte weitergehendes Interesse zeigen.

„Was macht er denn nicht?“, fragte er deshalb.

Sie hatte begonnen, ihren Schwanz zu pflegen. Jetzt unterbrach sie ihre Tätigkeit und blickte Robin aus blauen Augen an.

„Er behandelt uns falsch. Meine Freundin hatte kürzlich eine Frühgeburt. Zum Glück haben ihre vier Welpen überlebt. Wie konnte das passieren, frage ich dich, wo sie doch regelmäßig bei unserem Tierarzt war, der sie untersucht hat?“

In Robins Kopf jagten sich die Bilder. Er sah die Pflegerin aus dem Amalienhof, die erschreckt das tote Kätzchen im Arm hielt. Er sah den Kleinen, der wimmernd auf dem kalten Betonboden lag. Und er sah die Katze Flora, die ein totes Junges zur Welt gebracht hatte. Aber eines hatte noch gelebt! Weil Flora sich nicht darum gekümmert hatte, wäre es fast gestorben. Und wenn sie ihren Nachwuchs nicht absichtlich ignoriert hatte? Die Tierheimmitarbeiter gingen von „äußeren Einflüssen“ aus, hatte Johanna heute Morgen vorgelesen.

„Hat sich deine Freundin um ihre Welpen gekümmert? Hat sie sie gesäugt?“

„Komisch, dass du das fragst.“ Die Katze schaute ihm tief in die Augen. „Nein, das hat sie nämlich nicht. Und das ist ganz und gar ungewöhnlich. Ihre Besitzerin füttert die Kleinen mit der Milchflasche. Wie bist du darauf gekommen?“

Da wurde der Korb in die Luft gehoben und die Perserin verschwand hinter der Tür, hinter der die Tierärztin wartete.

Also hatte dieses Schicksal nicht nur Flora ereilt, sondern auch noch eine andere Katze in der Butzbacher Gegend. Wieso hatte sich diese Katze ebenso ungewöhnlich verhalten wie Flora? Robin stieß mit dem Kopf gegen die Stäbe seines Plastikkorbes. Er musste seine Nachforschungen forcieren. Wer wusste, wie viele ungeborene Katzenwelpen außerdem in Gefahr waren?

Den Schwarz-Weißen hatte er nicht bekehren können. Andere Helfer mussten her.

Der geheime Aufzug

Ein ängstliches Miauen. Drei Jungen standen vor den offenen Türen des Mülltonnenhäuschens auf dem Parkplatz in der Johann-Sebastian-Bach-Straße und hielten Steine in den Händen. Einer warf einen Fußball in die Richtung, aus der es miaute.

Robin hatte genug gesehen. Schlagartig hatte er den Griff der Tierärztin Eva Zack von heute Abend, der immer noch in seinen Nackenmuskeln saß, vergessen. Mit einem Satz war er auf dem Unterstand. Dann schlich er sich im Schutz der hereinbrechenden Nacht bis an das andere Ende. Direkt unter ihm standen die drei johlenden Jungen. Sie reichten mit ihren Köpfen noch nicht an das Dach heran. Einer griff nach einer Tonne und zog sie weg. Dahinter saß ein kleiner, roter Kater und jammerte. Noch bevor der dicke Junge mit dem Doppelkinn einen Stein warf, hatte sich Robin über ihm mit gesträubtem Rückenhaar und aufgebuschtem Schwanz zu seiner vollen Größe aufgerichtet und fauchte. Zwei der Jungen ließen erschreckt ihre Steine fallen, als sie den Kater über ihren Köpfen sahen. Der Dritte blickte sich unschlüssig zu seinen Kameraden um, die bereits den Rückzug angetreten hatten.

„He, was ist los mit euch?“, rief er ihnen zu. „Habt ihr etwa Angst vor einer Katze?“

„Nicht Katze, Kater!“, fauchte Robin noch lauter und duckte sich zum Sprung.

Da wich auch der Dicke ein paar Schritte zurück und legte den Fußball auf den Boden. Er nahm Anlauf. In dem vierstöckigen Plattenbau am Ende des Fußweges, der von den Tonnen wegführte, wurde ein Fenster im Erdgeschoss geöffnet.

„Was ist da draußen los?“ Eine Frau streckte ihren Kopf zum Fenster hinaus und schaute in die Richtung der Mülltonnen. „Matsche, bis du das schon wieder? Ärgerst du schon wieder meinen Leo? Lass´ ihn bloß in Ruhe, sonst …“

„Scheiße“, nörgelte Matsche.

„Blödes Viech“, sagte er in Richtung rotem Kater. „Blöder …“

Doch als er zu Robin schaute, der noch immer sprungbereit auf dem Dach des Häuschens kauerte und knurrte, brachte er den Satz nicht zu Ende. Er hob seinen Fußball auf und lief hinter seinen beiden Freunden her. Gemeinsam verschwanden sie in dem Plattenbau.

Bis hierher war Robin gelaufen – noch weiter als bis zu seinem Mauseloch am Reitstall – um den Kater zu treffen, von dem es im Revier hieß: An dem sei mehr dran, als es den Anschein habe; er sei jung, schnell und listig. Das hörte sich nach einem geeigneten Mitglied für sein Ermittlungsteam an. Als er den Roten jammern hörte, begann er zu zweifeln. Doch sollte sein Weg nicht umsonst gewesen sein.

„Hallo!“, rief Robin deshalb vom Dach des Mülltonnenhäuschens.

„Ja?“, piepste es von unten.

„Alles in Ordnung?“

„Nein“, wimmerte der rote Kater.

Robin sprang auf die Tonne, die einer der Jungen nach vorne gezogen hatte. Sie kippte um. Der Kater landete mit einem Satz auf dem Boden. Doch bevor er sich dem Roten zuwenden konnte, sah er etwas anderes. Der Deckel der Tonne hatte sich im Sturz geöffnet. Herausgefallen war eine Mülltüte. Aber nicht sie erregte Robins Interesse, sondern das, was in ihr war: Ein Knäuel blutiger Katzenhaare. Robin nahm mit bebenden Nasenflügeln den Geruch des Blutes auf.

„Weißt du, woher das hier kommt?“, fragte er den Roten.

Die Eingangstür des Plattenbaus fiel ins Schloss. Zwei der Jungen kamen mit schweren Tüten in den Händen auf die Mülltonnen zu. Der rote Kater, der zwischenzeitlich verstummt war, fing wieder an zu jammern.

„Still!“, zischte ihn Robin an. „Komm mit!“ Den Roten im Schlepptau versteckte er sich hinter der Hecke. Nur ein Gehweg trennte sie von den Mülltonnen. Oben auf dem Dach hatte er sich größer und stärker als die Jungen gefühlt. Aber hier unten, das wusste er, konnte er keinem ernsthaften Angriff standhalten. Schon gar nicht mit einem verängstigten Jungkater an seiner Seite.

Als die beiden Jungen zu der umgestürzten Tonne kamen, stutzten sie.

„Krass. Sieht so aus, als ob es jemand der Katze gegeben hat“, sagte der eine und lachte.

Hinter der Hecke unterdrückte Robin ein Knurren. Der kleine Rote hatte sich in die Hecke gerobbt und den Kopf zwischen seinen Vorderpfoten verborgen.

„Was machst du da? Lass′ das liegen, was kümmert es uns?“, fuhr der Junge seinen Kumpel an, der im Begriff war, die Tonne aufzustellen.

„Hast du eine Ahnung, was wieder los ist, wenn die Alte aus dem Erdgeschoss das hier sieht? Die denkt sofort, dass wir das waren.“

„Na und? Ist mir egal. Die kann mich mal.“

„Mich kann die auch. Aber die rennt zu meiner Mutter und meine Mutter macht mir die Hölle heiß. Nee, kein Bock."

Murrend half ihm sein Freund, die Tonne wieder aufzustellen und den Müll aufzusammeln.

Dann warfen sie ihre Tüten hinterher, lehnten die kaputte Tür des Mülltonnenhäuschens an, ließen die Tonne auf dem Parkplatz stehen und verschwanden.

Robin und der Rote warteten, bis sie die Haustür ins Schloss fallen hörten. Dann verließen sie ihre Deckung und gingen nach vorne. Sie betrachteten die Mülltonne.

„Kennst du hier noch eine andere Katze?", wiederholte Robin seine Frage von vorhin.

„Hier gibt es noch eine Katze, die wohnt im fünften Stock, glaube ich. Sie geht aber nicht raus."

„Woher willst du dann wissen, dass sie dort lebt, wenn sie nicht rausgeht?", fragte Robin und seine Augen wurden zu schmalen Schlitzen.

„Ich habe die Frau von dort oben ab und zu an den Mülltonnen gesehen. Sie hat etwas weggeworfen, das nach Futter roch."

Robin legte den Kopf schief. Offenbar verbarg sich in dem Roten doch mehr, als es auf den ersten Blick den Anschein hatte.

„Wie heißt du?"

„Leo."

„Gut, ich heiße Robin. Du bist neu hier? Das hier ist MEIN Revier, seit Jahren schon, ich habe dich aber noch nie hier gesehen."

„Ich wohne schon seit fast einem Jahr hier im Erdgeschoss. Meine Besitzerin, Lotte, hat mich geholt, als ich noch ganz klein war. Aber sie hat mich zuerst nicht rausgelassen."

„Und warum lässt sie dich jetzt raus?“

Leo schaute verschämt auf den Boden.

„Na sag schon.“

„Na ja, sie hat gesagt, sie kann mein Jammern nicht länger ertragen. Dann hat sie in die Balkontür ein Loch schneiden lassen, und jetzt ist dort eine Klappe, durch die ich rein und raus kann.“

„Aber jammern tust du immer noch“, sagte Robin streng. Er fühlte sich verantwortlich für den Jüngling, nachdem er ihm geholfen hatte.

Leo blickte Robin an. Dann schlug er die Augen nieder. „Ja, ich weiß, aber ich kann nichts dafür. Ich bin nicht so groß und stark wie du.“

Dann schaute er plötzlich erschrocken auf seinen Retter. „Ach, das tut mir leid. Bei all dem habe ich ganz vergessen, dir zu danken.“

Als Robin schwieg, piepste er:

„Bitte, sei nicht böse.“

„Großer Katzengott nein, ich bin doch nicht böse. Ich habe nur nachgedacht. Ich muss in letzter Zeit viel nachdenken, weißt du. Das blutige Katzenhaar hier hat vielleicht etwas zu tun mit …“

Er brach ab. Er wollte den Roten nicht noch mehr verschrecken, indem er ihm nach dem Angriff auf ihn von Floras totem Kätzchen und den Fehlgeburten erzählte. Das musste warten. Etwas anderes aber duldete keinen Aufschub. Wenn es die Jungen freute, dass es irgendwer einer Katze „gegeben hatte“, dann sollten sie beobachtet werden.

„Wir müssen in der Tonne nachschauen, was sie reingeworfen haben.“

„Wie willst du das machen?“, fragte Leo unsicher.

„Ganz einfach. So wie vorhin.“

Und wieder sprang Robin auf das Häuschen. Er nahm

Anlauf und landete auf der Tonne. Die rappelte kurz hin und her, blieb aber stehen. Noch einmal versuchte er es, wieder ohne Erfolg.

„Du musst mir helfen“, rief er zu Leo hinunter, der ihn vom Boden aus beobachtete.

„Ich?“, piepste der erschrocken.

„Stell´ dich nicht so an. Zu zweit schaffen wir das schon.“

Und wieder war Robin erstaunt über den neuen Gefährten. Denn mit einer Eleganz, die er ihm nicht zugetraut hätte, landete er sicher neben ihm auf dem Dach.

„Eins, zwei, drei“, kommandierte Robin und beide Kater sprangen auf die Tonne. Die kippte nach links, dann nach rechts und fiel schließlich mit lautem Getöse um.

Nichts fiel heraus. Der Deckel hatte sich an einem auf dem Boden liegenden Ast verkeilt.

„Komm, komm“, rief Robin wieder und biss in den Ast. Gemeinsam zerrten sie das Stück Holz weg. Robin bearbeitete den Deckel mit den Pfoten. Er öffnete sich einen Spalt. Ein Mann bog um die Ecke.

„Weg mit euch“, rief er laut und wedelte mit den Händen.

Erschrocken flüchteten die Kater bis zu einer großen Tanne am anderen Ende der Wiese. Unter den Zweigen, die bis auf den Boden herabhingen, verbargen sie sich. Zwar sahen sie nicht, was der Mann tat, aber sie hörten seine Stimme.

„Was für eine Bescherung! Der ganze Müll. Wird Zeit, dass die Wohnungsbaugesellschaft die Tür endlich reparieren lässt. Ständig stehen die Mülltonnen draußen und jetzt auch noch umgeworfen. Lockt nur Ratten und anderes Getier an.“ Ein Scharren, dann ein Quietschen. Kurze Zeit später fiel eine Haustür ins Schloss.

Robin war der erste, der seinen Kopf unter den Tannenzweigen hervorschob. Alles blieb still. Dann kroch er unter dem dunklen Tann hervor. Der Rote folgte ihm, blieb aber dicht hinter seinem Retter stehen. Der Mann hatte die Tonne zurück in das Häuschen gestellt und die Tür zugedrückt. Robin gab jeden Gedanken an eine weitere Untersuchung des Mülls auf. Auf der Tagesordnung stand jetzt ein Team zu bilden. Dafür brauchte er Artgenossen. Einen hatte er, obwohl der noch nichts davon wusste. Ein Team brauchte, um regelmäßig an einem Fall arbeiten zu können, einen sicheren Treffpunkt. Den hatte er auch.

„Komm mit mir", forderte er den Kleinen auf. „Ich will dir etwas zeigen."

Seite an Seite liefen sie über die Johann-Sebastian-Bach-Straße und rannten in großen Sätzen in der dunklen Nacht quer über das platt gewalzte Erdfeld in Richtung Reitstall. Robin gestand es sich nur ungern ein, aber er freute sich, nicht mehr alleine zu sein. Er stellte seinen Schwanz schräg und legte an Geschwindigkeit zu. Leo hielt mit.

Sie fegten um die Ecke des Stalls. Robin bremste. Leo prallte auf ihn. Der Schwung seines Laufs ließ ihn einen Purzelbaum schlagen.

„Tut mir leid", piepste er, als er wieder auf seinen vier Pfoten stand.

Robin sagte nichts und starrte in Richtung seines Mauselochs. Dort saß der Schwarz-Weiße. Er wendete den Kopf, als er Leos Piepsen hörte. Dabei leckte er sich das Maul. Robin knurrte. Offenbar hatte der sich gerade eine Maus schmecken lassen. Kein Zeichen, dass der Zerzauste seinen einstigen Freund mittlerweile wiedererkannte. Würde es wieder zum Kampf kommen? Der nächste würde ernster sein als ihr erster. Vergangene Freundschaft hin oder her. Robin spannte seine Muskeln an und starrte den Schwarz-

Weißen mit feindseligem Blick an. Diesmal würde er sich nicht überrumpeln lassen. Er legte seine ganze Kraft in die Hinterbeine, als er aus den Augenwinkeln etwas Rötliches an sich vorbeifliegen sah. Wie von einem Katapult geschossen war Leo an ihm vorbeigesprungen und landete nun ein paar Zentimeter vor dem Eindringling.

Überrascht von plötzlich zwei Gegnern wich der Schwarz-Weiße zwei Schritte zurück. Robin hatte sich aufgerichtet und beobachtete die Szene. Leo sah alles andere als angriffslustig aus. Linkisch tapste er auf den fremden Kater zu.

„Hallo“, sagte er unbekümmert. „Ich heiße Leo. Wie heißt denn du?“

Patsch! Leo zuckte zurück und entging der Tatze mit den ausgefahrenen Krallen um Haaresbreite.

„Ich habe dir doch gar nichts getan“, jammerte er. „Ich will mich nur mit dir unterhalten.“

„Bist du so blöd oder tust du nur so?“, fauchte der Schwarz-Weiße und umkreiste Leo in geduckter Stellung. Das borstige Rückenhaar war steil aufgestellt. „Wir sind hier nicht bei den Menschen, sondern draußen, unter uns. Da wird sich nicht unterhalten. Da wird gekämpft und gesiegt. Oder gestorben!“

Erschrocken machte Leo einen Satz nach hinten. Doch da war Robin an seiner Seite.

„Lass´ ihn in Ruhe! Wann besinnst du dich endlich? Ich bin´s!“

„Ihr kennt euch? Woher? Erzählt doch. Das ist ja spannend.“ Offenbar hatte Leo den Ernst der Lage immer noch nicht erkannt.

Der Schwarz-Weiße hatte während Robins Worten einen Sicherheitsabstand von mehreren Katzenlängen zwischen sich und die beiden Kater gebracht. Er peitschte mit dem

Schwanz von einer Seite zur anderen. Robin spürte seine Unsicherheit.

„Aber wir müssen uns doch nicht weh tun", meldete sich Leo zu Wort. „Wo ihr euch auch noch kennt."

Der Schwarz-Weiße ließ ein zischendes Lachen hören. Robin rümpfte die Nase, seine Schnurrhaare richteten sich aufwärts. Offenbar kannte Leo die einfachsten Gesetze des Revierkampfes nicht.

Leo senkte den Kopf. „Also tut mir leid, wenn ich etwas Falsches gesagt habe. Ich wollte euch nicht verärgern. Ich freue mich einfach nur, das ist alles. Guck mal", sagte er an den Schwarz-Weißen gewandt „Ich kenne hier noch gar keinen in eurem Revier …"

Robin legte die Ohren an und fauchte.

„Oh, entschuldige, ich meine natürlich, in deinem Revier. Und dann treffe ich auf einmal innerhalb von ein paar Stunden gleich zwei Kater und das finde ich wirklich schön. Und da wollte ich doch einfach nur wissen, wie ich dich ansprechen kann, denn wie Robin heißt, weiß ich ja und …"

„Streuner."

Robin und Leo schauten den anderen an. Ein paar Sekunden lang war es still zwischen den dreien. Dann sagte der Rote:

„Du heißt Streuner? Ach, das ist aber ein schöner Name."

Stille.

„Ein – interessanter Name", meldete sich Robin schließlich. Dass der Schwarz-Weiße, also gut, dass Streuner seinen Namen genannt hatte, war ein gewisses Entgegenkommen. Schimmerte da etwas von dem früheren Vertrauen durch? Das war auch Leo zu verdanken, wenn er ehrlich war. Der kleine Kater war so unbekümmert hier aufgetreten, als ob es keine Feinde gäbe. Immerhin hatte er ihm damit einen zermürbenden Kampf erspart.

Und dann erzählte Streuner, was damals geschehen war. Im Alter von fünf Monaten hörte er im Tierheim ein Gespräch, das der Mann, der regelmäßig das Futter brachte, am Handy mit jemandem führte. Streuner verstand nicht alles. Aber er hörte aus dem Gespräch heraus, dass der Mann wütend war. Er beschimpfte seinen unsichtbaren Gesprächspartner und sagte, dass er es allen zeigen wolle. Zu allem Überdruss müsse er freundlich zu den Katzen sein, obwohl er die gar nicht leiden könne. Immerhin sei er im Tierheim schon einmal erfolgreich gewesen. Das würde er, wenn nötig, so oft wiederholen, bis sie in der Firma ein Einsehen hätten. Er, Streuner, wollte herausfinden, woran sein kleiner Bruder bei der Geburt gestorben war. Hier bot sich eine Gelegenheit. Es war zwar nicht mehr als ein Instinkt, eine vage Vermutung, aber mehr hatte er nicht und deshalb ergriff er die Chance. Ungesehen sprang er hinter den Rücksitz des Autos, mit dem der Mann das Futter transportierte. Wohin sie fuhren, konnte er nicht sehen. Es war holprig und als sie anhielten, öffnete der Mann die Türen. Streuner verschwand. Später würde er hierher zurückkommen und seine Spur aufnehmen. Doch zuerst müsste er größer und stärker werden.

Warum er Robin nichts von seiner Absicht erzählt hatte? Streuner legte die Ohren an. Robin war ein Freund der Tierheimmitarbeiter, er ließ sich streicheln und kraulen und er, Streuner, konnte Menschen nicht leiden und diese schon gar nicht. Warum hatten sie nicht verhindert, dass Floras Geburt schief ging?

„Du warst eifersüchtig“, konstatierte Robin.

Der Schwarz-Weiße knurrte, sagte aber nichts mehr.

„Wo wohnst du?“, fragte Robin.

„Nirgendwo.“ Streuner hob stolz seinen Kopf.

„Bist du jetzt eine Wildkatze?“, fragte Leo.

„Nein“, antwortete Robin an Streuners statt. „Wildkatzen sind größer. Und wilder.“ Diesen Seitenhieb auf Streuners mangelnde und vor allen Dingen ihm unterlegene Kampfkunst konnte er sich nicht verkneifen. Auch wenn er bisher noch nie einen seiner wilden Artgenossen gesehen hatte.

Streuner fauchte, legte die Ohren an und richtete sich auf seinen Hinterbeinen auf. Die Krallen an seinen gespreizten Vorderpfoten hatte er weit ausgefahren, bereit, zuzuschlagen.

„Noch wilder?“, fragte Leo ehrfürchtig.

Streuner setzte sich wieder hin. „Kein Mensch nennt mich seine Katze“, sagte er hoheitsvoll, wobei er das Wort *seine* besonders betonte. „Ich bin nirgends zu Hause.“

„Dann bist du schon viel rumgekommen?“, fragte Leo. „Und hast schon viel gesehen? Erzähl' mal. Hast du eine Freundin?“

„Ich habe schon genug geredet“, antwortete Streuner. Er stand auf. Auch Robin erhob sich. Es war klar: Nichts war mehr so wie früher zwischen ihnen. Die Monate in der Freiheit hatten seinen einstigen Gefährten verändert. Rau war er geworden, unzugänglich und feindselig. Steif standen sich die beiden Kater gegenüber und starrten sich an. Schließlich blickte Streuner zur Seite und machte einen Schritt nach hinten. Robin verstand und tat es ihm gleich. Waffenstillstand. Streuner drehte sich um, lief drei Schritte, blieb dann stehen und drehte seinen Kopf.

„Die Unterhaltung mit euch war – interessant.“ Dann verschwand er hinter dem Stall. Leo machte ein paar linkische Sprünge hinter ihm her und lugte um die Ecke. Mittlerweile war es stockdunkel geworden und selbst Leos Kateraugen konnten das Dunkel nicht weiter als ein paar

Meter durchdringen. Da war kein Streuner mehr zu sehen.

Nachdem Leo nun die Vorgeschichte kannte, erzählte ihm Robin, worum es ihm tatsächlich ging: Um die Aufklärung des Falles Flora. Dass er sich eine Ermittlergruppe zusammenstellen würde und dass er, Leo, das erste Mitglied – außer ihm selbst natürlich – war. Besser wäre es, wenn sie auch Streuner dafür gewinnen würden, aber notfalls würden sie es auch ohne ihn schaffen.

Leo schwieg. Robin beschnüffelte Leo freundschaftlich am Kopf. Leo drehte seinen Kopf zur Seite.

„Warum hast du mich vorhin angefaucht?“, miaute er weinerlich.

Robin brummte ärgerlich. Musste er sich hier vor dem Kleinen rechtfertigen? Dann fiel ihm ein, dass er selbst Leos Unbekümmertheit geschätzt hatte. Er gab sich einen Ruck.

„Okay, okay. Tut mir leid, ja?“

„Ja, aber warum? Ich verstehe das nicht.“

Robins Nasenflügel bebten, so tief holte er Luft.

„Weil, na ja, weil du so freundlich zu meinem Feind warst und ich dachte, du wärst mein Freund.“

Leo sprang auf und stupste Robin mit dem Kopf in die Flanke. „Aber ich bin doch dein Freund“, rief er glücklich. „Warum kann ich nicht mehrere Freunde haben?“

Darauf wusste Robin keine Antwort.

Es war mitten in der Nacht, als sie Robins Wohnhaus mit den zwei Erkern erreichten. Alle Fenster waren dunkel. Robin hatte viel schneller hier sein wollen, aber Leo bockte an der Bundesstraße. Obwohl es schon später Abend war und nur dann und wann mal ein Auto vorbeifuhr, weigerte sich der kleine Kater, die Straße zu überqueren.

Erst, nachdem Robin sich demonstrativ auf die Mitte der

Fahrbahn gesetzt hatte – was er noch nie in seinem Katerleben getan hatte und was er noch heute Mittag vehement verneint hätte, es jemals zu tun – erst dann traute sich Leo. Schnell lief er zu dem großen Kater bis in die Straßenmitte und gemeinsam erreichten sie sicher die andere Seite.

„Wie soll ich da hoch kommen?“, fragte Leo. Er stand am Fuß des Kastanienbaumes, Robin hing einen Katersprung hoch am Stamm und blickte nach unten.

„Na so wie ich natürlich. Mach´ es mir einfach nach.“ Robin kletterte weiter und hatte bereits den ersten Ast erreicht. Als er wieder nach unten blickte, hing Leo kopfüber am Stamm.

„Was machst du denn da?“, miaute Robin nach unten. „Du musst vorwärts klettern, nicht rückwärts.“

„Ich weiß, aber ich schaffe es nicht. Deshalb bin ich wieder umgekehrt.“

Robin klettert ebenfalls kopfüber den Stamm hinunter, bis er neben Leo hing.

„Hier, guck mal.“ Dann änderte er wieder die Richtung, umarmte den Stamm, stieß sich mit den Hinterbeinen ab und erreichte so wieder den ersten Ast. „Nur bis hier hin“, ermutigte er den kleinen Kater. „Wenn du es bis hier hin schaffst, dann ist der Rest ganz leicht.“

Leo drehte sich wieder um und versuchte, mit seinen wesentlich kürzeren Vorderbeinen den Stamm zu umgreifen. Es klappte. Seine Nase war dunkelrosa vor Aufregung.

„Ich kann es!“, rief er nach oben. Seine Hinterbeine rutschten zwar ab und zu ab, aber er erreichte den ersten Ast.

„Bravo“, lobte ihn Robin. „Wir müssen leise sein, damit ich dir auch das zeigen kann, was die Menschen nicht wissen dürfen.“

Zusammen erreichten sie den vierten Stock und sprangen

auf den Balkon. Die Balkontür war ein Spalt offen. Johanna und Stefan schlossen sie nachts nicht, wenn es draußen warm genug war. Dann konnte Robin ungehindert rein- und rausspazieren. Auch ein Licht ließen sie extra für ihn im Flur brennen. Ein Schimmer fiel auf den Balkon. Die beiden Kater liefen durch das Wohnzimmer bis in den Flur. Dort blieb Robin vor der Wand neben der Wohnungstür stehen. Anders als alle anderen Wände in der Wohnung war diese hier nicht mit Tapete verkleidet, sondern mit verzierten Holztafeln.

„Hier ist es", miaute Robin leise.

„Hier?", fragte Leo erstaunt und starrte auf die Wand.

„Na ja, um genau zu sein, dahinter", flüsterte Robin. Dann machte er aus dem Stand einen Luftsprung und landete auf einem Regalbrett, das an der Wand befestigt war. Er klopfte mit der rechten Vorderpfote auf eine der hölzernen Verzierungen auf der Wand. Die Holztafel über dem kleinen Brett glitt zur Seite. Leo machte einen Satz rückwärts. Dabei trat er sich auf den Schwanz und fiepte.

„Pssst!", zischte Robin. „Das ist doch nur eine Tür."

„Das weiß ich, aber was ist da drin?"

Vom Boden aus sah er gar nichts und für zwei Kater war das Regal zu eng.

„Das ist ein Aufzug", sagte Robin und verstummte dann, als ob das alles erklärte.

„Der ist aber klein", sagte Leo.

„Unser Haus war früher ein Hotel. Ich habe einmal ein Gespräch zwischen Johanna und dem alten Mankowski gehört. Die Menschen hier haben Essen in den Aufzug gestellt und es hoch und runter gefahren."

„Und warum haben sie Essen reingestellt?", hakte Leo nach.

„Damit die Angestellten es nicht tragen mussten, von einer Etage in die nächste. Habe ich doch schon gesagt", knurrte Robin. Dann miaute er mit gesenkter Stimme weiter: „Was besonders gut ist, ist der Ausgang des Aufzugs im Garten. Dort haben die Gäste bei schönem Wetter draußen gesessen und gegessen. So kann ich jederzeit aus dem Haus heraus."

Ein Geräusch aus dem Schlafzimmer. Robin hielt inne. Stefan schnarchte. Der Kater atmete auf.

„Meine Besitzer und die anderen menschlichen Bewohner hier im Haus wissen nicht, dass ich den Aufzug bedienen kann", miaute er leise. „Und so soll es auch bleiben. Deshalb müssen wir vorsichtig sein."

Leos Augen leuchteten.

„Wollen wir zusammen fahren?", fragte er und balancierte auf den Hinterbeinen, um mehr sehen zu können.

„Das geht nicht. Wir müssen nacheinander fahren, beide zusammen passen wir nicht rein. Wir versuchen es mit der Wohnung im zweiten Stock, die steht leer. Dann kannst du das Fahren lernen", sagte Robin. Er hob eine Pfote.

„Du musst hier draußen den zweiten Knopf, besser gesagt die zweite Verzierung von unten drücken. Dann hält der Aufzug im zweiten Stock und die Tür geht auf."

„Aber woher weiß ich, welches die richtige Tür ist?"

„Du musst zählen, habe ich doch gesagt." Robins Miauen klang dumpf. Er stand schon mit dem Vorderteil in der kleinen Öffnung.

„Ich kann nicht zählen", sagte Leo, aber da war Robins Schwanzspitze schon im Dunkel verschwunden. Die Tür glitt zu.

Leo stand alleine im Flur. Er lauschte. Alles ruhig. Ihm wurde unheimlich zumute. Das einzige Licht kam von einer kleinen Lampe mit einem dunkelgrünen Schirm. Es war schummrig. Zum Glück hatte er sich gemerkt, auf welches

Holzstück Robin gedrückt hatte. Der Sprung auf das Regal war leicht. Er tat es seinem neuen Freund gleich und nach einer Weile glitt die Tür wieder auf. Leo trat an den Einstieg heran und streckte den Kopf hinein. „Robin?“ miaute er leise. Er erschrak. Sein Miauen klang in dem hohlen Fahrkorb lauter als gedacht. Keine Antwort. Unschlüssig peitschte er mit dem Schwanz. Dann setzte er eine Tatze auf den hölzernen Boden. Er knarrte. Leo erstarrte. Alles blieb ruhig. Er hob die linke Pfote – Leo war Linkspföter – und wollte auf den besagten Knopf drücken. Doch welcher war der zweite Knopf von unten? Er wusste es nicht. Also verließ er sich auf sein Glück und drückte einen. Die zugleitende Holztür schubste ihn hinein. Der hölzerne Korb setzte sich ruckelnd in Bewegung. Ging es hoch oder runter? Der Aufzug stoppte und die Tür glitt auf. Leo streckte den Kopf hinaus. Das Mondlicht erhellte die Rosenbeete und den Gang von der Haustür zu den Mülltonnen.

„Robin?“ Keine Antwort.

„Hier draußen kann er doch nicht sein“, begann er mit sich selbst zu sprechen. Wenn er mit sich selbst sprach, fühlte er sich sicherer. Und weil er im Allgemeinen ein ängstlicher Kater war, miaute er oft mit sich selbst.

Er drückte erneut auf einen der Knöpfe. Der Aufzug fuhr nach oben. Ein Ruck und die Tür ging auf. Leo sprang in den Flur, streckte den Kopf in die Luft und witterte. Überall standen Dinge herum, Dinge, die Menschen benutzten. Schuhe, zwei Kommoden, eine Garderobe. Der Fahrstuhl schloss sich mit einem leisen Knarren.

Aus einem der verschlossenen Zimmer drang ein Geräusch, als ob jemand einen schweren Stuhl zurückschieben würde. Der Kater versteckte sich hinter einem Mantel, der an der Garderobe hing. Nur seine Pfoten schauten unten heraus. Die Tür öffnete sich und ein Mann mit weißen Haaren und Falten im Gesicht trat in den Flur. Er machte das Licht an und blickte sich argwöhnisch um. Leo spähte durch ein Loch zwischen zwei Mantelfalten.

„Ich hätte schwören können …“, sagte der Mann.

Er ging hinkend in die Richtung der Garderobe, als in einem der Zimmer das Telefon klingelte. Der Mann zögerte. Wieder klingelte es. Er drehte um und hinkte in das Zimmer zurück. Das Klingeln hörte auf.

„Mankowski!“, hörte Leo den Alten laut und energisch sagen.

Leo schlich hinter dem Mantel hervor und äugte durch den Türspalt. Mankowski stand mit dem Rücken zum Flur im Wohnzimmer. Leo wollte zum Aufzug laufen. Da drehte sich Mankowski um und schlurfte in den dunklen Flur. Zum Glück schaute er nicht nach unten: Leo huschte, eng an die Wand gedrückt, ins Wohnzimmer hinter einen Sessel. Mankowski machte kehrt und ging zu einem Schrank, öffnete die obere Tür und zog eine Medikamentenschachtel heraus. Er füllte sie mit verschiedenen Pillen und Tabletten und stellte sie in den Schrank zurück.

Nachdem Mankowski den Schrank wieder verschlossen hatte, ging er aus dem Wohnzimmer, machte das Licht aus und schloss die Tür. Leo war eingeschlossen. Wie sollte er zum Aufzug kommen?

Robin saß im zweiten Stock und wartete. Es war dunkel. Draußen hörte er eine Eule rufen. Er trabte über den Parkettfußboden, sprang auf das Fensterbrett im Erker und spähte in den Garten. Dann lief er zur gegenüberliegenden Wand und hieb seine Krallen in den Putz. Etliche Krümel rieselten herunter und vergrößerten den Haufen auf dem Boden.

Leo kam nicht. Unruhig trabte Robin wieder zu dem

Aufzug und lauschte durch die geschlossene Tür. Nichts. Er fuhr bis in den Garten. „Leo?“, miaute er nach draußen. Keine Antwort. Vielleicht war der Rote nach Hause gelaufen. Robin lief zu Leos Wohnsiedlung.

Eine kleine Holztreppe, eigens für den roten Kater gezimmert, führte über das Balkongeländer zu Leos Wohnung. Es gab ein dumpfes Geräusch, als Robin mit gesenktem Kopf gegen die Katzenklappe stieß. Sie ging nicht auf. Er versuchte es noch einmal. Nichts bewegte sich.

Es war dunkel und still. Außerdem roch es merkwürdig. Menschengerüche kannte Leo von Lotte. So roch es nicht. Es roch wie in dem verlassenen Mauseloch, das er kürzlich auf der Wiese in seinem Garten entdeckt hatte. Er erinnerte sich genau: Vorsichtig hatte er mit der Pfote in das Loch gelangt und war auf etwas Weiches, Pelziges gestoßen. Als er die Pfote wieder herauszog, hing an seinen Krallen eine tote Maus. Also roch es in Mankowskis Wohnzimmer nach toter Maus!

Die Tür öffnete sich.

„Ich werde schon senil“, sagte der alte Mann. „Ich wollte doch lüften.“

Mit diesen Worten schlurfte er zur Balkontür und öffnete sie. Leo flitzte in den Flur.

„Verdammt noch mal!“, fluchte Mankowski. „Jetzt hab′ ich die Katzen schon in der Wohnung.“ Leo schaute sich nach der hölzernen Verzierung um, auf die er nur zu gerne gedrückt hätte. Ein Stechen in seiner Flanke ließ ihn herumfahren. Mankowski stieß mit einem Besen nach ihm.

„Euch werde ich lehren, mir nicht nur meine Rosenbeete zu verätzen, sondern mich auch noch bis in die Wohnung zu verfolgen“, schrie der Alte wütend und stieß bei jedem

Wort mit dem Besen nach Leo. Der Kater flitzte von einer Ecke des Flurs in die andere, doch diesmal war auch sein Versteck hinter dem Mantel nicht sicher. Mankowski öffnete die Wohnungstür und schrie:

„Hau´ ab, raus mit dir!“

Leo ließ sich das nicht zweimal sagen und sauste in das Treppenhaus hinaus. Mit einer Behändigkeit, die Leo dem hinkenden Mann nicht zugetraut hatte, holte der mit dem Fuß aus und trat ihm in sein Hinterteil. Leo fauchte, strauchelte, fing sich wieder und rannte die Treppen in den dunklen Hausflur hinunter.

Es wurde hell. Von unten rief eine Männerstimme:

„Was ist da oben los? Könnt ihr bitte leiser sein, es ist schon nach elf.“

„Ich bin´s ja nicht, der hier den Tam-Tam veranstaltet, das sind eure Viecher.“

„Ach, Herr Mankowski, das sind keine Viecher, das sind liebenswerte Haustiere, das lernen Sie wohl nie.“

„Ach, Herr Braunfels, haben Sie mir dann das liebenswerte Haustier mitten in die Wohnung gesetzt, ja?“, äffte Mankowski ihn nach.

Im Erdgeschoss ging eine weitere Tür auf. „Also da hört doch alles auf“, rief eine erboste Frauenstimme aus dem Erdgeschoss. „Wissen Sie, wie spät es ist?“

„Nach elf, Frau Schmitz“, riefen Mankowski und Jens Braunfels gleichzeitig nach unten.

„Wollen Sie mich veräppeln?“, rief Kathrin Schmitz nach oben. „Unsere Kinder schlafen. Aber offensichtlich ist ihnen das egal, sie haben keine Kinder.“

„Der Klügere gibt nach, ich wünsch Ihnen beiden eine gute Nacht“, rief Jens Braunfels und schloss die Tür.

„Bringt eh nix“, murrte Mankowski. „Muss ich halt warten, bis es so weit ist.“

Dann wurde es dunkel im Treppenhaus. Leo, der sich in der zweiten Etage ängstlich an die Wand gedrückt und dort das Gespräch mit angehört hatte, atmete auf. Oben und unten fielen die Türen ins Schloss.

„DU hast das alles veranstaltet?“

Leo fuhr herum. Da stand Robin. Erleichtert plapperte der Kleine drauflos: „Wo warst du denn? Ich habe dich überall gesucht. Du warst plötzlich weg. Hättest du nicht auf mich warten können? Hätten wir nicht doch zusammen fahren können? Ich kann doch nicht zählen und als du gesagt hast …“

Robin fauchte und Leo verstummte.

„Ich habe dich auch gesucht und DU warst plötzlich weg“, sagte er. „Und wieso geht die Klappe an deinem Balkon nicht auf? Ich habe dich auch dort gesucht.“

„Die geht nicht für andere Tiere auf. Ich musste extra zum Tierarzt, der hat mich aufgeschnitten und mir einen Chip unter meine Haut geschoben. Die Klappe geht nur für mich auf.“

Robin legte den Kopf schief, sagte aber nichts.

„In der Wohnung da oben riecht es nach toter Maus“, sagte Leo.

„Nach toter Maus?“, echote Robin.

„Ja. Warum wiederholst du mich?“

Robin schüttelte den Kopf.

„Nein, du musst dich verrochen haben. Mankowski kann keine Tiere leiden. Wieso sollte eine Maus dann in seiner Wohnung sein?“

Leo reckte den Kopf hoch in die Luft.

„Das weiß ich doch nicht. Glaubst du mir nicht?“

Robin schwieg. Er zweifelte an Leos Worten. Der hatte wenig Erfahrung, wie sollte er die Gerüche voneinander unterscheiden?

„Ob tote Maus oder nicht, wir müssen etwas unternehmen, wegen Floras totem Welpen“, sagte er dann.

„Jetzt?“, piepste Leo erschrocken zurück.

„Na, das mit der Mülltonne haben wir doch heute schon ganz gut geschafft, oder?“

„Na ja, schooon, aber ich bin müde. Ich will nach Hause.“

Robin holte tief Luft. Er durfte den kleinen Kater nicht überfordern, sonst würde der gar nichts mehr tun wollen.

„Dann machen wir morgen weiter“, sagte er.

„Aber wie komme ich raus?“

Robin blickte vielsagend auf die hölzerne Wand in dem Treppenhaus. Leo stutzte. Dann miaute er mit leuchtenden Augen:

„Also auch hier?“

„Psssst“, machte Robin und lauschte. Aber das Treppenhaus blieb dunkel und still. Dann drückte er mit der rechten Vorderpfote auf eine der hölzernen Verzierungen. Eine kleine Tür schnappte nach außen auf.

Leo machte einen langen Hals und peilte über die Türschwelle in das dunkle Innere. Das Licht, das vom Treppenhaus in den Schacht einfiel, spiegelte sich auf etwas wider, das steil nach unten führte.

„Ist das auch für das Essen?“, fragte Leo und sein Miauen hallte aus dem dunklen Inneren wider.

„Nein“, antwortete Robin. „Siehst du nicht, dass das eine Rutsche ist?“

„Für Kinder?“, fragte Leo überrascht. Ihm fiel der Kinderspielplatz ein, der hinter seinem Wohnhaus war.

„Stellst du dich dumm oder bist du es?“, knurrte Robin, dem das welpische Gefrage des Roten langsam auf die Nerven ging.

„Natürlich nicht für Kinder. Die rutschen doch nicht hier

drinnen. Nein, das ist für Müllbeutel. Der Aufzug in den Wohnungen ist für Essen und die Rutsche im Treppenhaus ist für Müll."

Er wollte seine Erklärungen beenden, besann sich aber eines Anderen. Robin ermahnte sich selbst, etwas nachsichtiger zu sein. Schließlich war ihr Haus etwas Besonderes. Woher sollte Leo wissen, wofür die Fahrstühle und Rutschen gedacht waren?

„Das benutzen meine Besitzer aber heute nicht mehr", fügte er deshalb hinzu. „Früher, als das noch ein Hotel war, haben die Menschen hier Müll reingeworfen. Der kam unten im Garten raus und sie konnten ihn gleich in die Mülltonnen werfen."

Leo setzte zwei Pfoten auf die glatte Rutsche, behielt aber den größten Teil seines Körpers noch draußen, damit er nicht unfreiwillig hinunterschlittern würde.

„Aber woher weiß ich denn, wann ich aussteigen muss? Ich kann doch nicht zählen."

„Dummer Kater", unterbrach ihn Robin nicht ohne eine Spur von Geringschätzung, was ihm aber sogleich wieder leid tat.

„Der Ausgang nach draußen ist da, wo es nicht mehr weiter geht, ganz unten, neben dem Aufzug kommt er an, du musst nicht zählen", setzte er deshalb sanfter hinzu und schickte seinem Miauen sogar ein kurzes Schnurren hinterher.

„Da war ich heute schon mal", flüsterte auch Leo. „Das schaff′ ich." Er verschwand in dem dunklen Gang.

Kampftraining

Robins Fell war feucht. Nebeltröpfchen lagen darauf. Es war noch früh am nächsten Morgen. Er putzte sich, mehr aus Langeweile denn aus einem Bedürfnis, sich tatsächlich zu säubern. Zwischendurch hielt er wiederholt inne und starrte gespannt auf die Katzenklappe. Wo blieb sein Partner? Als sich auch nach ein paar Minuten nichts tat, kratzte er daran.

„Leo!“, miaute er laut.

Drinnen hörte er ein entferntes Piepsen. Schritte klapperten auf dem Fußboden. Dann öffnete sich die Tür und eine Frau mit grauen Haaren stand in dem Türrahmen. Sie lächelte Robin an.

„Wo kommst du denn her?“

Robin schüttelte den Kopf. Offenbar war es eine durchaus menschliche Eigenschaft, ständig Fragen zu stellen, obwohl man die Antwort gar nicht haben wollte oder, wie in ihrem Fall, gar nicht bekommen konnte. Sie verstand ihn nicht.

Aber bei den Menschen, die in seinem Haus wohnten, hatte es sich als durchaus vorteilhaft erwiesen, wenn er mit ihnen auf guter Tatze stand. Also begann Robin, Leos Besitzerin schnurrend um die Beine zu laufen. Sie bückte sich, griff sich gleich darauf mit verzerrtem Gesicht in den Rücken und richtete sich wieder auf. Dabei hielt sie sich an dem Griff der Balkontür fest.

„Oh weh, tut mir leid, mein Kleiner“ – Robin rümpfte bei dem Wort „Kleiner“ die Nase – „ich komme nicht bis zu dir runter. Aber bestimmt hab ich was Gutes für dich.“

Robin überholte Lotte und trabte zielstrebig in die Küche. Von dort kam der Geruch nach Futter. Leo kauerte vor seinem Napf, fraß Nassfutter und schmatzte. Als Robin in die Küche kam, hielt er inne.

„Hallo, bist du schon lange da? Ich muss erst noch frühstücken. Bestimmt hast du schon gefrühstückt."

Robin dachte an die herzhaften Puten-Reis-Cracker, von denen er heute Morgen einen ganzen Napf voll gefressen hatte.

„Nein", log er.

„Nein?"

„Na ja", fügte Robin hinzu, den der Anflug eines schlechten Gewissens plagte. „Es gab schon etwas zu Fressen. Aber es hat nicht gereicht, es war viel zu wenig und mein Magen ist noch ganz leer, ich hatte noch gar keine Zeit, an meinem Mauseloch vorbeizuschauen, weil ich doch sofort zu dir wollte und …" Robin unterbrach sich selbst. Er plapperte drauf los wie Leo.

Leo stupste ihn freundschaftlich mit dem Kopf in die Seite.

„Sag´ das doch gleich. Hier, ich bin eigentlich schon satt, friss ruhig. Putenhäppchen in heller Soße, mein Lieblingsfutter."

Robin schämte sich. So ein gutmütiger Kater, überließ ihm sogar sein liebstes Futter.

Lotte stellte neben Leo einen zweiten Napf auf den Boden. Dabei stützte sie sich mit einer Hand auf einer Stuhllehne ab. Der Napf war gefüllt mit Katzenmilch. Als die beiden Kater ihre Mahlzeiten beendet hatten, sagte die Frau:

„Gehörst du jemanden? Wenn nicht, wärst du ein schönes Geschenk für unsere Studentin hier im Haus."

Robin schluckte. Er? Ein Geschenk? Schnell blickte er sich nach der Balkontür um. Mit drei, vier großen Sätzen wäre er dort und im Freien in Sicherheit.

„Keine Angst", beruhigte ihn Leo. „Lotte tut dir bestimmt nichts."

„Komm mal her“, sagte sie, kraulte Robins Kopf, schaute sie in seine Ohren und nickte.

„Hab ich es mir doch gedacht. Du bist nicht herrenlos. Du hast Tätowierungen in deinen Ohren. Dann muss unsere Studentinnenkatze noch etwas alleine bleiben, nicht wahr? Schade nur, dass ihr das so gar nicht gut tut. Wenn ich an das Blut denke …“ Damit verließ sie die Küche.

Robin spitzte die Ohren und schaute Leo auffordernd an.

„Die Studentin, das muss die Frau sein, von der ich dir erzählt habe. Die Katzenfutter in die Mülltonnen geworfen hat. Ihr muss die andere Katze hier im Haus gehören. Wie Lotte gesagt hat, hat sie geblutet. Das heißt, es muss etwas Schlimmes passiert sein“, schlussfolgerte Leo ungewohnt sachlich.

Robin nickte. Ob es mit ihrem Fall zu tun hatte, konnte er nicht abschätzen. Aber dass hier etwas nicht mit rechten Dingen zuging, das war sicher.

„Wollen wir die Katze fragen, was geschehen ist?“, fragte er eifrig und war schon im Begriff, zur Katzenklappe zu laufen. Robin hielt ihn zurück.

„Das ist zwar eine gute Idee, aber vorher müssen wir etwas anderes erledigen.“

„Was denn?“

„Es gibt nicht nur die Katze hier, um die wir uns kümmern müssen. Zuerst müssen wir dafür sorgen, dass uns und vor allen Dingen dir nichts passiert, während wir ermitteln.“

„Was meinst du denn damit?“

Lotte kam wieder in die Küche. Sie trug einen dünnen Mantel.

„So, ihr zwei. Ich muss meinen routinemäßigen Weg zum Arzt antreten. Wenn man alt wird, da zwickt und zwackt es hier und dort. Ihr wisst ja, wie ihr rauskommt.“

Die Wohnungstür fiel ins Schloss und die beiden Kater waren alleine.

„Was meinst du damit? Dass uns und vor allen Dingen mir nichts passiert“, wiederholte Leo seine Frage von vorhin.

„Wie oft hast du schon gekämpft?“, fragte Robin.

„Gekämpft?“ Leo blickte ihn verständnislos an. „Gegen wen denn?“

„Eben“, sagte Robin. Sein Maul vom Miauen trocken. Er schlabberte Wasser aus Leos Napf.

„Meinst du, es ist gefährlich, herauszufinden, woran das Kätzchen gestorben ist?“ Leo schluckte.

Robin leckte sich das Maul.

„Gefahr droht uns Katern und Katzen immer“, brummte er unheilvoll.

„Gefahr von großen, schwarz-weißen Katern oder Gefahr von großen, grauen Katern, aber manchmal auch Gefahr von gutmütig aussehenden, weißen Perserkatzen und bei dir“ – dabei blickte er Leo von den Ohrenspitzen bis zu den Krallen an – „bei dir auch Gefahr von *kleinen*, schwarz-weißen Katern und *kleinen*, grauen Katern und *kleinen*, gutmütig aussehenden Perserkatzen.“

„Schon gut“, maulte Leo. „Ich kann nichts dafür, dass ich erst ein Jahr alt bin. Lotte sagt immer, mach dir nichts draus, jeder hat mal klein angefangen.“

„Siehst du, das meine ich. Menschen haben leicht reden, sie müssen sich nicht tagaus tagein verteidigen. Aber mach dir keine Sorgen: Ich zeige dir alles, was du brauchst. Heute fangen wir an.“

„Das sind jedoch nur die alltäglichen Gefahren, vor denen wir Kater uns wappnen müssen“, setzte er hinzu.

„Was denn, noch mehr?“

„Überleg mal, wer würde ein kleines Kätzchen töten?“

Leos Ohren rückten dichter zusammen, so sehr runzelte er seine rot-weiß gestreifte Stirn während des Nachdenkens.

„*Große, schwarze* Kater?“

„Sei nicht dumm“, schalt Robin. Schließlich ging es um Leben und Tod, Dummheit könnte tödlich sein. „Wir töten zwar manchmal unsere eigenen Kinder, aber hier geht es doch um ein Kätzchen, das schon tot zur Welt gekommen ist oder gleich nach der Geburt gestorben ist.“

Robin erzählte von dem Zeitungsartikel, den Johanna vorgelesen hatte. Dass Flora in dem Tierheim noch eine weitere Frühgeburt gehabt hatte und dass die Welpen mit größter Not überlebt hatten.

Robin verstummte. Auch Leo miaute kein Wort. Reglos saßen sie sich in der Küche gegenüber. Draußen zwitscherte eine Amsel. Robin ignorierte sie. Stattdessen miaute er leise:

„Wer könnte dafür sorgen, dass so etwas passiert? Nur Menschen. Wir Kater können so etwas nicht.“

Er schielte verstohlen zur Balkontür. Offenbar hatte Leo den gleichen Gedanken. Er lief ins Wohnzimmer und kontrollierte seine Katzenklappe. Sie öffnete sich, sobald er davor stand. Vorsichtig streckte er seinen Kopf hindurch.

„Du kannst mir folgen“, sagte er zu Robin gewandt. „Hier auf dem Balkon ist niemand.“

„Wohin?“

„Bei dir sind wir sicherer. Hier sind die Jungen, die mir Angst machen, wenn ich alleine bin.“

„So machen wir es. Die leere Wohnung in meinem Haus ist ab jetzt unser Treffpunkt.“

Kein Mensch wusste davon und das musste auch so bleiben.

Diesmal hatte es Leo geschafft. Durch den Einstieg im Garten war er zu Robin in den Aufzug gesprungen, bevor sich die Tür geschlossen hatte. Zwar war es eng gewesen und Robin hatte ihm fauchend ins Ohr gebissen, aber Leo hatte sich zu einer Kugel gemacht und Robin hatte ihn brummend neben sich geduldet.

Robin begann die Lagebesprechung. Er hatte sich unterhalb des Erkerfensters neben die Balkontür gesetzt.

„Mich jagt der Mankowski und dich jagen die Jungen. Was können wir tun?"

„Wir könnten dem Alten jeden Tag vor die Wohnungstür pinkeln", schlug Leo vor.

„Hm", entgegnete Robin.

„Wir könnten mit dem Aufzug in seine Wohnung fahren und seine Vorräte wegfressen."

„Hm."

„Was denn?", fragte Leo ungeduldig.

„Wenn hier etwas passiert, und es ist klar, dass es Katzen waren, dann weiß er sofort, dass ich damit zu tun habe. Dann wird es für mich noch schlimmer hier."

„Mäuse!", rief Robin plötzlich triumphierend.

Leo, der eine Amsel auf dem Fenstersims beobachtete, schreckte auf.

„Was ist mit Mäusen?"

„Wir setzen ihm Mäuse in die Wohnung und die fressen ihm die Vorräte weg. Das machen wir so lange, bis er auszieht, weil es ihm hier nicht mehr gefällt."

Leo schwieg und blickte wieder zum Fenster hinaus. Er sprang auf das Fensterbrett und presste seine Nase gegen die Scheibe. Die Amsel zeterte, schlug mit den Flügeln und flog davon.

„Was willst du da oben?", fragte Robin irritiert. „Du kannst doch sowieso nicht raus."

„Ja, aber es ist wichtig, dass ich die Lage überblicke, ich wollte nur schauen, ob sich jemand anschleicht.“

„Was hat das mit den Mäusen und dem Mankowski zu tun?“

Leo sprang von dem Fensterbrett, setzte sich auf sein Hinterteil und senkte den Kopf.

„Alsooo …“

„Ja?“

„Weißt du, ich …“ Leo leckte sich verlegen mit der Zunge das Maul.

„Na los, so schlimm kann es nicht sein. Raus damit, was es auch ist“, ermunterte ihn Robin.

Leo holte hörbar Luft. Dann stieß er schnell hervor: „Ich kann keine Mäuse jagen.“

Robin starrte ihn an. Da hatte er sich bestimmt verhört.

„Du meinst, du kannst nicht so gut Mäuse jagen?“, hakte er nach.

„Nein, ich meine, ich kann keine Mäuse jagen.“

„Willst du damit sagen, dass du“ – Robin machte eine Pause, bevor er die unglaubliche Frage aussprach – „noch nie eine Maus gefangen hast?“

Leo nickte wortlos. Auch Robin schwieg. Er musste das soeben Gehörte erst einmal verarbeiten. Katzen und Mäuse, Mäuse und Katzen – das war ein Bund fürs Leben. So sicher, wie Kater und Katzen Mäuse fingen und fraßen, so sicher wurde es jeden Tag morgens hell und abends dunkel. Kater und Katzen fraßen Mäuse und waren dankbar für das gute Futter. Die überlebenden Mäuse freuten sich, dass sie weniger Konkurrenz bei der eigenen Nahrungssuche rund um ihre Mäusewohnung hatten. Es war also ein Bund, von dem jeder der Beteiligten profitierte. Er hatte noch nie von einem Kater gehört, der im Alter von einem Jahr noch keine Mäuse fangen konnte. Das passierte, wenn kleine Kätzchen zu früh von ihren Müttern zu den Menschen geholt wurden. Keine Menschenmutter war in der Lage einem Katzenkind zeigen, wie es Mäuse jagen oder sein Revier markieren sollte.

„Ich hab´s." Robin war fertig mit seinen Überlegungen. „Hör´ mir gut zu", sagte er entschieden.

„Ich habe einen Ausbildungsplan für dich. Zuerst bringe ich dir bei, wie man Mäuse jagt, fängt und frisst. Denn die Idee, sie dem Mankowski in die Wohnung zu setzen, damit sie ihm die Vorräte wegfressen, ist sehr gut. Im Übrigen können wir das auch bei den Jungen in deinem Haus machen."

Leo, der mit hängendem Kopf dagesessen hatte, richtete sich auf.

„Zweitens: Wir müssen an deiner Körpersprache arbeiten. Wichtig ist eine stolze Haltung: den Kopf hoch, den Blick direkt auf den Gegner richten. Drittens: Reviermarkierungen, also den Kopf an einem Holzstapel reiben, mit den Krallen an Baumstämmen kratzen, anpieseln – den Schwanz steil aufstellen und die Flüssigkeit aus deinem Hinterteil drücken. Viertens: Du musst lernen, wie du drohen kannst."

Leo piepste. Robin schnaubte verächtlich.

„Das gehört bestimmt nicht dazu. Allerdings gehören Fauchen, den Schwanz zum Staubfeudel machen und die Rückenhaare aufstellen dazu. Fünftens: Noch stärkere Drohgebärden, nämlich Knurren."

Robin sah Leo scharf an. Der presste seine Lefzen fest zusammen und blieb stumm. „Sechstens: der Angriffsschritt, das ist mit steifen Beinen auf den Gegner zugehen. Siebtens: den Angriffssprung vorbereiten, das heißt sich auf den Boden ducken, dabei mit den Hinterbeinen auf der Stelle treten, um die Muskeln warm zu machen. Achtens:

den Angriffssprung ausführen, nämlich sich mit den Hinterbeinen kräftig abstoßen und wie ein Flummi auf den Gegner zuschießen.“ Robin hielt inne und überlegte.

„Vielleicht können wir Nummer sieben und acht zusammennehmen. Auf jeden Fall ist die letzte Übung in deinem Trainingsprogramm die Königsdisziplin: der Todesbiss.“

Leo riss die Augen auf. Robin nickte bekräftigend. „Sonst hat alles keinen Sinn. Am besten fangen wir gleich damit an, denn wir müssen viel üben. Besser gesagt: Du musst viel üben.“

Robin lief in den Flur, doch Leo zögerte. Unschlüssig peitschte mit dem Schwanz von einer Seite zur anderen. Robin blieb stehen und wandte den Kopf.

„Was ist? Komm, das Wetter ist gut, die Mäuse wissen das zu schätzen und strecken ihre Köpfe aus den Löchern.“

„Ich wollte mich gerade noch etwas ausruhen“, sagte Leo seufzend.

„Ausruhen? Aber wovon?“

„Das Nachdenken heute Morgen bei mir in der Wohnung, der Weg hierher, noch viel mehr nachdenken hier in der Wohnung …“

Robin überlegte. Er mit seinen sechs Jahren war viel älter als Leo und gar nicht müde. Zumal sie hauptsächlich rumgesessen hatten. Bestimmt war es nur eine Ausrede, um nicht mit dem Üben anfangen zu müssen.

Vielleicht hatte der Rote Angst? Laut sagte er:

„Wir schaffen das schon. Los. Mir nach.“

Leo beugte sich der Autorität des Älteren und trabte hinter Robin in den Flur. Als ob es eine Selbstverständlichkeit wäre, war er mit einem Satz hinter dem grau Getigerten in dem Aufzug. Robin knurrte und brummte, ließ den Jüngeren aber in Ruhe.

Robin hatte entschieden, dass sie für die Übungen nicht sein besonders ertragreiches Mauseloch nehmen würden. Das wäre zu gefährlich, schließlich könnten sie dort jederzeit auf Streuner treffen. So lange nicht wieder eine Art Freundschaft gewachsen war, so lange wollte er Leo dem Kampfkater nicht aussetzen. Selbst wenn Streuner sie in Ruhe lassen würde – es wäre auch viel zu leicht. Wenn ihm die Mäuse bissgerecht vor das Maul liefen, würde Leo nicht lernen, geduldig zu warten. Geduld war eine grundlegende Eigenschaft um erfolgreich zu jagen. Deshalb saßen sie im Halbschatten des großen Kastanienbaumes neben Robins Haus und warteten. Das Mauseloch lag am Hang des Hügels, auf dem der Baum stand, was eine erschwerende Bedingung für einen Anfänger wie Leo war. Er musste lernen, sein Gleichgewicht in schräger Körperhaltung nicht zu verlieren. Dabei durfte er sich nicht bewegen, um die Mäuse nicht zu verschrecken.

Wie zwei Statuen saßen Robin und Leo einen Meter entfernt vor dem Mauseloch. Nur Robins Nasenflügel zitterten von Zeit zu Zeit, wenn er versuchte, eine Mäusewitterung aufzunehmen. Leo hatte er befohlen, sich auf keinen Fall zu bewegen. Bis jetzt hielt er sich daran. Aber sie saßen erst seit vier Minuten hier. Aus den Augenwinkeln beobachtete Robin den roten Kater. Da bewegte sich zuerst dessen Schwanzspitze, dann der ganze Schwanz.

„Pssst!“, zischte Robin leise.

„Aber ich …“ piepste Leo leise.

„Pssst!“

Wieder saßen die beiden Kater drei Minuten lang unbeweglich.

Eine Maus streckte ihren Kopf zum Mauseloch heraus.

„Guck mal!“, piepste Leo laut und sprang auf. „Da ist eine Maus.“

Ruckzuck war die Maus wieder verschwunden.

„Guck mal, da *war* eine Maus“, miaute Robin laut und ärgerlich.

„Ich hab dir doch gesagt, dass du mich vorerst nur beobachten sollst. Nicht miauen, nicht piepsen, nicht jammern.“

Bestimmt würde er selbst mindestens so viel Geduld brauchen, um Leo alles Lebensnotwendige beizubringen, wie sein Schüler für die Übungen. Er ermahnte sich selbst, nicht so schnell aus dem Fell zu fahren. Schließlich mussten sie den Kätzchenmörder finden. Dafür mussten sie sich bestmöglich auf diesen erbitterten Kampf vorbereiten. Und dass es am Ende einen solchen Kampf geben würde, daran zweifelte Robin keine Sekunde lang.

„Noch mal von vorne“, kommandierte Robin. Als ob die Mäuse Robins Befehl gehört hätten, streckte eine von ihnen ihren Kopf heraus. Alles blieb still. Schnüffelnd und mit zitternden Schnurrhaaren wagte sie sich weiter vor. Ihre schwarzen Knopfaugen glänzten in der Vormittagssonne, die hier und da durch das Blätterdach des Kastanienbaums fiel. Da schnellte Robin nach vorne, flog einen Meter weit durch die Luft und landete kurz vor der Maus. Im Sprung hatte er seine Vorderpfoten nach vorne gestreckt und die Krallen ausgefahren. Er erwischte sie mit einer Tatze, bevor sie wieder im Mauseloch verschwand.

Die Maus piepste verzweifelt und wand sich auf dem Boden, während Robin ihr unbarmherzig die Krallen in den pelzigen Leib schlug und sie mit einer Pfote ins Gras drückte.

„So“, sagte er zu Leo gewandt. „Du bist an der Reihe.“

„Aber was soll ich mit ihr machen?“, fragte Leo und das verzweifelte Schreien des kleinen Nagers trieben ihm Tränen in die Augen. Er blinzelte in die Sonne.

Robin nahm die Maus ins Maul, darauf bedacht, sie nicht zu töten. Noch nicht. Das sollte Leo tun. Er ging zu ihm und hielt ihm die zappelnde Maus vors Gesicht. Leo wich einen Schritt zurück. Robin folgte ihm und stupste ihn mit der Maus gegen das Maul.

„Aber ich …“ begann Leo, konnte aber nicht weiter sprechen, denn Robin hatte ihm die Maus ins Maul gedrückt.

„Halt sie fest!“, befahl Robin.

Als ob die Maus ihre Chance wittern würde, strampelte sie noch wilder mit den Beinen und kratzte Leo dabei auf der Nase.

„Beiß zu!“, rief ihm Robin zu, dem selbst das Wasser im Maul zusammenlief.

„Iff kann nifft“, miaute Leo mit vollem Maul. Obwohl er sich Mühe gab, sein Maul beim Miauen nicht so weit zu öffnen, reichte es der Maus für einen Fluchtversuch. Sie wand sich zwischen Leos zaghaft zupackenden Zähnen heraus, fiel auf den Boden und huschte davon.

Noch zweimal wiederholte sich das gleiche Schauspiel, dann hatte Robin genug. Als die Maus zum dritten Mal flüchten wollte, fing Robin sie wieder ein, warf sie hoch in die Luft und biss ihr den Kopf ab, als er sie wieder auffing.

„Hier“, sagte er und legte Leo das kopflose Tierchen vor die Vorderfüße. „Friss.“

Leo schnüffelte vorsichtig an dem kleinen, leblosen Körper. Sollte er den Pelz etwa auch fressen? Und was war mit den Füßen, an denen spitze Krallen waren?

„Hör′ mal“, unternahm Robin einen weiteren Anlauf. „Du weißt, dass die Sache mit dem Mäuse jagen ganz wichtig ist für unseren Fall. Sie ist sozusagen die Basis unserer Ermittlungsarbeit.“ Er überlegte kurz, bevor er fortfuhr.

„Zwar brauchen wir sie lebend, um sie in Mankowskis

Wohnung und in den Wohnungen der Jungen auszusetzen. Aber schließlich sollst du auch lernen, selbstständig als Kater draußen zurechtzukommen. Und dazu gehört es, Mäuse zu fressen."

Robin sagte nicht, dass er noch keine Ahnung hatte, wie sie in die Wohnungen der Jungen reinkommen sollten. Hier hatten sie den Aufzug, aber dort? Robin schaute nach Worten suchend im Garten umher.

„Also wenn du keine Mäuse jagen kannst, gefährdest du unseren Plan. Das heißt ich weiß nicht, wie wir dann die Jungen aus deinem Haus vertreiben sollten. Und wenn du sie einmal gefangen hast, solltest du sie auch gleich fressen, denn …"

Ein Schmatzen unterbrach Robins Überzeugungsrede. Leo leckte sich das Maul.

„Gar nicht so schlecht", meinte er.

Das Unheil im Haus

„Ich bin so aufgeregt", klang Elkes Stimme von der Straße herüber. „Sie sind ja so süß."

Robin und Leo beobachteten vom Garten aus, wie Elke einen Katzenkorb aus dem Auto nahm. Auf der anderen Seite nahm Jens einen zweiten Korb heraus. Robin versuchte, eine Witterung aufzunehmen, aber der Wind stand mit ihm. Seine Neugier zwang ihn, den Platz hinter der Hecke zu verlassen. Er setzte sich auf den gepflasterten Weg, der durch den Garten zur Haustür führte und starrte dem Ehepaar entgegen. Sie hielten die Körbe so, dass er nicht hineinsehen konnte.

Was Robin roch, beunruhigte ihn. Ein fremder Geruch, und doch vertraut, erinnerte Robin an etwas, das lange, lange zurück lag. Ein Maunzen kam aus dem Korb, den Elke trug. Robin spitzte die Ohren, stellte sich auf die Hinterbeine, wobei er sich mit den Vorderbeinen an Elkes Bein abstützte und streckte den Kopf hoch, um hineinschauen zu können.

„Nein, nein“, sagte Elke und hielt den Korb noch höher. „Sie soll sich nicht noch mehr aufregen.“ Dabei schüttelte sie ihr Bein. Robin ließ von ihr ab.

Aufregen? Robin schüttelte verwundert den Kopf. Wieso sollte sich eine Katze aufregen, wenn sie einen Kater sieht? Oder war sie etwa rollig? Nein, das roch anders. Er miaute fordernd, aber Elke und Jens gingen mit den beiden Körben ins Treppenhaus.

„Wer war das?“, fragte Leo.

„Neue Katzen in meinem Haus“, miaute Robin argwöhnisch. „Und ich glaube, diesmal wirklich eine Katze.“

Leo überlegte. „Ist das gut?“

Robin legte die Ohren an.

„Woher soll ich das wissen? Ich kenne sie ja noch nicht.“

Neue Katzen. In *seinem* Haus. Das war ein beunruhigender Gedanke. Noch mehr beunruhigte ihn der Geruch, den er nicht zuordnen konnte und der doch etwas in ihm wach rief. Ein paar Regentropfen fielen auf die Pflastersteine. Der Himmel hatte sich verdunkelt. In der Ferne donnerte es. Er musste der Sache so schnell wie möglich auf den Grund gehen. Aber so lange Elke und Jens Braunfels zu Hause waren, konnte er sich die neuen Mitbewohner nicht in Ruhe anschauen.

„Kommen wir zurück zum Training“, sagte er deshalb. „Lektion eins: stolze Haltung. Komm mit.“ Nach ein paar Sprüngen in Richtung Kastanienbaum merkte Robin, dass Leo ihm nicht folgte. Er blieb stehen und drehte den Kopf. Der kleine rote Kater hatte sich eng an die Hauswand neben der Eingangstür gedrückt und schaute ängstlich nach oben an den Himmel, an dem sich schwarze Gewitterwolken türmten. Wieder donnerte es. Leo legte die Ohren an und miaute kläglich.

Robin lief zurück und stieß ihm freundschaftlich mit der Schnauze in die Flanke. Eine Zuneigungsbekundung, derer er sich sonst enthielt. Er musste den kleinen Kater ermutigen. Sie hatten keine Zeit. Seit Elke und Jens mit den Katzenkörben gekommen waren, war Robin alarmiert. Dieser Geruch war es, der ihm einen Schauer über die Katerhaut schickte, jedes Mal, wenn er daran dachte.

Eng an den Boden geduckt ging Leo einen Schritt nach vorne, streckte den Hals und äugte in die Richtung des Baumes. In diesem Moment brachen ein paar Sonnenstrahlen durch die schwarzen Wolken, fielen durch das dichte Blätterdach der Kastanie und blieben im Gras hängen.

„Siehst du?“, rief Robin überrascht und erfreut. „Die Sonne ruft uns! Lass´ uns mit dem Training weitermachen.“

In großen Sätzen sprangen die beiden Kater auf den Hügel, auf dem der Baum stand. Oben drehte sich Robin um.

„Stell dich neben mich“, kommandierte er. Leo gehorchte mit freudig aufgestelltem Schwanz.

„Geh den Hügel runter“, befahl Robin.

Leo trabte los. Aber schon nach drei Schritten miaute Robin: „Stopp!“

Robin sah Leo an. Der junge Kater stand vornüber gebeugt an dem Hang, den Kopf nach vorne gestreckt. Robin sagte ihm das.

„Kein Wunder, es geht ja auch bergab“, sagte Leo.

„Genau. Bleib so stehen und lehn dich zurück.“

Leo gehorchte und verlagerte sein Köpergewicht nach hinten. Dabei hob er unwillkürlich den Kopf an.

„Genauso!“, sagte Robin triumphierend. „Du hältst deinen Kopf hoch – und stolz – erhoben.“

Robin streckte seinen Kopf in die Luft und drückte seine Brust nach vorne. Leo lernte schnell.

Drei Mäusemahlzeiten später, von denen Leo eine ganz alleine gefangen hatte, trennten sie sich. Leo hatte eine Pause verdient. Mit dem Wetter hatten sie Glück gehabt. Zwar hingen die Wolken immer noch schwarz und schwer über Butzbach, aber außer ein paar vereinzelten Tropfen war nichts runtergekommen. Allerdings war es so dunkel wie abends in der späten Dämmerung.

Es gab einen weiteren Grund, weshalb Robin das Training unterbrochen hatte. Er konnte seine Neugier nicht länger zügeln. Was er zu tun hatte, musste er alleine tun. Mit dem Aufzug fuhr er in den ersten Stock. Im offenen Fahrstuhl blieb er sitzen und lauschte. Nichts. Der fensterlose Flur lag im Halbdunkel. Licht drang durch einen Türspalt aus der Küche. Robin sprang lautlos auf den Teppich. Die Aufzugstür glitt mit einem leisen Knarren zu. Robin verharrte mitten im Schritt wie ein Jagdhund, ein Vorderbein an den Körper gezogen, den Kopf witternd nach vorne gestreckt. Da war er wieder, dieser vertraut-fremde Geruch. Er zitterte am ganzen Körper und seine Nase glühte.

Er schlich weiter, bis er an dem Türspalt zur Küche angekommen war. Hier war der Geruch besonders stark. Mindestens die Katze musste hier drinnen sein. Robin holte tief Luft und schob mit dem Kopf die Tür weiter auf.

Als er schon halb in der Küche stand, sah er sie.

Leo war stolz. Viel hatte er gelernt in den vergangenen drei Tagen. Es war ihm nicht nach Heimlaufen. Es gelüstete ihm danach, dieses neue Gefühl auszukosten. Seine neuen Fähigkeiten unter Beweis zu stellen. Waren sie nicht erst vorgestern diesem Streuner begegnet, der so kämpferisch dahergekommen war und so tat, als könnte ihm keiner etwas anhaben? Was würde der wohl sagen, wenn er stolz an ihm vorbeimarschieren würde? Leo zwängte sich durch die Hecke auf das Nachbargrundstück und lief zum Reitstall, wo sie Robins früherem Freund begegnet waren.

Als er um die Stallecke bog, hatten sich die tief hängenden, schwarzen Wolken über Butzbach zurückgezogen. Zwar war der Himmel noch grau, aber der Regen schien weiter weg. Das beflügelte den Kater außerdem. Je dunkler die Wolken, desto unwohler fühlte er sich. Dass es hier heller war, schien ein gutes Zeichen zu sein, auch wenn Leo nicht genau wusste, wofür eigentlich. Ausgelassen tollte er um das Mauseloch herum, das er neben der Stallwand ausgemacht hatte, fegte mit schräg gestellten Schwanz über den Feldweg, setzte in einem hohen Satz über zwei Strohballen, umrundete den Stall zwei Mal und stieß beim dritten Mal mit Streuner zusammen. Wie aus dem Boden gewachsen stand der in des roten Katers Laufrichtung. Leo schlug einen Purzelbaum und spürte einen scharfen Stich in seinem Hinterteil. Noch bevor er sich wieder aufrappeln konnte, war der Schwarz-Weiße über ihm.

„Soooo“, zischte Streuner. „Heute ganz alleine hier?“ Dabei hatte er seine Vorderpfoten auf Leos Brust gedrückt und die Krallen tief in dessen Fell vergraben.

„Aua“, piepste Leo jämmerlich. „Du tust mir weh.“ Verflogen waren mit einem Mal das stolze Gefühl und der Wunsch, es Streuner zeigen zu wollen.

„Das ist der Sinn der Sache“, fauchte Streuner und verbiss sich in Leos Hals. Der kleine Kater bekam kaum noch Luft. Wie eine eiserne Zange schlossen sich die Kiefer des schwarz-weißen Katers.

„Was – willst – du?“, stieß Leo mühsam hervor.

Streuner knurrte etwas, das Leo nicht verstand, weil sein

Gegner das Maul voll mit seinem Fell hatte. Da wusste der kleine, rote Kater, dass es dem Angreifer ernst war. Er bekam kaum noch Luft. Robin! Ob der ihm wieder helfen würde? Aber der hatte gesagt, er wolle dem Geheimnis des Geruchs nachgehen. Leo japste. Und dann spürte er etwas, was neu für ihn war. Todesangst. Er wollte nicht sterben. Er war noch so jung! Ganz schlaff hatte er unter Streuner dagelegen und hatte sich nicht zu rühren getraut. Aber das sollte nicht sein Ende sein! Ganz unvermittelt fuhr er die Krallen an seinen Hinterpfoten aus und hieb sie seinem Gegner in den Bauch. Überrumpelt von der plötzlichen Gegenwehr, gepeinigt von einem stechenden Schmerz im Bauch jaulte Streuner auf und krümmte sich zusammen.

Für einen Moment aus der Umklammerung befreit rollte sich Leo blitzschnell zur Seite, sprang auf und raste in großen Sprüngen davon. Er blickte sich nicht um, er wusste nicht, ob Streuner ihm folgte. Er würde so schnell und so lange laufen, bis er die Katzenklappe zu seiner sicheren Wohnung erreicht hätte. Er fegte quer über die Koppeln, wich mit einer scharfen Wendung einem scheuenden Pferd aus, setzte über einen Jägerzaun, drückte sich blindlings durch eine Dornenhecke und raste in großen Sprüngen über die John-F.-Kennedy-Straße in Richtung seines Wohnhauses. Schon flitzte er um die Hausecke herum auf die Rückseite. Ein stechender Schmerz in seiner Flanke ließ ihn kurz vor dem Treppchen, das über das Geländer seines Balkons führte, anhalten. Er bekam keine Luft mehr. Er blickte sich um, aber da war niemand. Schwer atmend stand Leo auf dem Rasen. Zumindest konnte sich hier keiner anschleichen. Alles war übersichtlich. Ein paar einzelne Bäume standen auf der Wiese. Nachdem das Stechen aufgehört hatte, spürte Leo, dass ihm alles wehtat. Hinkend schleppte er sich die kleinen Stufen der Treppe hinauf. Der Sprung auf der anderen Seite nach unten, den er sonst nicht weiter beachtete, schien ihm mit einem Mal unmöglich. Wankend balancierte er auf dem schmalen Geländer, dann rutschte er ab. Mit geschlossenen Augen blieb er auf dem Balkonboden liegen.

Zuerst sah Robin nur den Schimmer. Silber mit einem Hauch von Grau. Unter den plötzlich durch das Küchenfenster einfallenden Sonnenstrahlen sah ihr Fell sogar fast blau aus. Robin stand noch immer still im Türrahmen, halb drinnen, halb draußen. Die Katze saß mitten in der Küche auf dem Fußboden und betrachtete ihn mit einem überraschten, aber nicht ängstlichen Blick. Sie war nicht dick, und doch waren alle Formen an ihr rundlich. Zum Beispiel dort, wo bei Robin die Vorderbeine an den Körper wuchsen, standen bei ihm Knochen hervor. Bei ihr waren dort zarte Rundungen. Und ihr Kopf! Robin hatte einen ausgeprägten Katerkopf; der starke Kiefer verlieh seinem Gesicht etwas Kantiges. Ihr Kopf hingegen war rund. Und ihr Fell, nicht nur, dass es so unnatürlich schimmerte. Es war zwar kurz, dafür aber weich und dick. Dass es weich sein würde, sah Robin natürlich nicht. Aber er stellte es sich so vor, wenn er seine Nase darin vergraben würde ... Sei nicht pathetisch, rief er sich selbst zur Besinnung. Die Braunfels´ hatten sich also nicht von der Zeitschrift überzeugen lassen. Diese Katze hier war eine British Shorthair.

Und sie war die Quelle des Geruchs. Robins Blick fiel auf ihren Bauch. Der war nicht rund, sondern dick. Schlagartig fiel es ihm wieder ein. Denselben Geruch hatte die Katze Flora im Tierheim Amalienhof ausgeströmt, als sie damals trächtig gewesen war. Hier waren kleine Kätzchen im Anmarsch.

Die Katze schwieg immer noch. Aufrecht und mit –

stolz! – erhobenem Kopf schaute sie ihn unverwandt an.

Robin räusperte sich.

„Hallo“, miaute er.

„Ich grüße dich“, antwortete die Katze.

„Ich bin Robin.“

„Laut Zuchtbuch ist mein vollständiger Name Sheila Shalima Sheikoba von der Lilienhöhe, meine Eltern sind Adorée und Adonis von der Lilienhöhe, mein Stammbaum reicht über drei reinrassige Generationen zurück.“ Sheila Shalima Sheikoba von der Lilienhöhe reckte ihren Kopf noch ein Stückchen höher.

Robin schluckte. Hatte er es sich doch gleich gedacht. Reinrassig bis in die Krallenspitzen und überzeugt, dass sie etwas Besseres sei als er. Er hob die rechte Vorderpfote und leckte sich ein paar Mal darüber. Er überlegte, ob er wieder gehen sollte. Dann fiel sein Blick auf ihren dicken Bauch. Nein. Die ungeborenen Kätzchen waren in Gefahr, so lange ungeklärt war, wie und vor allen Dingen durch wen Floras Kätzchen gestorben war. Sie konnten nichts dafür, dass ihre Mutter arrogant war. Dazu kam: Er durfte es auf keinen Fall dulden, dass sich jemand – ob Mensch oder Tier – innerhalb seines Reviers an einem Artgenossen verging. Das untergrub seine Stellung als Revierkater.

„Wie soll ich dich nennen?“ Bestimmt würde er sie nicht jedes Mal mit den vielen Namen anreden.

Die Katze seufzte lang und vernehmlich.

„Auch wenn es mir zustehen würde, mit meinem vollständigen Namen angesprochen zu werden, weil ich damit bei dem Zuchtverein registriert bin, so habe ich doch wiederholt die Erfahrung gemacht, dass es den Menschen wie den Katzen und auch den Katern oftmals zu umständlich erscheint, sechs Worte hintereinander auszusprechen, um meine Aufmerksamkeit zu erlangen. Deshalb darfst auch du mich einfach Sheila nennen.“ Wieder seufzte Sheila, als ob die Kurzform ihres Namens eine unsägliche Bürde wäre.

„Alles klar, Sheila.“ Robin hielt es im Moment für das Klügste, so wenig Worte wie möglich zu machen. Er hatte keine Lust, hier stundenlang zu verweilen. Dass es schwieriger würde, mit Sheila zu sprechen als mit Leo, das hatte er verstanden. Bestimmt würde diese Katzendame ihm nicht so ohne Weiteres folgen wie Leo. Und klug wäre es sicher auch, nach der anderen Katze Ausschau zu halten. Wer weiß, vielleicht war es auch ein Kater und dann konnte man sowieso nie wissen. Robin schaute sich in der Küche um. Unter dem Holztisch war niemand. Auch der Spalt zwischen dem Küchenschrank und dem Weinregal war leer.

„Du bist doch nicht alleine hier, oder?“

„Mein Lebenspartner hält sich gerne im Hintergrund“, sagte Sheila. „Er beträgt sich zurückhaltend, das gehört bei uns Rassekatzen zu den Etiketten im Umgang mit“ – und hier machte sie eine kleine Kunstpause, während sie Robin von der Nasen- bis zur Schwanzspitze begutachtete – „Artgenossen. Nicht so wie andere Kater, die sich ohne Erziehung an den Tag zu legen in fremde Wohnungen schleichen“, sagte sie streng.

„Oh, das kann ich dir erklären“, sagte Robin schnell. Er war von sich selbst überrascht, dass er sich freute, weil ihn Sheila als Artgenossen bezeichnet hatte. Also betrachtete sie ihn als einen der Ihren! Er ging ein paar Schritte in die Küche hinein. In diesem Moment kam ein Brummen aus dem Spalt hinter der halb geöffneten Tür. Robin fuhr herum, duckte sich an den Boden, die Muskeln angespannt, das Rückenhaar aufgestellt. Er knurrte. Noch sah er nichts.

Sheila legte ihre oben abgerundeten Ohren an.

„Es ist doch immer dasselbe mit euch Mischlingen“, fauchte sie ärgerlich. „Nichts als kämpfen habt ihr im Kopf.

Dabei hast du ihn noch nicht einmal gesehen.“

Dann schritt sie an Robin vorbei, ohne ihn eines Blickes zu würdigen und miaute leise in den Türspalt hinein.

„Du kannst rauskommen, Brünó. Er wird dir nichts tun.“ Dabei schaute sie Robin wütend an und fauchte noch einmal. Robin wich zwei Schritte zurück. Das hier war eine ganz neue Situation für ihn. Er war es gewohnt, sich mit anderen Katern zu messen. Aber ein Katze, noch dazu trächtig?

Ein zimtfarbener, rundlicher Kopf erschien in dem Türspalt. Dann schob sich der restliche, ebenfalls zimtfarbene Körper des Katers hinterher. Sheila leckte ihm einmal quer über das Gesicht. Brünó brummte wieder und diesmal hörte Robin den Unterschied. Wenn er brummte, dann war das angriffslustig. Brunos Brummen war anders.

„Hallo Bruno. Ich bin Robin“, sagte er deshalb versöhnlich.

„Wenn ich anmerken darf: Ich heiße nicht Bruno, ich heiße Brünó“, korrigierte ihn der Kater höflich.

„Wo ist der Unterschied?“

Sheila und Brünó seufzten gleichzeitig und schauten sich wortlos an. Dann sagte Sheila:

„Brünó ist die französische Aussprache, denn er stammt aus Frankreich. Ich möchte hinzufügen, dass er dem dort sehr angesehenen Geschlecht der de Marcunions entstammt. Gehe ich recht in der Annahme, dass du noch nie etwas von Frankreich gehört hast?“

Robin senkte den Kopf. Er fühlte sich wie ein Jungkater unter den Fittichen seiner Mutter.

„Nun, das ist zwar bedauerlich, aber es wird unsere Kommunikation nicht dauerhaft stören. Da wir auch damit schon hinreichend Erfahrung gesammelt haben, bin ich mir sicher, dass Brünó nichts dagegen haben wird, wenn du seinen Namen deutsch aussprichst. Habe ich Recht, Brünó?“

Brünó nickte.

Robin versuchte sich zu erinnern, wann er schon einmal in so einer verzwickten Situation mit fremden Katzen und Katern gewesen war. Es fiel ihm nichts ein. Auch im Tierheim waren alle unkompliziert gewesen. Jim und Flora und Lucy und Theo. Unkomplizierte Namen für ebenso unkomplizierte Kater und Katzen.

Er beschloss, die letzten Worte Sheilas zu ignorieren und sich aufs Wesentliche zu konzentrieren.

„Wie lange dauert es noch bis zur Geburt?“

Sheila spitzte die Ohren und ihre Schnurrhaare zitterten, so stark atmete sie ein und aus. Dann stand sie auf, streckte ihre Vorderbeine nach vorne und ging mit dem Oberkörper zu Boden. Anschließend ließ sie sich schwerfällig auf die Seite plumpsen. Sie drehte ihren Kopf und leckte sich genussvoll den Bauch, der in Seitenlage noch runder aussah als im Sitzen.

„Noch drei Wochen und ich möchte dir mitteilen, dass dies meine erste Geburt ist, auf die ich mich so sehr freue, dass ich nachts davon träume und mich unruhig im Schlaf herumwälze, sodass mich mein Lebenspartner wecken muss, damit ich wenigstens ein paar Stunden Schlaf bekomme, die für meinen gesundheitlichen Zustand zurzeit essentiell sind“, antwortete sie.

Robin atmete tief durch. Drei Wochen! Wie sollten er und Leo innerhalb dieser Zeit herausfinden, wer Floras Kätzchen auf dem Gewissen hatte? Wie sollten sie den kommenden Nachwuchs der Shorthair-Katze schützen, wenn sie noch nicht einmal wussten, auch welche Weise der Unbekannte zuschlug? Sie waren erst zu zweit in ihrem Ermittlerteam. Sheilas Lebenspartner machte bisher auch nicht den Eindruck, als ob er eine Kämpfernatur wäre. Zuerst hatte er sich hinter der Tür versteckt, dann hatte er sich von Sheila Sheiko-Shalim oder wie auch immer seinen Namen vorschreiben lassen und jetzt brachte er kein Wort mehr heraus. Besonders wendig sah er auch nicht aus, eher dick und träge. Robin starrte Bruno herausfordernd an.

Der leckte sich das Maul und wich Robins Blick aus. Der British Shorthair wandte seinen Kopf zum Fenster, um gleich darauf zum Kühlschrank zu schauen. Von dort wanderte sein Blick zu Sheila. Aber auch auf ihr ließ er seine Augen nicht lange verweilen, sondern beschäftigte sich ausgiebig mit den Fliesen auf dem Küchenfußboden. Robin riss der Geduldsfaden.

„Und du? Was ist mit dir? Warum bist du so still?“, brummte er Bruno zwar nicht böse, aber doch mit so viel Nachdruck an, dass der Zimtfarbene zusammenzuckte.

„Du brauchst keine Angst zu haben, dass ich …“ setzte Bruno an.

„Ich HABE keine Angst“, knurrte Robin und ging einen Schritt auf Bruno zu. „Niemals“, betonte er und versuchte, den Gedanken an den alten Mankowski zu verdrängen.

„Entschuldige“, sagte Bruno leise und wich zurück, den Blick zur Seite gerichtet. „Ich meine, ich kenne mich hier nicht aus. Ich gehe nicht raus, ich bin immer drin. Ich bin nicht kastriert, meine Besitzer wollen, dass Sheila und ich Junge bekommen. Außerdem könnte mein Fell sonst schmutzig werden.“

Robin stand ihm immer noch steif gegenüber.

Bruno wandte den Kopf zur Seite und maunzte leise:

„Ich komme dir nicht in die Quere. Bestimmt nicht!“

Robin entspannte sich. Sheila hatte sich den kurzen Dialog schweigend angehört und dann und wann voller Hingabe ihren dicken Bauch geleckt. Sie wandte sich an Robin.

„Werter Robin, ich gehe davon aus, dass du nun hinreichend Gelegenheit hattest, meinem Lebenspartner Brünó und mir zu demonstrieren, dass wir uns innerhalb deines Territoriums befinden. Ich versichere dir, dass wir beide nicht die geringsten Anstrengungen unternehmen werden, dir diesen Anspruch streitig zu machen. Du wirst uns auch nicht außerhalb dieser Wohnung antreffen, denn wir sind beide reine Hauskatzen; Wind, Regen und Schmutz schaden unserem Fell, wenn du verstehst, was ich meine. Könntest du uns deshalb deinerseits die Freude machen, von deinem aggressiven Verhalten abzusehen? Ich empfinde dieses als ausgesprochen anstrengend und Anstrengungen sind in meinem derzeitigen Zustand unbedingt zu vermeiden."

Bruno nickte, vermied es dabei aber, Robin direkt in die Augen zu schauen.

Robin machte große Augen. Ein Kater verzichtete freiwillig auf einen Revierkampf?

„Damit kommen wir zu einer Frage, die seit deinem unerwarteten Eintreffen in unserer Wohnung" – und hier betonte Sheila das Wort *unserer* besonders – „unbeantwortet hier im Raume steht. Ich sagte, du wirst uns nicht außerhalb dieser Wohnung antreffen, aber werden wir dich künftig weiterhin innerhalb dieser Wohnung antreffen? Wie also bist du hier hereingekommen?"

Robin überlegte. Er wollte die beiden Neulinge noch nicht in die Sache einweihen, dass sie den Speisenaufzug benutzen konnten. War ihnen zu trauen? Zweifellos hatten diese beiden eine viel engere Bindung zu Menschen als zu anderen Vertretern ihrer Art. Menschen gegenüber mussten sie derzeit mehr denn je vorsichtig sein, so lange sie noch nicht wussten, wem sie das Handwerk legen wollten.

„Durch die Wohnungstür", sagte er deshalb.

„Diese war verschlossen, soweit ich mich erinnern kann“, gab Bruno vorsichtig zu bedenken. Robin bemerkte, dass der stämmige Kater seinem Blick immer noch auswich.

„Nicht richtig. Du musst wissen, deine Besitzer verlassen die Wohnung oft so schnell, dass sie die Tür nicht richtig schließen.“ Robin fand selbst, dass sich diese Begründung nicht sehr glaubhaft anhörte.

Sheila unterbrach ihre Körperpflege, die sie nach ihrer Fragestellung begonnen hatte. Sie legte ihren rundlichen Kopf schief und ihre Augen wurden zu schmalen Schlitzen.

„So so“, sagte sie erstaunlich kurz angebunden. „Du musst es wissen, du wohnst schon länger hier.“ Dann drehte sie ihm ihren Rücken zu und schwieg. Bruno tat es ihr nach.

Robin ging rückwärts in den Flur. Die beiden British Shorthair folgten ihm nicht. Er verschwand ebenso, wie er gekommen war.

Leo kam nicht. Unruhig lief Robin von den Rosenbüschen zum Kastanienbaum und wieder zurück. Dann machte er sich auf den Weg zu Leos Haus. Vor der Katzenklappe miaute er laut. Nach einer Weile hörte er Schritte auf dem Fußboden klappern. Lotte öffnete die Balkontür.

„Also weißt du!“, sagte sie ärgerlich zu dem Kater gewandt. Robin miaute fragend.

„Seit Leo dich kennt, kommt er gar nicht mehr nach Hause. Und dann kommt er nach Hause und ist so verletzt, dass ich mit ihm zur Tierärztin fahren muss.“

Lottes Stimme klang vorwurfsvoll. Er wüsste zu gerne, was passiert war. Zwischen Lottes Beinen hindurch zwängte er sich in das Wohnzimmer. Ein jämmerliches Piepsen kam aus der Höhle eines Kratzbaums.

Robin stellte sich auf die Hinterbeine.

„Leo?“, miaute er in die Höhle hinein. Stille.

„Ich weiß gar nicht, ob es gut ist, wenn du hier bist“, sagte Lotte. „Ich glaube, ich rufe die Tierärztin an.“

Sie ging in den Flur, wobei Robin sah, dass sie hinkte.

Verweichlicht, dachte Robin und miaute wieder in die Höhle hinein.

„Robin?“, piepste es aus dem Dunkel zurück.

„Was ist passiert?“, miaute Robin.

Da erschien Leos Kopf. Robin erschrak. Quer über der Nase des kleinen Katers verliefen Striemen. Das rechte Auge war nur halb geöffnet, direkt darüber waren ebenfalls blutige Kratzer. Mit dem linken Auge blickte Leo hektisch im Wohnzimmer umher. Dann kroch er mühsam aus der Höhle. Das Fell an seiner Brust war mit Blut verschmiert, aus einer offenen Wunde hing ein Stück Mullbinde heraus. Der Rest des Fells war staubig und Kletten hingen darin.

Nachdem Robin die Geschichte gehört hatte, schwor er sich, dass er Streuner bei der nächsten Gelegenheit den Garaus machen würde. Ehemaliger Freund hin oder her.

„Wann können wir mit dem Training weitermachen?“

„Das … wird noch … dauern“, miaute Leo leise. Zwischen den einzelnen Worten musste er absetzen und Luft holen. Dann senkte er den Kopf und nagte kraftlos an der Mullbinde herum.

„Das haben sie mir … reingesteckt … soll helfen, dass die Wunde zuwächst, von innen heraus.“ Er schnaufte. „Ich mag es nicht“, jammerte er.

Lotte war aus dem Flur zurückgekommen. Als sie sah, dass Leo sich an der Mullbinde zu schaffen machte, ging sie vor ihm mühsam in die Knie und nahm seinen Kopf in beide Hände.

„Nein, Leo, lass´ das“, sagte sie nicht unfreundlich, aber bestimmt. Und zu Robin gewandt fuhr sie energischer fort:

„Und du gehst jetzt!“ Dann hinkte sie zum Balkon, öffnete die Tür und zeigte nach draußen. „Ab mit dir!“

Sheila hielt im Putzen inne, neigte ihren rundlichen Kopf zur Seite und machte ihre Augen zu schmalen Schlitzen. Nachdem sie sich die Szenerie unten im Garten von ihrem Platz auf dem Fensterbrett im ersten Stock eine Weile angeschaut hatte, schüttelte sie behäbig ihren runden Körper und schnaufte. Mittlerweile fand sie alles mühsam. Bei jedem Schritt wackelte ihr dicker Bauch hin und her. In einer Woche würde es so weit sein.

Gerade hatte sie gefressen, das Nassfutter war nicht sehr gut gewesen, aber Elke hatte es ihr zum wiederholten Mal mit den Worten auf den Boden gestellt, dass dieses Futter gerade für trächtige Katzen sehr nahrhaft sein sollte.

„Und sehr teuer!“, hatte Jens angemerkt.

Das hatte Sheila gefallen.

Sie leckte schnaufend ihren dicken Bauch und schaute wieder hinunter in den Garten. Was sie dort sah, lenkte sie von der Mühsal ihrer nahenden Katzenmutterschaft ab.

Robin und Leo standen in der Nachmittagssonne nebeneinander mit steil erhobenen Schwänzen und drückten einen kräftigen Strahl aus der Harnröhre an ihrem Hinterteil. Die beiden Kater hatten Leos Alltags- und Kampftraining wieder aufgenommen. Auf dem Programm standen Reviermarkierungen und Drohen.

Zwei Wochen hatte es gedauert, bis Lotte Leo wieder erlaubt hatte, nach draußen zu gehen. Dabei war es ihm schon nach einer Woche wieder gut gegangen, auch wenn er noch etwas lädiert ausgesehen hatte. Auch jetzt waren ihm die Spuren seines ersten Kampfes noch deutlich anzusehen. Auf der Brust, wo die Wunde gewesen war, hatte er eine kahle, rosige Stelle und eine rote Narbe. Das Fell würde wieder nachwachsen, hatte die Tierärztin zu Lotte gesagt. Quer über dem Gesicht hatte er etliche Narben, Andenken an die Rosenbüsche und Dornenhecken, durch die er sich in seiner panischen Flucht vor Streuner blindlings gedrückt hatte. Die Narben würden bleiben. Sein Auge hatte keine bleibenden Schäden davon getragen.

Nachdem Leo zwecks Reviermarkierungen seinen Kopf schon an diversen Holzstapeln in den Nachbargärten gerieben und an Baumstämmen gekratzt hatte, um dort aus den vielen Schweißdrüsen an seinen Fußballen Duftstoffe zu hinterlassen, stand nun das „Anpieseln“ auf dem Programm, wie Robin es nannte. Doch so einfach, wie es bei Robin aussah, war es nicht. Schließlich hatte Leo im Hinterkopf keine Augen. Jedes Mal, wenn er sein Hinterteil vor einem der zu markierenden Rosenbüsche – Mankowskis Rosenbüsche! – positioniert hatte, sich wieder nach vorne drehte und einen Strahl herausdrückte, landete der nebendran an der Hauswand. Beim vierten Versuch kam außer zwei kleinen Tröpfchen nichts mehr heraus.

„Darf ich euch beiden fragen, warum ihr es vorzieht, euren eigenen Garten in unangemessener Weise zu bestäuben, statt die Grenzen eures zweifellos überschaubaren Reviers zu benetzen?“

Robin und Leo hoben gleichzeitig ihre Köpfe und schauten zu dem offenen Erkerfenster im ersten Stock, an dem Sheila hinter dem Katzengitter saß und auf sie hinunterschaute.

„Was heißt `benetzen´?“, wollte Leo wissen und schaute Robin fragend an.

Robin leckte sich das Maul. Keinesfalls würde er vor Sheila zugeben, dass er das Wort auch nicht kannte. Diese hochnäsige Rassekatze, die nichts anderes im Sinn hatte als die beiden Kater bloßzustellen.

„Zweifellos überschaubares Revier“! Das hatte er sehr wohl verstanden.

„Befeuchten, bestäuben, berieseln, besprühen. Ich gehe davon aus, dass wenigstens eines dieser Worte in eurem Wortschatz vorkommt, aber falls das nicht der Fall sein sollte, möchte ich euch ausdrücklich dazu ermuntern, mich zu einer weiteren Erklärung aufzufordern.“ Mit diesen Worten drehte sich Sheila zweimal um sich selbst, legte sich auf das Fensterbrett und leckte schnurrend ihren dicken Bauch.

Leo schaute nach oben zu Sheila und holte tief Luft.

„Unterstehe dich“, zischte Robin den roten Kater durch die zusammengebissenen Zähne an.

„Kommentare über das Leben in der freien Wildbahn stehen dieser Katze nicht zu“, urteilte er. „Sie hat mir selbst erzählt, dass sie eine reine Hauskatze ist. Woher soll sie wissen, wie wir uns draußen zu verhalten haben?“

Leos Lefzen zitterten, aber er nickte tonlos.

„Gut“, miaute Robin. „Dann üben wir das Drohen.“

Schon seit Tagen hatte sich Robin Gedanken gemacht, wie er dem Kleinen das beibringen könnte. Das würde der schwierigste Teil des Trainingsprogramms.

„Fauch´ mal“, befahl er Leo.

Leo piepste krächzend.

„Hm“, brummte Robin. „Woran hast du gerade gedacht?“

„Gedacht?“ Leo schüttelte den Kopf. „Eigentlich an gar nichts. Höchstens an die Milch, die ich heute noch nicht hatte“, gab er zu.

„Das dachte ich mir. Du musst an etwas denken, das dich wütend macht. Was könnte das sein?“

Leos Ohren rückten dichter zusammen, weil sein Kopffell sich kräuselte, so stark dachte er nach.

„Na ja, also so richtig wütend war ich … also im Grunde …“ Er verstummte.

„Nicht gut“, miaute Robin. „Vielleicht gibt es etwas, das dich zumindest ärgerlich gemacht hat. Was war das?“

„Die Jungen an den Mülltonnen“, brach es aus Leo heraus.

„Sehr gut!“ Robin freute sich.

„Dann denk an die Jungen und fauch´ noch einmal!“

Leo dachte an die Jungen und fiepte weinerlich.

„Was war das?“ knurrte Robin.

„Kaum habe ich an die Jungen gedacht, bin ich zwar ärgerlich geworden, aber direkt danach hatte ich plötzlich große Angst.“

Leo ließ den Kopf hängen. Robin schwieg. Er war vorerst am Ende mit seiner Lektion. Er würde sich etwas Neues einfallen lassen müssen. Dumm nur, dass alle weiteren Übungen wie Knurren, Angriffsschritt, Angriffssprung und schließlich der Todesbiss auf dieser einen Übung basierten: Wut und Ärger zu empfinden.

„Ach weißt du, das macht nichts“, munterte er den kleinen Kater auf. „Komm, lass uns zu dir gehen, bestimmt hat Lotte Milch für uns.“

Leo fauchte.

Robin zuckte zusammen. „Woran hast du gedacht?“

„Ich habe mir vorgestellt, dass du *meine* Milch trinkst“, zischte der Kleine.

Die folgende Nacht war lau. Der Sommer war nicht mehr fern. Aufregende Gerüche schwebten durch die Luft und fanden den Weg in Robins Nase. Er lag auf seinem Balkon und schnüffelte ins Dunkel. Zwischen Gras, Kastanien und Johannas Rosmarin mischte sich ein anderer Duftfaden. Ruckartig setzte er sich auf. Er spitzte die Ohren, seine Schnurrhaare zitterten. Angestrengt versuchte er, durch die Schilfmatte zu spähen, die um das Balkongeländer gewunden war. Hatte er nicht ein leises Schaben gehört? Da, schon wieder! Vorsichtig drückte er seinen Kopf gegen die dünnen Schilfrohre. Sie bogen sich auseinander, ein Spalt entstand. Er erkannte deutlich, dass sich etwas an dem Stamm des Kastanienbaumes nach oben bewegte. Ein dunkler Schatten, größer als ein Eichhörnchen. Welche Tiere kletterten hier sonst auf Bäume? Robin knurrte leise und drohend. Der Schatten hielt inne. Unmöglich konnte er Robins Knurren gehört haben, dafür war er viel zu weit weg. Das dunkle Etwas änderte seine Richtung, kletterte nicht mehr nach oben, sondern seitwärts und war mit einem Satz auf dem Balkongeländer im ersten Stock. Robin sah etwas Helles, Weißes aufblitzen. Er wusste, wer es war und im selben Moment hörte er ihn jaulen.

Streuner sang auf dem Balkongeländer der Braunfelsschen Wohnung. Weiter kam der Schwarz-Weiße nicht, denn auch der Balkon war rundherum mit einem Katzengitter abgezäunt.

Es dauerte nicht lange, bis das Licht bei den Braunfels´ angemacht wurde. Die Balkontür wurde geöffnet und Robin hörte Jens´ Stimme.

„Du verschwindest am besten gleich wieder."

Schon beim ersten Lichtschein hatte sich Streuner wieder auf einen der Äste zurückgezogen. Jens klatschte in die Hände und Streuner kletterte flink den Stamm hinunter. Robin war in der Zwischenzeit auf das Geländer gesprungen, um einen besseren Überblick zu haben. Der Schwarz-Weiße war verschwunden. Alles war wieder dunkel und ruhig.

Robin musste dem Schwarz-Weißen Grenzen setzen.

Das Haus war sein Revier. Niemand machte sich vor seiner Nase an andere Katzen heran. Er stieß die Balkontür mit dem Kopf auf, lief in den Flur und fuhr mit dem Aufzug bis in den Garten hinunter. Dieser Weg war sicherer als der Abstieg über die Kastanie. Er wusste nicht, ob Streuner am Fuß des Baumes auf ihn wartete. Wenn ja, würde ihm, Robin, ein Überraschungsangriff nicht gelingen.

Die Aufzugstür zum Garten öffnete sich. Robin verharrte und lauschte angespannt in die Stille. Er wollte in den Garten springen, als er Schritte hörte. Aber sie waren laut, keine Katzenpfoten machten einen solchen Lärm.

Menschenschritte. Sie wurden lauter, dann leiser, dann hielten sie inne. Kurz darauf näherten sie sich wieder dem Aufzug. Auf dem Rasen davor erschien ein Schatten im Mondlicht, groß und schwarz. Robin Lefzen zitterten, er hielt den Atem an und sammelte sich zum Sprung. Der Schatten entfernte sich. Wer auch immer es war, hatte die offene Aufzugstür nicht wahrgenommen. Die Haustür wurde aufgeschlossen und leise geschlossen. Jemand musste die Tür an der Klinke festgehalten haben, damit sie nicht laut ins Schloss fiel.

Nachdem alles wieder still war, sprang Robin aus dem Aufzugskorb und schlich durch den nächtlichen Garten. Es wurde dunkler. Wolken zogen vor den zunehmenden Mond. Robin verbarg sich hinter einem der Rosenbüsche in der Nähe des Gehweges und spähte in den Garten. Nichts. Weder sah er Streuner noch roch er ihn. Er trat aus dem dornigen Schutz heraus und lief auf den Kastanienbaum zu, als der Mond wieder erschien. Er erhellte den Garten und da sah Robin etwas, das er vorher übersehen hatte. Unter der Kastanie, direkt neben dem Mauseloch, lag eine Maus. Sie wälzte sich hin und her, wahrscheinlich war sie verletzt und konnte nicht mehr laufen.

Wieder witterte der Kater in alle Richtungen. Er machte keinen verdächtigen Geruch aus. Vorsichtig hob er eine Pfote nach der anderen und tastete sich durch das feuchte Gras. Nebel war mittlerweile aufgezogen und seine winzigen Tröpfchen hatten sich auf die Grashalme gesetzt. Robin blieb stehen und leckte die Feuchtigkeit von einem besonders großen Büschel Gras. Sein Magen knurrte bei dem Gedanken an eine leicht zu erlangende Mäusemahlzeit. Er hatte Hunger, weshalb er es eilig hatte, zu der Maus zu kommen. Nichtsdestotrotz musste er wachsam sein. Vielleicht war es auch eine Falle und Streuner hatte ihm die Maus hingelegt, um sich dann aus seiner Deckung hinter dem Baumstamm oder der Hecke heraus hinterrücks auf ihn zu stürzen.

Deshalb tat Robin möglichst unbeteiligt, leckte hier und da ein paar Nebeltröpfchen von den Grashalmen, fraß auch mal ein paar von ihnen, blieb dabei wie versonnen kauend stehen und bewegte sich auf diese Weise unauffällig in einem Bogen auf die Maus zu. Noch einen Schritt und er schaute hinter den Kastanienbaum. Nichts. Sofort wandte er sich der Maus zu, deren Bewegungen langsamer geworden waren. Er stand nur einen Schritt von ihr entfernt und miaute leise. Sie reagierte nicht, sondern lag mittlerweile still da. Allem Anschein nach war sie tot. Keine lebende Maus würde einen Kater so dicht an sich heranlassen, ohne auch nur den Versuch einer Flucht zu unternehmen. Robin ging zu dem Tierchen und schnüffelte daran. Er öffnete sein Maul.

„An deiner Stelle würde ich von diesem Unterfangen den größtmöglichen Abstand nehmen“, hörte er eine bekannte Stimme leise aus der Richtung des Hauses. Sheila saß an dem offenen Küchenfenster der Braunfelsschen Wohnung. Robin sah im Mondschein ihre rundliche Silhouette. Ihr

Fell schimmerte silbrig.

„Warum?“, miaute er zurück.

„Wenn du die Güte hättest, ein paar Schritte näher zu kommen, damit ich mich beim Miauen nicht so sehr anstrengen muss – du weißt, dass es nur noch eine Woche dauert, bis meine mit Sicherheit ganz entzückenden Jungen zur Welt kommen – wäre es mir ein besonders wichtiges Anliegen, dir den Grund dafür zu nennen.“

Robin schüttelte ärgerlich den Kopf und legte die Ohren an. Als Flora damals im Tierheim Amalienhof trächtig gewesen war, hatte sie sich nicht so angestellt. Trotzdem trabte er die paar Schritte vom hinteren Teil des Hauses, neben dem der Kastanienbaum stand, bis zu dem vorderen Teil mit dem Erker, in dem das Küchenfenster war. Dort an der Hauswand waren neben den Rosenbüschen jede Menge Holzscheite aufgestapelt, die die Bewohner für ihre Kamine brauchten. Robin sprang auf den Holzstapel unterhalb des Fensters.

„Also, warum soll ich die Maus nicht fressen? Ein Glücksfall der Natur, würde ich sagen. Wahrscheinlich war sie einfach alt und ist gestorben.“

„Ich glaube nicht, dass sie eines natürlichen Todes gestorben ist, denn kurz bevor du hier im Garten auf bisher ungeklärte Weise erschienen bist“ – und hier machte Sheila wieder eine ihrer Kunstpausen, legte den Kopf schief und blickte Robin aus schmalen Augen scharf an – „hat ein Mann das Haus auf normalem Weg durch die Haustür verlassen, hat diese Maus dorthin gelegt und hat das Haus auf normalem Weg, nämlich wiederum durch die Haustür, wieder betreten.“

Robin sog die Nachtluft scharf durch die Nase ein.

„Warum sollte das jemand tun?“

Er misstraute Sheila. Wer weiß, was sie sich einbildete,

wenn sie im Mondschein am Fenster saß und mit ihren Gedanken vermutlich bei ihren künftigen Jungen war.

Sheila reckte ihren rundlichen Kopf nach vorne und legte die Ohren an.

„Glaubst du mir nicht?“, fauchte sie kurz und bündig.

Robin leckte sich das Maul, was er oft tat, wenn er mitten im Gespräch überlegen musste.

„Das wäre das erste Mal, dass hier so etwas geschieht. Zumindest seit ich hier wohne.“ Robin zögerte, weil ihm plötzlich ein anderer Gedanke kam. Warum sollte Sheila etwas erfinden? Er blickte sich in dem Moment um, als unter dem Kastanienbaum eine fremde Katze an der Maus roch.

Mit einem Satz war Robin von dem Holzstapel unten und rannte in großen Sprüngen zu dem Baum. Zwei Katzenlängen vor dem Eindringling blieb er mit steifen Beinen reglos stehen und knurrte laut.

Die graue Perserkatze schien keine Angst vor ihm zu haben. Sie stand ihm entspannt gegenüber. Aus ihrem Maul hing die leblose Maus heraus.

„Was fällt dir ein?“, fauchte Robin zwischen den Zähnen hervor. „Das hier ist mein Garten.“

Die Katze ließ die Maus zu Boden fallen, den Kopf hatte sie bereits gefressen. Sie begann ihr langes Fell zu putzen.

„Was ist los mit dir?“

Robin war irritiert. Normalerweise hatten die Katzen Respekt vor ihm, noch dazu, wenn sie kleiner waren als er. Diese Katze aber ignorierte ihn.

Wieder fauchte Robin, dazu machte er einen Buckel, stellte sein Rückenhaar auf und ging mit steifen Beinen auf sie zu. Dann verharrte er reglos zwei, drei Minuten lang, wie eingefroren in angriffsbereiter Stellung.

„Ich empfehle dir die Teilnahme an einem Anti-

Aggressionstraining“, sagte da die Perserin und hob ihren Kopf mit der platten Schnauze. Aus ihren grünen Augen, die im Mondlicht leuchteten, sah sie ihn ruhig an.

„Es dürfte dir nur zum Vorteil gereichen, wenn du auf deinen nächtlichen Spaziergängen entspannter durch diese wunderschönen Gärten hier …“ Sie brach ab und schnaufte laut. Dann schnappte sie nach Luft und fiel um. Mit weit geöffnetem Maul lag die Katze auf dem Boden und krümmte sich zusammen, um sich im nächsten Moment lang auszustrecken. Ihr hellgraues Fell wurde schmutzig von der Erde, auf der sie sich unter Qualen wälzte.

„Was hast du? Was ist los?“

Robin lief aufgeregt vor der Katze auf und ab.

„Ich … habe … Bauchschmerzen … plötzlich …“ Die Perserkatze brach ab und atmete stoßweise ein und aus.

Robin schaute zu dem Küchenfenster im ersten Stock, wo Sheila aufgestanden war und unruhig von einer Seite der Fensterbank auf die andere lief.

„Ich habe es dir gesagt“, miaute sie aufgeregt in Robins Richtung. „Ich würde an deiner Stelle große Vorsicht walten lassen, damit du nicht in Berührung mit der toten Maus kommst. Verflucht, pass´ einfach auf!“

Die Katze kämpfte immer noch mit den Schmerzen. Robin stand neben ihr und miaute leise. Wenn er nur wüsste, wie er ihr helfen könnte.

„Robin!“ Johanna stand mit einem Bademantel bekleidet an der Haustür und blickte suchend in den Garten.

„Was ist das für ein Lärm?“ Stefan war hinter Johanna im Schlafanzug zur Tür heraus gekommen und leuchtete mit einer Taschenlampe unter den Kastanienbaum. Im Erdgeschoss ging Licht an und ein Fenster wurde geöffnet.

„Ruhe!“, rief Wolfgang Schmitz. Er rieb sich die Augen.

Robin stand im Lichtkegel der Taschenlampe und berührte mit einer Tatze die Katze, die sich nicht mehr rührte und nur noch schwach atmete.

„Lass´ das, Robin!“, rief Stefan und lief zu dem Kater hinüber. Er bückte sich und zog Robin von der reglosen Katze weg.

„Das sieht nach einer Vergiftung aus. Blutiger Schaum vor dem Maul.“

Johanna lief herbei und betrachtete das Tier mit großen Augen.

„Ist sie tot?“

„So eine Sauerei“, sagte Schmitz, der ihr gefolgt war. „Den Kadaver können wir nicht hier liegen lassen. Nicht, dass sich meine Kinder noch was wegholen.“

„Sauerei? Kadaver?“, miaute Robin empört. „Deine Kinder? Ist das alles, was dich interessiert?“

Johanna streichelte Robin über den Kopf.

„Ich wundere mich über Sie, Herr Schmitz. Hier liegt ein vergiftetes Tier. Da haben Sie nichts anderes im Kopf als sich zu beschweren?“

Er fuhr sich mit der Hand durch die Haare.

„Sie haben recht. Entschuldigen Sie, ich bin genervt, weil ich aus dem Schlaf gerissen wurde.“

Johanna nickte.

„Ich hole ein altes Tuch, darin können wir die Katze einwickeln. Dann packen wir sie in einen Karton und bringen sie morgen zur Tierärztin.“

„Warum zur Tierärztin?“, fragte Schmitz.

„Weil sie untersuchen soll, woran die Katze gestorben ist. Außerdem kann sie die Besitzer ermitteln.“

Johanna bückte sich und schaute der toten Katze in die Ohren.

„Sie hat Nummern im Ohr tätowiert. Wenn ihre Besitzer sie haben registrieren lassen, können sie ermittelt werden.“

Johanna lief nach oben, um das Tuch und den Karton zu holen. Robin drückte sich an Stefans Bein und lauschte dem Gespräch mit gespitzten Ohren. Vergiftet? Aber wer? Und warum? Hatte das etwas mit dem toten Kätzchen zu tun?

Schmitz räusperte sich.

„Soll ich Ihnen den Weg zur Tierärztin abnehmen? Ich kann mir meine Arbeitszeit relativ frei einteilen."

„Ich erinnere mich. Sie machen etwas in der Pharmabranche stimmt´s?", fragte Stefan.

„Genau. Also wie sieht´s aus?"

„Fragen Sie Johanna. Sie würde morgen zur Ärztin fahren." Die beiden Männer schwiegen.

Robin drückte sich eng an Stefans Bein. Sauerei und Kadaver – er war nach wie vor verstimmt.

„Bei welcher Firma arbeiten Sie?", fragte Stefan.

„Mikral."

„Und als was genau?"

„Pharmaberater."

Wieder schwiegen die Männer.

„Wenn Sie meine Fragen stören, sagen Sie es ruhig", sagte Stefan dann.

„Schon gut. Wir stellen Medikamente und Futter für Tiere her."

„Wir sind Lehrer, meine Frau und ich. Was macht Ihre Frau beruflich?"

„Kathrin arbeitet bei der Stadtverwaltung im Büro. Dann sind die Kinder zwar manchmal alleine, aber was soll man machen. Schließlich muss das Geld für die Eigentumswohnung reinkommen."

Johanna kam zurück. Sie hatte außer dem alten Tuch und dem Karton zwei Paar Gummihandschuhe mitgebracht. Die beiden Männer zogen die Gummihandschuhe an. Als Stefan die Katze hochhob, stutzte er.

„Sie atmet noch!“

„Wirklich?“, miaute Robin.

„Dann müssen wir sie jetzt zur Tierärztin bringen!“, rief Johanna aufgeregt.

„Mitten in der Nacht? Besser in die Notaufnahme der Tierklinik in Gießen.“

Während Stefan und Johanna die Katze auf das Handtuch in dem Karton legten und mit ihr nach oben in die Wohnung rannten, um sich anzuziehen, blieb Robin im Garten. Schmitz gähnte und ging ins Haus.

Robin schaute nach oben und sah, dass Sheila immer noch am Fenster saß. Er war sich jetzt sicher, dass sie die Wahrheit gesagt hatte.

„Wen hast du heute Nacht im Garten gesehen?“

„Es war keiner der beiden Männer, die hier im Garten waren. Es war einer, der ging seltsam.“

„Hat er gehinkt?“, fragte Robin aufgeregt.

„Ja, das hat er. Außerdem ist er sehr langsam gegangen. Sein Gesicht habe ich nicht gesehen, er trug einen großen Hut, dessen Rand sein Gesicht verdeckt hat.“

Gesicht hin oder her, Robin war sich sicher, dass es nur der alte Mankowski gewesen sein konnte. Jens Braunfels hinkte nicht. Und langsam ging auch nur der Alte aus dem dritten Stock.

Er blickte Sheila lange in die großen, runden Augen, leckte sich einmal das Maul und miaute dann:

„Danke, Sheila.“

Stefan kam wieder aus dem Treppenhaus herausgerannt, den Karton mit der Katze auf den Armen. Johanna erschien gleich darauf.

„Warte, ich pack′ dir die tote Maus noch in die Plastiktüte. Wenn wir annehmen, dass sie vergiftet wurde, dann vielleicht damit.“

Am nächsten Morgen blieb die Balkontür geschlossen. Johanna und Stefan waren der Meinung, dass Robin die Wohnung vorerst nicht verlassen sollte. So lange, bis sie wussten, womit die Perserkatze vergiftet worden war. Stefan saß am Küchentisch und gähnte. Er war erst am frühen Morgen aus der Tierklinik wiedergekommen, weil er gewartet hatte, wie es der Katze ergehen würde. Zwei Ärzte hatten sich um sie gekümmert, hatten ihr den Magen ausgepumpt und Infusionen gegeben. Dann sagten sie, sie könnten jetzt nichts weiter tun als warten. Stefan könne im Laufe des kommenden Tages erfahren, ob die Katze es geschafft hatte. Dann hatte Stefan seine Adresse dort gelassen und die Klinik gebeten, sie zu benachrichtigen, falls es Neuigkeiten gäbe. Zwar seien sie nicht die Besitzer, aber sie nähmen großen Anteil an dem Schicksal der Katze.

Robin hatte außerdem von Johanna gehört, dass sie in der vergangenen Nacht schlecht geschlafen hatte. Sie war aufgestanden, kurz bevor sich die Katze vergiftet hatte. Aus der Küche holte sie sich ein Glas heißes Wasser und während sie es im Stehen im Flur trank, hörte sie, wie im Treppenhaus eine Wohnungstür geöffnet wurde. Sie war sich sicher, dass es direkt unter ihrer Wohnung gewesen sein musste, also im dritten Stock wo Mankowski wohnte. Sie wunderte sich, warum der alte Mann mitten in der Nacht aufstand und die Wohnung verließ. Sie öffnete die Tür, um ein paar Worte mit ihm zu wechseln – sozusagen von einem schlaflosen Menschen zum anderen – besann sich dann aber eines anderen. Auf den Griesgram hatte sie keine Lust, bestimmt hätte sie nach der Begegnung mit ihm noch schlechter schlafen können als vorher. Doch bevor sie die Tür wieder geschlossen hatte, hatte sie gehört, wie die Haustür unten leise geöffnet wurde.

Robin sprang auf das oberste Podest seines Kratzbaumes, schaute durch die Scheiben zur Balkontür hinaus und dachte nach. Er hatte alles anders geplant. Er hatte es sich so vorgestellt, dass er in Ruhe Leos Training hätte vollenden können, wonach sie sich beide zusammengesetzt hätten und einen Ermittlungsplan aufgestellt hätten. Aber die Ereignisse hatten sich überstürzt. Quasi über Nacht hatten sie einen Giftmischer im Haus, der es auf Katzen abgesehen hatte. Sheilas nahende Geburt setzte ihn deshalb noch mehr unter Druck. Sie mussten den Mörder entlarven, bevor er ihr oder ihren ungeborenen Welpen etwas antun konnte. Jetzt ging es nicht mehr alleine darum, seine Stellung als Revierkater zu verteidigen. Seit der vergangenen Nacht betrachtete er die British Shorthair als seine Verbündete, weil sie ihm das Leben gerettet hatte. Damit stand sie unter seinem persönlichen Schutz.

Der Kater machte sich auf den Weg. Er musste Leo finden und sie würden üben und nochmals üben müssen. Es waren noch sechs Tage. Bis dahin müsste Leo bereit sein, den ungleichen Kampf mit einem Menschen aufzunehmen.

Er fuhr mit dem Aufzug nach unten und war mit einem Satz im Garten. Hinter seinem Rücken fauchte es. Er fuhr herum. Leo.

„Reingelegt!“, miaute der Rote und machte einen Luftsprung.

„Was soll das?“, knurrte Robin.

„Ich habe letzte Nacht geübt.“ Leo streckte seinen Kopf in die Höhe, spitzte die Ohren, richtete sich zu seiner vollen Jungkatergröße auf, schaute ernst – er nahm eine stolze Haltung ein.

Robin schüttelte den Kopf.

„Ist ja gut. Ich muss dir etwas erzählen.“

Nachdem er Leo die Ereignisse der vergangenen Nacht

berichtet hatte, sanken Leos Ohren zur Seite.

„Noch sechs Tage, noch sechs Tage, wie sollen wir das schaffen?“, jammerte er. „Nicht nur, dass wir an die toten Kätzchen denken müssen, jetzt haben wir es auch noch mit einer vergifteten Perserkatze zu tun, noch dazu direkt in deinem Garten.“

Beide Kater schwiegen eine Weile. Bisher hatte sich Robin hier sicher gefühlt. Es war sein Garten, hier hatte er sich stark gefühlt, auch wenn fremde Katzen oder Kater aufgetaucht waren. Aber mitten in seinem Garten hatte jemand ein Attentat auf eine ihrer Artgenossen verübt. Auch wenn es – hoffentlich – misslungen war: Mitten im Herzen seines Reviers hatte ihm jemand demonstriert, dass er Macht über ihn hatte. Dass er sich hier nicht länger auf seine Katerstärke würde verlassen können.

„Hör′ zu. So sieht der Plan für die sechs Tage bis zur Geburt von Sheilas Kätzchen aus. Wir werden von morgens bis abends mit deinem Training weitermachen. Wenn es sein muss, auch nachts. Dabei müssen wir besonders vorsichtig sein, damit die Menschen unseren geheimen Aufzug nicht entdecken. Die leere Wohnung im zweiten Stock ist im Moment unsere einzige sichere Zuflucht, damit sie nichts merken. Für mich heißt das, dass ich immer zu Hause sein muss, wenn Johanna oder Stefan auch zu Hause sind. Sie haben die Balkontür geschlossen, ich soll erst mal nicht rausgehen. Sie haben Angst, dass ich mich auch vergifte.“ Robin hielt kurz inne, um Luft zu holen.

„Aber …“ miaute Leo.

„Unterbrich mich nicht“, knurrte Robin. „Neben dem Training müssen wir mit Sheila und Bruno besser bekannt werden.“

„Grrrr“, brummte Leo mit geschlossenem Maul.

„Was meinst du?“

„Darf ich jetzt etwas sagen?“, maulte er beleidigt.

„Sag´ schon.“

„Warum müssen wir mit Sheila und Bruno bekannt werden?“

„Wir müssen sie auf das Kommende vorbereiten und dafür müssen wir sie einbeziehen. Sie müssen wissen, dass sie, dass ihre Jungen in Gefahr sind. Auch wenn sie noch gar nicht auf der Welt sind. In der Nacht, bevor die Jungen auf die Welt kommen, müssen wir auf Sheila aufpassen. Wenn es jemand auf sie abgesehen hat, dann wird er es nachts versuchen, wenn alle Menschen schlafen. Das ist unser Vorteil.“

Die folgenden Tage waren hart. Für beide Kater. Sobald Stefan und Johanna die Wohnung verlassen hatten, fuhr Robin mit dem Aufzug bis in die leere Wohnung im zweiten Stock. Dort wartete er auf Leo oder umgekehrt. Eine Nachricht aber erfreute Kater wie Menschen gleichermaßen: Die Perserkatze hatte es geschafft. Stefan hatte zwei Tage später aus der Tierklinik Bescheid bekommen. Die Besitzer waren dank der Registrierung auch ermittelt worden. Was allerdings fehlte, war die Diagnose: Was hatte die Katze an den Rand des Todes gebracht? Die Untersuchungen dauerten an.

Nachdem Leo das Fauchen gelernt hatte, waren die nächsten beiden Übungen ein Leichtes: Den Schwanz zum Staubfeudel machen und die Rückenhaare aufstellen – damit hatte Leo keine Schwierigkeiten. Problematischer war das Knurren. Diese tiefen Tonlagen beherrschte der Kleine nicht. Es reichte nicht, dass sich Leo etwas vorstellte, das ihn ärgerlich machte. Es müsste etwas sein, das ihn wirklich wütend und angriffslustig machte.

So machten sich die beiden Kater am Morgen des vierten

Tages vor Sheilas Geburtstermin auf den Weg zu Leos Wohnsiedlung. Dort, so hofften sie, würden sie unweigerlich auf die Jungen treffen, die Leo vor Wochen drangsaliert hatten.

„Du wirst sehen, es ist gar nicht so schwer wie du vielleicht denkst“, ermunterte Robin den kleinen Kater, der neben ihm her trabte.

Die beiden Kater erklommen Seite an Seite den Wall zwischen der B 3 und der platt gewalzten Erdfläche dahinter. Sie war nicht mehr leer. Hohe Metallwände, dazwischen Glasscheiben, waren in den vergangenen Wochen aus dem Boden gewachsen. Ein Teil der Erde war mit Asphalt zugeschüttet. Tagsüber war hier in der Woche eine Menge los, ständig fuhren Bagger und Lastwagen hin und her. Doch heute am Sonntag war alles ruhig.

Auch die Wiese vor Leos Wohnhaus lag still in der Vormittagssonne. Die Weidenkätzchen hinter dem Mülltonnenhäuschen zeigten ihr silbriges Fell.

Angespornt von der friedlichen Atmosphäre rannte Leo an dem Häuschen im Dauerlauf vorbei bis zu einer Stelle unter einem Baum, wo das Gras nicht wuchs und braune Erde dominierte. Er warf sich auf die staubige Erde, wälzte sich genussvoll von der Seite auf den Rücken, blieb einige Sekunden mit dem Bauch der Sonne zugewandt liegen, wälzte sich dann auf die andere Seite und füßelte in der Luft nach einem Schmetterling, der vorbeigaukelte. Dann begann er, mit einem dicken Seil zu spielen, das von einer kaputten Schaukel an dem Baum herunterhing.

Die Haustür des Hauses fiel ins Schloss. Der Junge, den sie Matsche nannten, kam heraus. Unschlüssig stand er vor dem Haus auf dem Gehweg und ließ einen Fußball von einer Hand in die andere rollen. Noch hatte er die beiden Kater nicht gesehen. Sie rannten hinter das Mülltonnenhäuschen und sprangen auf das Dach.

Matsche stand noch immer auf dem Gehweg. Erst kickte er den Ball gegen einen der Bäume, dann gegen die Hauswand. Als der Ball davon abprallte und beim Aufprall den Spiegel eines auf dem Gehweg davor parkenden Mofas verbog, kicherte er. Dann klemmte er den Fußball unter den Arm und schlenderte auf dem Gehweg am Haus entlang zur Straße.

„Wir müssen ihn aufhalten!“, miaute Robin. „Wer weiß, wann er wiederkommt.“

In großen Sätzen rannte er über die Wiese und überholte Matsche. Ein Stück vor ihm brach Robin zusammen. Der Junge blieb stehen und kniff die Augen zusammen. Robin begann, jämmerlich zu miauen und leckte zwischendurch seinen rechten Vorderlauf. Als sich Matsche nicht rührte, rappelte sich Robin auf und humpelte ein paar Schritte auf Matsche zu. Dann setzte er sich wieder und leckte wimmernd seine Vorderpfote. Das reichte. Schnell, viel schneller als es ihm Robin wegen seines überschüssigen Specks am Köper zugetraut hatte, sprang Matsche auf Robin zu und holte zum Wurf aus. Robin machte zwei große Sätze zur Seite, wurde sich dann aber bewusst, dass er als verletzter Kater gar nicht so weit springen konnte, hielt wieder jammernd inne und ließ Matsche ein paar Schritte herankommen. So bewegten sich die beiden über die Wiese und kamen dem Mülltonnenhäuschen immer näher. Ein paar Schritte davor sammelte Robin seine ganze Kraft und sprang aus dem Stand zu Leo auf das Dach.

„Jetzt!“, miaute Robin laut. Die beiden Kater drehten sich gleichzeitig um und sahen Matsche direkt vor dem Häuschen stehen. Robin buckelte und knurrte. Leo blieb stumm.

„Nun knurr schon!“, knurrte Robin zwischen zusammengebissenen Zähnen hervor.

Der dicke Junge mit dem Doppelkinn grinste.

„Diesmal krieg ich dich, blöde Katze. Deine Alte ist nicht da, um dir zu helfen und …“

Patsch! Matsche schrie und Leo knurrte. Der kleine Kater hatte ihm mit ausgefahren Krallen auf den Kopf geschlagen.

Jammernd und fluchend rannte der Dicke ins Haus und knallte die Tür hinter sich zu.

„Sehr gut!“, sagte Robin mit aufrichtiger Bewunderung. Er zögerte, ob er das sagen sollte, was ihm gerade auf der Zunge lag. Dann gab er sich einen Ruck.

„Das habe selbst ich noch nie getan.“

Stolz streckte Leo seinen Kopf in die Höhe.

Sheila schnurrte. Sie lag auf dem Sofa, Elke saß neben ihr und kraulte ihr den Hals. Drei Tage vor der Geburt fühlte sie sich so schwerfällig wie dieser Mops mit der eingedrückten Nase, den sie einmal durch die Öffnungen ihres Katzenkorbs gesehen hatte. Sein Herrchen hatte ihn an einer Leine hinter sich her gezogen und der speckfaltige kleine Hund hatte geschnauft, als würde er einen Berg erklimmen. Auch Sheila musste bei jedem Schritt schwer atmen. Deshalb war sie über jede Ruhepause froh. Als Elke aufstand, hob Sheila träge ihren rundlichen Kopf. Sie kannte die Gewohnheiten ihrer Besitzer mittlerweile und als sie kurz darauf Geräusche aus der Küche hörte und die Stimme von Elke, die sich mit Jens unterhielt, wusste sie: Die beiden saßen beim Abendessen.

Sheila gab sich einen Ruck und setzte sich auf. Dann ließ sie sich vom Sofa gleiten, ein Sprung war zu gewagt. Sie hatte schon Futter bekommen, aber die Aussicht auf den einen oder anderen Happen zwischendurch spornte sie an.

In der Küche saßen Elke und Jens am Tisch und aßen. Sheila wackelte auf Elke zu, weil sie wusste, dass Elke nachsichtiger war als Jens. Dann setzte sie sich neben ihren Stuhl und ließ ihr zartestes Miauen hören, das sie in ihrem umfangreichen Repertoire hatte.

„Bitte nicht, Elke“, sagte Jens, aber es war schon zu spät.

Elke setzte Sheila auf ihren Schoß und schnitt ein Stückchen Käse ab. Jens runzelte die Stirn.

„Du verwöhnst sie viel zu sehr“, sagte er.

„Das habe ich auch verdient!“, miaute Sheila in Jens´ Richtung. Dann nahm sie das Käsestückchen aus Elkes Fingern und schnurrte beim Kauen genussvoll.

Brünó saß in seinem bevorzugten Versteck, in dem dunklen Spalt hinter der Küchentür. Jetzt kam er hervor und baute sich in seiner ganzen Stämmigkeit vor Jens auf. Es war selten, dass Brünó etwas für sich selbst einforderte. Aber das hier war zu viel für ihn. Vor seinen Augen genoss Sheila nicht zum ersten Mal eine zuvorkommende Behandlung. Als Jens nicht reagierte, stellte sich Brünó auf die Hinterbeine, krallte sich an Jens´ Hosenbeinen fest und miaute murrend. Das Murren schlug in ein Jammern um, als Jens ihn resolut von sich schob und streng sagte:

„Nein, Bruno, nicht bei Tisch!“

„Aber Sheila …“ miaute Brünó zutiefst empört.

Jens schnitt ein großes Stück Höhlenkäse ab – Brünós Lieblingskäse! – und schob es sich in den Mund. Für Brünó hatte er keinen Blick mehr übrig. Deprimiert wandte sich der Kater ab und setzte sich vor Elke. Zaghaft berührte er mit einer Pfote ihr Hosenbein.

„Ach Bruno, du siehst doch, dass ich gerade mit Sheila beschäftigt bin.“

Brünó schluckte und ließ den Kopf hängen. So ging das, seit Sheila trächtig war. Hätte er das gewusst, dass die

Menschen ihr dann so viel mehr an Aufmerksamkeit zukommen lassen würden als ihm – er hätte sich die Sache mit dem Geschlechtsakt noch einmal überlegt. Und zwar gründlich. Schließlich war es nicht einfach gewesen, seinen rundlichen Körper von hinten auf sie zu bringen. Er hatte geächzt und geschnauft, erst beim dritten Mal hatte er die richtige Stellung gefunden. Immerhin hatte er auch keine allzu große Übung darin gehabt, um genau zu sein gar keine. Zu allem Überfluss hatte sich Sheila gebärdet, als wollte er sie umbringen. In dem einen Moment fauchte sie und schlug nach ihm, in dem anderen rieb sie gurrend ihren Kopf am Boden und schwänzelte herausfordernd mit ihrem Gesäß.

Als er sie schließlich von hinten besprungen hatte und sie immer noch nicht still hielt, hatte er sich nicht anders zu helfen gewusst, als sie mit einem festen Biss in ihr dickes Nackenfell zur Räson zu bringen – ein wie er fand aggressiver Akt, und Aggressionen lagen ihm sowieso nicht. Noch schlimmer wurde es, als er fertig war und absteigen wollte. Sheila begann plötzlich laut zu schreien, dabei hatte er ihren Nacken schon losgelassen. Sie hatte sich von ihm befreit und ihm unter lautem Fauchen einen Hieb mit ausgefahrenen Krallen versetzt. Alles in allem war es also keine große Freude gewesen, aber die Menschen hatten ihn tagelang mit der rolligen Sheila zusammen eingesperrt und da hatte er der Versuchung letztendlich nicht wiederstehen können. Und das war nun der Dank für seine Mühe! Beleidigt ging er ins Wohnzimmer und verkroch sich hinter dem Sofa. Er war froh, dass es in drei Tagen vorbei sein würde und schwor sich, künftig Sheilas Rolligkeit gegenüber standhaft zu bleiben.

Am nächsten Nachmittag war Brünó immer noch verstimmt, weshalb er es sich herausgenommen hatte, Sheilas Stammplatz am offenen Küchenfenster zu besetzen. Er wagte es sonst kaum, der resoluten Katzendame in die Quere zu kommen, aber heute würde er sich behaupten, egal wie streng sie ihn anschauen würde. Doch von Sheila war weit und breit nichts zu sehen und Brünó war froh darüber.

Es roch so gut da draußen. Brünó kräuselte seine Lefzen und sog den Geruch durch die Zähne ein. Ja, es roch gut, er schmeckte es auch, aber er vermochte nicht zu sagen, wonach. Er drückte seinen dicken, runden Kopf gegen das Katzengitter und schnüffelte in den Garten hinaus. Eine tiefe Wehmut erfasste ihn, es war ihm, als würde er etwas vermissen, das er vor langer, langer Zeit einmal gehabt hatte. Sein Katerleben währte erst drei Jahre, aber es kam ihm im Augenblick so vor, als hätte er schon lange vor dieser Zeit hier gelebt. Er ließ seinen Blick über das dichte Blätterdach des Kastanienbaumes wandern und beobachtete, wie sich die tatzengleichen Blätter im Sonnenlicht mal hell, mal dunkel färbten. Er seufzte.

„Bruno?"

Brünó schreckte aus seinen wehmütigen Betrachtungen auf. Auf dem Holzstapel unterhalb des Küchenfensters stand ein rot-getigerter Kater. Er sah sehr, sehr dünn aus.

„Ja, bitte?" Brünó war fremden Katern und Katzen gegenüber zurückhaltend, selbst wenn sie so klein waren wie dieser hier.

„Du bist doch Bruno, oder?" Der kleine Kater streckte sich an der Erkerwand empor und schnüffelte nach oben.

„Und wenn ja, was wäre dann?"

„Wir könnten – bekannt werden."

Brünó schwieg. Er hatte keine Lust auf neue Bekanntschaften. Neue Bekanntschaften zu knüpfen empfand er als anstrengend. Zwar hatte er vor Sheila erst zwei Bekanntschaften mit anderen Katzen geknüpft, aber die waren anstrengend gewesen. Immer dieses Fragen-und-antwortenmüssen, dabei wollte er nur fressen, gestreichelt werden und schlafen. Er überlegte, ob er den dünnen Kater darauf hinweisen sollte, dass sein Name nicht „Bruno" sondern „Brünó" ausgesprochen wurde. Aber selbst das erschien ihm die Atemluft nicht wert. Vermutlich würde er ihn nie wiedersehen.

„Dein Fell hat die gleiche Farbe wie meines", miaute der dünne, rote Kater beharrlich.

Das war zu viel.

„Ganz bestimmt hat mein Fell in der Grundtönung eine Cinnamon-Färbung, das ist Englisch und heißt auf Deutsch Zimt. Die zarten, dunkleren Streifen, die mir ein ganz individuelles Aussehen verleihen, sind chocolat, was Französisch ist und auf Deutsch Schokolade heißt. Diese außergewöhnliche Fellzeichnung haben führende französische Experten bestätigt und in mein Zuchtbuch eingetragen, wo sie ein bleibendes Zeugnis meiner Unverwechselbarkeit ist. Dein Fell hingegen sieht aus wie verwaschene Herbstblätter", schloss Brünó.

Zwar war diese gehobene Sprache, die Sheila sich zu eigen gemacht hatte, normalerweise nicht die Sache des dicken British Shorthair. Doch wenn die Lage es erforderte, konnte er es auch. Und hier war seiner Ansicht nach so eine Lage gekommen. Wenn er etwas nicht ertragen wollte, dann war es die Gleichstellung mit anderen Katzen oder Katern.

Der dünne Kater hatte sich an das äußere Ende des Holzstapels zurückgezogen.

„Das Bekannt-werden wird nichts, glaube ich", miaute er in Richtung der Wiese hinter dem Holzstapel.

Brünó beachtete den verwaschenen roten Kater nicht weiter und gab sich wieder der Betrachtung des Gartens hin. Doch währte seine kontemplativ-wehmütige Versunkenheit nicht lange. Wie aus dem Nichts schnellte der grauschwarz Getigerte mit dem weißen Bauch auf den Holzstapel. Es war eben jener Kater, der am Abend ihres ersten Tages ebenfalls wie aus dem Nichts in ihrer neuen Wohnung aufgetaucht war und ihm einen so großen Schrecken eingejagt hatte, dass er sogar sein Abendfutter hatte stehen lassen. Und das hieß etwas bei Brünó. Er begann zu zittern. Wenn der fremde Kater schon einmal einfach so in ihrer Wohnung aufgetaucht war, wer sollte ihn dann daran hindern, es ein weiteres Mal zu tun?

„Was fällt dir ein?“, fauchte ihn der große Mischlingskater an. „Seid ihr Rassekatzen alle so ausgesprochen überheblich, dass ihr selbst kleine Kater, die euch gar nichts getan haben, beleidigen müsst?“

Brünó wich einen Schritt von dem Katzengitter am Fenster zurück.

„Entschuldige bitte“, miaute er und vermied es, den grau-schwarz Getigerten mit den weißen Beinen anzusehen. „Ich wusste nicht, dass er ein Freund von dir ist.“

„Freund hin oder her, Leo hat dir nichts getan“, knurrte Robin.

„Leo, ja? Ein schöner Name“, sagte Brünó und hoffte so, Robins Wut zu besänftigen.

„Auf einmal. Stell′ dir mal vor, ich würde dir sagen, dass du ein dicker Kater bist, fast schon fett. Wie würdest du dich dann fühlen?“

Brünó zuckte zusammen. Damit hatte er nicht gerechnet. Er wollte empört miauen, aber heraus kam nur ein dumpfes Jammern, dass bei ihm so tief aus der Brust kam wie bei Robin das Knurren.

„Das ist gemein“, miaute er. „Ich kann nichts dafür.“

Unten auf dem Holzstapel sahen sich Robin und Leo an.

„Also wenn ich eine Maus fresse, dann kann ich sehr wohl etwas dafür“, argumentierte Robin.

„Ja, aber bei mir ist das so, dass ich immer Hunger habe“, jammerte Brünó weiter. „Ich muss immerzu fressen. Wenn ich nicht fresse, habe ich ständig das Gefühl, dass mir etwas fehlt.“ Er holte tief Luft und atmete den Duft des Gartens ein. „Wenn ich raus könnte, dann wäre das wahrscheinlich anders.“

„Wieso?“, fragte Leo.

„Dann hätte ich all das, was ihr auch habt. Bäume und Hecken und Gras und Mäuse und …“. Er brach ab.

„Und was?“, insistierte Robin.

„Und andere Kater und Katzen“, flüsterte Brünó. Dann kam aus seiner zimtfarbenen Brust wieder ein dumpfes Jammern.

Der große Kater auf dem Holzstapel schaute Brünó tonlos an. Nur seine Schwanzspitze bewegte sich hin und her. Alle drei schwiegen. Brünó drehte der Welt draußen den Rücken zu. Da hörte er Robin sagen:

„Das kenne ich.“

Der dicke Kater drehte sich wieder herum.

„Damals, im Tierheim, da war ich auch mal ganz alleine“, fuhr Robin fort. „Dann kam ein kleiner Kater, um den habe ich mich gekümmert. Alleine gefühlt habe ich mich dann nicht mehr.“

Brünó drückte sich an das Katenzgitter.

„Seit wann“, begann der verwaschene rote Kater, brach ab, räusperte sich, was sich wie ein misslungenes Fauchen anhörte, und setzte erneut an:

„Ich meine, seit wann musst du so viel fressen?“

„Es war nicht immer so“, begann Brünó, machte dann

aber eine kurze Pause, weil er sich an seine Welpenzeit erinnerte. Dann fuhr er fort:

„Als ich klein war, hatte ich es gut. Mit fünf Geschwistern habe ich mich nie alleine gefühlt. Immer war jemand da, mit dem ich spielen konnte. Meine Mutter war auch da und hat mir Milch gegeben. Wenn ich gespielt habe, hatte ich keinen Hunger. Wenn mich meine Mutter geleckt hat, hatte ich auch keinen Hunger. Aber nach ein paar Monaten war ich plötzlich alleine." Brünós Augen begannen zu tränen. „Meine neuen Besitzer waren nett, aber ich war so oft alleine. Und da habe ich angefangen zu fressen, weil ich mich dann irgendwie weniger alleine gefühlt habe."

Brünó setzte ab. Je länger er darüber nachdachte, desto trauriger wurde er.

Leo streckte sich wieder an der Hauswand empor und schnüffelte in Brünós Richtung.

„Aber jetzt bist du nicht mehr alleine!", miaute er.

Wieder drückte sich Brünó buckelnd an das Katzengitter. Entgegen anfänglichen Erwartens hatte das Bekanntwerden gut geklappt.

Robin hob schläfrig den Kopf. Er hatte sich von Leo überreden lassen, auf dem Holzstapel eine Ruhepause einzulegen. Leo lag noch immer neben ihm und hatte die Augen fest geschlossen. Bruno lag am offenen Küchenfenster über ihnen und döste ebenfalls vor sich hin. Eine Autotür fiel ins Schloss, Menschenstimmen hinter der Hecke auf der Straße. Sofort war Robin hellwach und sprang auf die Pfoten. Stefan und Johanna! Er musste so schnell wie möglich in die Wohnung zurück, noch durfte er offiziell nicht nach draußen. Noch immer warteten sie auf die Nachricht aus der Tierklinik, woran die Perserkatze erkrankt war. Stefans wiederholte Anrufe brachten nichts. Die Mitarbeiter seien überlastet, hieß es.

„Leo“, miaute Robin leise und stieß den roten Kater mit dem Kopf an.

„Hmpf“, brummte der mit nur halb geöffneten Augen.

„Ich muss in die Wohnung. Johanna und Stefan kommen.“

Er sprang von dem Holzstapel und war in wenigen Sätzen bei dem Aufzug. Bevor er darin verschwand, rief er Leo zu:

„Komm´ heute Abend in die leere Wohnung, dann können wir dein Training abschließen.“

„Komisch“, sagte Stefan und blickte sich im Garten um. „Ich hätte schwören können, dass ich Robin gehört hätte, hier aus dieser Richtung.“

Dabei machte er ein paar Schritte auf die Aufzugstür zu, die sich gerade rechtzeitig geschlossen hatte, bevor Stefan und Johanna den Weg durch den Garten zum Haus betreten hatten.

Leo hatte sich auf dem Holzstapel aufgesetzt und beobachtete Robins Besitzer argwöhnisch. Auf keinen Fall durften die Menschen entdecken, dass Robin mit dem Aufzug gefahren war. Ein Ablenkungsmanöver musste her und da fiel ihm das ein, was Lotte stets in helle Verzückung versetzte. Er warf sich auf den Rücken, trat mit seinen Vorderpfoten rhythmisch in die Luft und piepste wie ein kleines Kätzchen.

„Na so ein Süßer“, rief Johanna prompt und zupfte Stefan am Ärmel. „Guck´ doch mal.“

Stefan lachte.

„Ja, den habe ich in letzter Zeit schon oft hier gesehen. Ich glaube, Robin und er haben Freundschaft geknüpft.“

Er ging zu dem Holzstapel.

Leo stieß Stefan mit dem Kopf an die Brust. Der kraulte

ihn am Kopf, während Johanna zur Haustür ging und den Briefkasten öffnete.

„Hier“, rief sie und wedelte mit einem Papier. „Nachricht von der Tierklinik.“

Leo spitzte die Ohren. Ein Mann schaute zum offenen Fenster im Erdgeschoss heraus. Schmitz war sein Name, hatte ihm Robin erzählt.

„Was steht drin?“, fragte der Erdgeschossbewohner.

Johanna öffnete den Brief und las ihn leider leise. Leo miaute und stieß Johanna mit dem Kopf an. Geistesabwesend kraulte sie ihn mit einer Hand am Kopf und reichte den Brief an Schmitz. Der las ebenfalls leise.

„Was steht denn drin oder soll ich ihn auch noch lesen?“, fragte Stefan ungehalten. „Ich hab´ noch viel für den Unterricht vorzubereiten und will zu Abend essen.“

„Die Tierpathologie in Gießen hat einen ersten Test gemacht. Das Ergebnis deutet auf Gift hin. Sie müssen aber noch einen zweiten machen, um andere Substanzen auszuschließen. Das dauert einige Tage“, informierte ihn Johanna und nahm den Brief von Schmitz wieder entgegen.

Leo versuchte sich alles einzuprägen, damit er Robin später würde davon erzählen können.

„Was machen wir mit Robin?“, fragte Stefan. „Sollen wir ihn weiterhin drin lassen?“

„Hm“, machte Johanna.

„Es geht mich zwar nichts an, schließlich ist es Ihr Kater, aber meiner Meinung nach machen Sie viel zu viel Aufhebens um die ganze Sache.“

Stefan und Johanna sahen sich wortlos an.

„Was würden Sie vorschlagen?“, fragte Stefan dann.

„Überlegen Sie mal: Woher wollen Sie wissen, dass das Gift hier im Garten ausgelegt worden ist? Wenn es überhaupt welches war.“

„Zumindest in diesem Punkt haben Sie recht“, sagte Johanna. „Wer weiß, wo die Katze die Maus gefunden hat. Sie kann sie vier Gärten weiter gefangen haben, ist dann hier herüber gelaufen, um sie zu fressen. Allerdings“, und hier wurde ihre Stimme energisch, „finde ich nicht, dass wir zu viel Aufhebens um die Sache machen, wie Sie es sagen.“

„Genau“, stimmte ihr Stefan zu. „Es geht hier um ein Tier, das offensichtlich durch Menschenhand fast gestorben wäre, und nicht um eine Sache.“

„Sehr gut!“, miaute Leo und drückte seinen Kopf an Stefans Arm.

„Nun legen Sie nicht jedes Wort auf die Goldwaage“, sagte Schmitz. „Ich wollte Ihnen lediglich einen Rat geben, wie Sie sich viel sinnloses Suchen ersparen können.“

„Komm´, wir gehen“, sagte Johanna und hielt Stefan die Haustür auf.

Leo hatte Hunger. Doch der erst kürzlich erwachte Appetit auf Mäuse war ihm gründlich vergangen. Jede lebende Maus konnte das Rattengift gerade irgendwo gefressen haben. Er sprang von dem Holzstapel und machte ein paar Sätze über die Gartenwiese.

„Wo willst du hin?“, miaute ihm Bruno vom vergitterten Erkerfenster im ersten Stock nach. „Wann kommst du wieder?“

„Ich will nach Hause und etwas fressen und danach komme ich wieder“, rief er im Davonlaufen dem dicken Kater zu. Dann hielt er inne und überlegte.

„Weißt du, Bruno, es dauert nicht mehr lange, und dann machen dir die Gitter vor euren Fenstern nichts mehr aus.“

„Wie meinst du das?“ Bruno war aufgestanden und drückte sich an das Katzengitter. „Das klingt verheißungsvoll.“

„Das kann ich dir noch nicht sagen, aber bald.“ Dann sprang Leo davon.

Auf dem Weg nach Haus machte er einen großen Bogen um den Reitstall, er wollte nicht auf Streuner treffen. Wenn er ehrlich war, so würde er sich nicht ärgern, wenn Streuner an einer vergifteten Maus aus Robins Mauseloch sterben würde.

Als Leo auf das Balkongeländer stieg, saß Lotte auf dem Balkon, eingehüllt in eine warme Decke.

„Na, lässt du dich auch mal wieder blicken?“, begrüßte sie ihn. Ihre Stimme klang ärgerlich. Außerdem hatte sie ein Taschentuch in der Hand und tupfte sich damit die Augen.

„Weißt du, Leo, ich habe dich gekauft, damit ich mich nicht alleine fühle“, sagte Lotte und zog die Nase hoch. „Aber in letzter Zeit bist du immer öfter weg und leistest mir keine Gesellschaft mehr.“

Leo legte den Kopf schief. Darüber hatte er noch gar nicht nachgedacht. In der Tat hatte er sich zunehmend wohl gefühlt, seit er Robin kennengelernt hatte. Sein Leben war abwechslungsreicher geworden. Auch wenn es für seinen Geschmack mit den Ermittlungen etwas zu aufregend war, so gefiel ihm das immer noch besser als das ständige Eingesperrt-sein in der Zeit vor der Freiheit verheißenden Katzenklappe in der Balkontür. Bruno fiel ihm ein und er wusste, er wollte alles daran setzen, dass der dicke Kater auch bald die Freiheit würde genießen können.

„Na ja“, sinnierte Lotte weiter, „ich gebe dir erst mal Futter.“

Während er fraß, hörte er sie im Wohnzimmer herumhantierten.

„Ich habe eine Idee“, sagte sie, als sie wieder in der Küche war und sich aus dem Kühlschrank den Käse auf den

Tisch stellte.

„Ich behalte dich ein paar Tage drinnen. Dann gewöhnst du dich wieder mehr an mich, anderenfalls kommst du irgendwann gar nicht mehr nach Hause.“

Leo hörte auf zu fressen, obwohl er erst die Hälfte verschlungen hatte. Er rannte ins Wohnzimmer zur Balkontür und mit dem Kopf gegen die Katzenklappe. Sie öffnete sich nicht. Noch einmal drückte er dagegen, die Klappe blieb standhaft. Er miaute erschrocken.

Lotte beobachtete ihn mit hoch gezogenen Augenbrauen.

„Ich verstehe das nicht. Was treibt dich in letzter Zeit so sehr nach draußen?“

Leo dachte fieberhaft nach. Robin wartete auf ihn, sie mussten sein Training abschließen, schließlich hatten sie nur noch drei Tage Zeit. Er warf sich vor Lotte auf den Boden, zeigte ihr seinen Bauch und füßelte in der Luft herum. Diesmal wirkte der Trick nicht.

„Siehst du, das ist schön“, sagte Lotte. „Nachher sitze ich vor dem Fernseher, du liegst schnurrend auf meinem Schoß und wir haben einen gemütlichen Abend.“

Noch nicht. Warte noch. Sei nicht so ungeduldig. Denk′ an das Ziel, nicht an den Moment. Seit sich Stefan und Johanna in ihre Arbeitszimmer zurückgezogen hatten, lag Robin auf seinem Kratzbaum und konnte sich kaum zurückhalten. Bestimmt wartete Leo in der leeren Wohnung auf ihn. Doch er durfte noch nicht nach draußen, also durfte er nicht mit dem Aufzug verschwinden, so lange die beiden wach waren. Stefan und Johanna hatten sich beim Abendessen über den Brief der Tierklinik unterhalten. Robin hatte gehört, was die Pathologie herausgefunden hatte. Die Katze war erkrankt, weil sie ein Stück der toten Maus gefressen hatte. So viel stand fest: Sheila hatte gesehen, wie Mankowski eine vergiftete Maus in den Garten gelegt hatte.

Robin zwang sich, nachdem die beiden zu Bett gegangen waren, zur Ruhe. Er wusste, dass es einige Zeit dauerte, bis sie eingeschlafen waren. Alles war ruhig. Kurz darauf saß er alleine in der leeren Wohnung auf der Fensterbank und wartete auf Leo. Aber Leo kam nicht.

„So eine Nacht!“, schimpfte Lotte. „Kein Auge habe ich zugemacht.“

Sie kniete im Nachthemd vor der Balkontür auf dem Boden und schraubte an der Katzenklappe herum. Leo drückte sich an ihre Knie und schnurrte laut. In der vergangenen Nacht hatte er vergebens versucht, Lotte dazu zu bringen, die Klappe für ihn zu öffnen. Dafür hatte er vor ihrem Bett miaut, gewimmert, gepiepst und gejammert. Nachdem sie ihn in den Flur verbannt und die Schlafzimmertür geschlossen hatte, hatte er die gleiche Zeremonie vor der verschlossenen Tür durchgeführt. Außerdem hatte er an der Tür gekratzt und war von einer Fensterbank zur anderen gelaufen, um dort ein Katergeschrei anzustimmen, das sich wie ein menschliches Kinderweinen anhörte. Schließlich hatte jemand mitten in der Nacht an Lottes Wohnungstür geklingelt, dagegen gehauen und im Treppenhaus gebrüllt:

„Sorgen Sie endlich dafür, dass Ihre Katze Ruhe gibt, sonst sorge ich dafür, und zwar dauerhaft!“

Der wütende Hausbewohner hatte sich als Matsches Vater herausgestellt. Leo hatte ihn erkannt, nachdem Lotte ihm die Tür geöffnet hatte, nicht ohne Leo vorher auf den Arm genommen zu haben, damit er nicht durch die geöffnete Wohnungstür ausbüchste.

Lotte hatte den Mann beruhigen können und ihm versprochen, dass das die erste und letzte Nacht wäre, in der ihr Kater einen solchen Lärm machen würde. Bei der Gelegenheit hatte sie erfahren, dass Leo Matsche geschlagen hatte. Sie hatte dem immer noch ärgerlichen Vater daraufhin mitgeteilt, dass sein Sohn Leo oft ärgern würde, das habe sie schon mehrmals gesehen und dass sein Sohn sich anders verhalten solle, dann würde so etwas nicht mehr vorkommen. Der Vater hatte vorerst Ruhe gegeben. Allerdings hatte er Leo im Weggehen einen bitterbösen Blick zugeworfen.

Als Lotte am frühen Morgen den Weg in die Freiheit wieder öffnete, stürmte Leo nicht sofort nach draußen, sondern drückte sich an Lottes Beine, schnurrte und ließ sich liebkosen. Wenn das mit dem Gift nicht wäre, würde er ihr heute gerne eine erlegte Maus mitbringen, dachte er, als sie ihm unter dem Kinn kraulte. Er schnurrte noch lauter. Schließlich gab sie ihm einen Klapps und sagte:

„Na, nun lauf schon."

Bummm. Zum wiederholten Mal rutschte der rote Kater mit vollem Schwung über den Parkettfußboden gegen die Wand in der leeren Wohnung. Er setzte sich und schüttelte seinen Kopf.

„Langsam reicht es mir!", knurrte er. „Ich hätte nicht gedacht, dass der Angriffssprung so schwer sein würde."

„Stell´ dich nicht so an!", knurrte Robin zurück. Er hatte den großen Stoffball, eines seiner Lieblingsspielzeuge, mitgebracht. Der Ball war ein feindlich gesinnter Kater und Robin schoss ihn seit geraumer Zeit quer durch die Wohnung in der Hoffnung, dass Leo ihn endlich einmal mit einem gezielten Sprung erwischen würde.

„Ich stell´ mich nicht an, es ist einfach schwer. Du könntest mir ruhig etwas dankbar sein", setzte er böse brummend hinzu.

„Immerhin habe ich Stefan von dem Fahrstuhl abgelenkt

und die Sache mit dem Mäusegift erfahren."

Robin legte die Ohren an.

„Das habe ich auch ohne dich erfahren. Und lenk´ nicht vom Thema ab. Du bist einfach nicht bei der Sache. Was glaubst du, wie wir übermorgen richtig vorbereitet sein sollen, wenn du das Wichtigste nicht lernen willst?"

Zur Bekräftigung schickte Robin seinen Worten ein Fauchen hinterher.

Leo stand steifbeinig auf und stakste zwei Schritte auf Robin zu. Auch Robin stellte sich steifbeinig hin und stellte seine Rückenhaare auf.

„Hör´ mir gut zu", fauchte auch Leo. Alles Kleinkaterhafte war aus seinem Verhalten gewichen.

„Ich kann nichts dafür, ich gebe mein Bestes. Also lass´ uns weitermachen."

Robins Schwanz war gesträubt und stand in die Höhe.

„Und was sollte das bringen? Wenn du wirklich gewollt hättest, wärst du schon irgendwie aus Lottes Wohnung rausgekommen. Bist halt doch ein verweichlichter …"

Zack! Leo war mit einem Riesensatz auf Robin zugesprungen, hatte sich in seinem Nacken verbissen und ihm außerdem mit ausgefahrenen Krallen einen Hieb auf den Kopf versetzt. Robin fauchte und im Nullkommanichts kugelten sich beide Kater eng ineinander verkeilt und schreiend auf dem Fußboden.

Robin war der Erste, der locker ließ. Selbst als ihm Leo daraufhin noch einen Hieb versetzte, zog er sich zurück und senkte den Kopf.

„Hör´ schon auf", miaute er schwer atmend.

Leo verharrte zum nächsten Sprung geduckt in Angriffsstellung.

„Tut mir leid", sagte Robin schließlich, als Leo keine Regung zeigte. „Ich weiß nicht, was in mich gefahren war."

Leo lockerte seine Muskeln. Er wartete.

„Wir haben die letzte Nacht verloren und - nein, nicht deine Schuld“, beeilte sich Robin zu sagen, als Leo wieder die Ohren anlegte und fauchte. „Es ist einfach so, dass ich nicht mehr wusste, wie wir das schaffen sollen. Wie wir Sheila beschützen sollen.“

Der Rote schwieg.

„Ich habe mich so hilflos gefühlt“, setzte Robin hinzu.

Leo schluckte.

„Ich hätte auch nicht gleich aus dem Fell fahren müssen“, miaute er schließlich versöhnlich. „Aber weißt du, ich habe die komplette vergangene Nacht versucht, ins Freie zu kommen und habe nicht eine Stunde geschlafen, weil ich wusste, dass wir hier weitermachen müssen.“

Beide schwiegen.

Robin ergriff als erster wieder das Wort.

„Sehen wir es positiv: Du hast den Angriffssprung unter realen Bedingungen gelernt“ – dabei wischte er sich mit der Vorderpfote über die Schrammen an seinem Kopf – „und wir können uns bis morgen eine Pause gönnen.“

So kam es, dass Robin ausnahmsweise träge in seinem Garten lag. Johanna hatte zwischenzeitlich mit der Tierärztin Eva Zack telefoniert und hatte Robin erlaubt, wieder nach draußen zu gehen. Es könne überall und zu jeder Zeit geschehen, dass eine Katze ohne böse Absicht vergiftet würde, hatte Johanna Stefan erzählt. Als Robin das gehört hatte, hatte er sich geschworen, vorerst keine Mäuse zu fressen. Egal ob lebend oder tot.

An dem Tag, an dem Sheilas Geburt sein sollte, machte die Katzendame das, was seit Tagen ihre Lieblingsbeschäftigung war: Sie schlief. Wenn sie nicht am Fenster gesessen und Leo und Robin zugeschaut hatte oder wenn sie Brünó nicht einmal mehr aufgetragen hatte, ihr den Bauch zu lecken oder ihr sonst etwas Gutes zu tun, dann lag sie auf dem Sofa und schlief. Elke und Jens hatten ihr ein Lammfell gekauft, darauf trat sie eine Weile herum, bevor sie sich mit einem behaglichen Schnurren niederließ. Überhaupt hatten ihre Besitzer in den vergangenen Tagen die Wohnung verändert. Nicht nur, dass sie das Lammfell ausgelegt hatten, sie hatten auch in einem Regal im Wohnzimmer in niedriger Sprunghöhe ein Handtuch ausgebreitet, einen großen Karton mit mehreren Tüchern ausgekleidet ins Badezimmer gestellt und einen weiteren mit Zeitungspapier ausgestattet in eine dunkle Ecke im Flur.

Sheila betrachtete diese Höhlen ohne sich zu fragen, was das sollte. Sie nahm die Veränderungen in ihrer Wohnung zwar wahr, aber mit ihr hatte das rein gar nichts zu tun. Für Brünó waren sie aber auch nicht gedacht, denn jedes Mal, wenn ihr Dicker dort herumschnüffelte, kamen Elke oder Jens und scheuchten ihn davon. „Das ist für Sheila", sagten sie. Brünó verzog sich dann beleidigt in einen Spalt hinter einer der Zimmertüren.

Dieser Zustand, dass um sie herum etwas geschah, dass dieses Leben aber nichts mit ihr zu tun hatte, hatte sich in den vergangenen Wochen von einer behaglichen Trägheit bis hin zu einer nicht minder behaglichen Teilnahmslosigkeit entwickelt. Nichts regte Sheila mehr auf. Nur einmal war sie aus diesem entspannten Dahindümpeln gerissen worden. Dann nämlich, als Jens sie in einen Korb gesetzt hatte und mit ihr im Auto zu ihrer Tierärztin Helga Wandleben gefahren war. Die zierliche Frau nahm sie behutsam aus dem Korb, streichelte sie eine Weile, kraulte sie unter dem Kinn und erklärte der Katze mit leisen Worten, dass sie ihren Bauch untersuchen wollte. Dann tastete sie mit sanften Fingern auf Sheilas dickem Bauch herum. Auch das ließ Sheila willenlos mit sich geschehen. Frau Wandleben hatte die Vorzüge des Katzenfutters gelobt, das die British-Shorthair-Dame seit Beginn ihrer Trächtigkeit bekam. Alles wäre in bester Ordnung.

Der Abend dämmerte. In dem Haus mit den Erkern herrschte Ruhe. Sheila hatte noch nicht geworfen. Robin schaute in jede der Wohnungen heimlich hinein.

Kathrin Schmitz spielte mit ihrer Tochter „Mensch ärgere dich nicht". Vater Schmitz saß auf dem Sofa und hatte einen Laptop auf dem Glastisch vor sich stehen. Er starrte auf den Monitor und murmelte vor sich hin.

„Das darf doch nicht wahr sein."

Seine Frau schaute vom Spielbrett auf.

„Nun ärgere dich nicht wieder", sagte sie.

„Du hast gut reden. Das ist jetzt das dritte Mal, dass ich mich um eine interne Stelle als Produktmanager beworben habe und zum dritten Mal setzen Sie mir einen anderen vor die Nase."

„Aber was willst du tun? Mehr als gut arbeiten, dich weiterqualifizieren und dich bewerben kannst du doch nicht."

„Das ist es ja!" Schmitz stand auf und ging im Wohnzimmer auf und ab. „Ich habe schon so viel für die Firma getan! Und das ist der Dank?"

Der Mann hieb mit der Faust gegen die Balkontür.

„Ich hätte die größte Lust, denen mal kräftig gegen das Schienbein zu treten." Er funkelte seine Frau an. „Die werden mich noch kennenlernen."

Seine Frau stand auf und tätschelte seinen Arm.

„Übertreibst du nicht etwas?", meinte sie. „Vielleicht probierst du es einfach bei einem anderen Pharmaunternehmen?"

Eine Wohnung höher liefen Elke und Jens Braunfels aufgeregt von einem Zimmer ins andere; kaum hatte sich einer von den beiden hingesetzt, stand der andere wieder auf. Zwischendurch warfen sie heimliche Blicke auf Sheila, die auf dem Lammfell lag und schlief. Im dritten Stock saß der alte Mankowski vor dem Fernseher und rührte sich nicht weg aus seinem Sessel. Stefan und Johanna waren beim Abendessen.

Leo und Robin saßen auf dem Holzstapel unterhalb des geschlossenen Erkerfensters und miauten nach Sheila und Bruno.

„Das nutzt nichts", miaute Leo. „Wenn das Fenster zu ist, können sie uns nicht hören."

„Doch, können sie", widersprach Robin. „Wir müssen nur so lange miauen, bis ihre Besitzer das Fenster öffnen."

„Ich verstehe nicht, warum wir nicht einfach mit dem Aufzug in ihre Wohnung fahren und mit ihnen sprechen", wandte Leo ein.

„Weil Elke und Jens noch wach sind. Das wäre zu gefährlich."

In dem Moment wurde das Erkerfenster geöffnet.

„Also Elke", hörten sie Jens´ Stimme, die ärgerlich klang. „Übertreib´ nicht. Warum sollte es Sheila denn schaden, wenn sie am offenen Fenster guckt?"

„Was weiß ich", antwortete ihm Elke mit einer schrillen Stimme. „Vielleicht zu viel Aufregung, wenn sie mit den beiden Katern da draußen zu tun hat. Ich finde das nicht gut."

Auf einmal tauchten Sheila und Bruno hinter dem Gitter auf.

„Ach Sheila", rief Elke. „Was machst du denn da? Komm´ wieder runter."

Sheila ließ ein Miauen hören und die beiden Kater auf dem Holzstapel sahen, wie sie ihren Kopf an Elkes Arm rieb.

„Na ja“, lenkte die Frau ein. „Ist gut.“

Sheila wandte sich Robin und Leo zu.

„Ich habe euch schon seit ein paar Minuten gehört, aber war innerlich hin und hergerissen, denn etwas Machtvolles drängt mich zunehmend, mir einen ruhigen Platz zu suchen, mich dort lang auszustrecken und zu warten auf den einen Moment, aber …“

„Sheila“, unterbrach sie Robin. „Wir müssen mit dir reden!“

„… aber Brünó hat mir keine Ruhe gelassen und ich muss gestehen, dass ich meinen sonst so trägen Gefährten überhaupt nicht verstehe, denn mit einem plötzlichen Eifer sprang er auf und drängte mich höchst energisch, mit euch zu sprechen.“ Sheila holte tief Luft, bevor sie fortfuhr:

„Also, was gibt es so unglaublich Wichtiges, dass ihr meine Ruhe vor dem wichtigsten Tag meines bisherigen Lebens auf so ungebührende Weise stören müsst, indem ihr eine solchen Lärm zelebriert, dass meine Besitzer anfangen, sich zu streiten?“

Robin erzählte ohne Umschweife von Floras totem Kätzchen und von ihrer zweiten Fehlgeburt, bei der die Welpen Glück im Unglück gehabt hatten. Von Mankowski, der – wie sie doch selbst mit angesehen habe – eine Maus vergiftet hatte, um Katzen zu töten und schließlich davon, dass sie heute Abend hier seien, um sie zu beschützen, damit sie eine ruhige Geburt haben könne.

Sheila schwieg. Bruno gab ebenfalls keinen Ton von sich und blickte unsicher zu seiner Gefährtin. Dann machte Sheila ihre Augen zu schmalen Schlitzen und sagte:

„Soweit ich die derzeitige Lage beurteilen kann, seid ihr

alle ausgesprochen neidisch auf die Aufmerksamkeit, die mir die Menschen zukommen lassen, seit ich meine Jungen erwarte und ihr gönnt mir nicht, dass mir die Menschen so viel Gutes tun."

Robin war sprachlos. Er hatte mit vielem gerechnet, mit Angst, Aufregung, Erschrecken, sogar Ärger. Aber dass Sheila die Gefahr, in der sie sich befand, schlichtweg nicht wahrhaben wollte?

„Aber Sheila", setzte er erneut an. „Das ist alles wahr! Ihr seid, du bist, deine Jungen sind in Gefahr!"

„Ich bin der unumstößlichen Meinung, dass du, Robin von Butzbach, über die Maßen übertreibst, um dich wichtig zu machen und so das Maß an Aufmerksamkeit von den Menschen zu erlangen, dass dir deiner Meinung nach sicherlich zusteht. Ich bin deshalb zu dem Schluss gekommen, dass es der Mühe nicht wert ist, noch weitere kostbare Zeit hier über unnützes Zeug plaudernd zu sitzen statt mich auf meine unglaublich wichtige Geburt vorzubereiten."

Damit erhob sie sich und drehte sich um, bereit, von der Fensterbank zu springen.

„Halt, warte, lauf noch nicht weg!", rief ihr Leo hinterher. Aber da war die British Shorthair schon verschwunden.

„Du musst auf sie aufpassen", sagte Robin mit einem gebieterischen Miauen zu Bruno gewandt.

„Ich?" Bruno schüttelte erschreckt den Kopf. „Ich weiß doch gar nicht, was ich machen soll."

„Vor allen Dingen darf der alte Mankowski nicht zu euch in die Wohnung", assistierte Leo.

Robin miaute bestätigend.

Leo fuhr fort: „Und du darfst nicht einschlafen. Du musst die ganze Nacht aufpassen. Wenn irgendetwas anders ist, musst du sofort …" Leo brach ab. Was musste Bruno tun?

„Uns rufen!“, sprang ihm Robin bei. „Du musst dann so laut und so lange miauen, bis wir bei euch sind.“

„Aber wie wollt ihr denn zu uns in die Wohnung kommen?“

„Darüber mach´ dir keine Gedanken. Wir schaffen das schon.“

Nachdem sie Bruno angewiesen hatten, legten Robin und Leo ihre Strategie fest. Robin würde sich in die Wohnung zu Sheila und Bruno schleichen und würde dort Wache halten. Leo würde dasselbe in Mankowskis Wohnung tun, wobei es darauf ankam, den Alten am Verlassen seiner Wohnung zu hindern. Schließlich war die Sache einfach: Wenn er nicht aus seiner Wohnung konnte, stellte er kein Unheil an. Wie zum Beispiel vergiftete Mäuse in den Garten legen. Im Fall des Falles sollte sich Leo zeigen und sich von Mankowski durch die Wohnung jagen lassen. Dabei sollte er so viel Lärm machen, dass das ganze Haus erwachen würde, denn von den anderen Hausbewohnern versprachen sich die beiden Kater Unterstützung.

Sheila wanderte in der Wohnung hin und her. Ihre innere Unruhe hatte sich verstärkt. Das Lammfell auf dem Sofa war ihr mittlerweile zu ungeschützt, sie bevorzugte eine dunkle Höhle. Die fand sie in einem der Kartons. Dort rollte sie sich zusammen, um sich im nächsten Moment wieder aufzusetzen. Hatte sie ein Geräusch gehört? Aber Elke und Jens schliefen schon lange und Brünó hatte es sich auf ihrem Lammfell bequem gemacht. Heute Nacht war es ihr egal, ob er darauf lag oder nicht. Die Unruhe wich einem Gefühl, das sie noch gar nicht kannte. Sie fühlte sich trotz ihrer trächtigen Behäbigkeit merkwürdig leicht und meinte, dass ihr ganzes künftiges Katzenleben wie von selbst verstreichen würde. Nie wieder würde sie sich anstrengen müssen, nie wieder würde sie sich um etwas Sorgen machen müssen. Wenn sie ihre Augen schloss, schwebte sie plötzlich auf einem Lammfell durch die Wohnung, es trug sie vom Fressnapf zum Sofa, von dort in die Küche auf Elkes Schoß und egal, wo sie auch landete, es lagen dort die leckersten Käsestückchen für sie bereit. Sheila legte sich wieder hin, schloss die Augen und das Geräusch war vergessen.

Es war so weit. Robin zitterte vor Anspannung und witterte in alle offenen Zimmer hinein. Er sah Bruno – der schlief fest auf dem Sofa auf einem Fell. Schon wollte Robin verächtlich durch die Nase schnauben, doch er hielt sich zurück. Nicht das leiseste Geräusch! Endlich hatte er Sheila gefunden. Sie lag in einem Karton in einem Regal im Flur und schlief. Robin war froh. Hier hatte er alles im Blick: Sheila, die Wohnungstür und den Speisenaufzug, falls Leo plötzlich gezwungen wäre, hier aufzutauchen, was er nicht hoffte. Er schaute sich suchend nach einem geeigneten Versteck um. Er musste oben auf das Regal hinauf. Auf das oberste Podest würde niemand schauen, selbst wenn Elke und Jens herauskämen aus dem Schlafzimmer, sie würden – hoffentlich – nur auf Sheila ein paar Etagen tiefer schauen. Mit einem lautlosen Satz war Robin auf dem niedrigen Schrank neben dem Regal und mit einem weiteren Sprung landete er am obersten Brett. Mit den Vorderpfoten krallte er sich fest, aber seine Hinterläufe suchten vergebens nach einem Halt. Dabei schabte er mit seinen Krallen an dem Holz. Erschrocken hielt er inne, mit den Vorderpfoten an dem Brett hängend. Dann ließ er sich geräuschlos wieder auf alle Viere auf die Anrichte fallen. Beim zweiten Anlauf schaffte er es und landete auf ein paar vertrockneten Blumen und Kräutern, die dort oben herumlagen. Sie raschelten. Sheila schlief. Sie hatte einen außergewöhnlich tiefen Schlaf, vielleicht lag das an ihrem Zustand. Robin kauerte sich in der Dunkelheit des Flurs auf dem oberen Regalbrett zusammen. Eine Staubfluse hing an seinen Schnurrhaaren und mit der rechten Vorderpfote wischte er sie schnell ab, um nicht niesen zu müssen. Dann begann er seine Wache.

Leben und Sterben

Als Robin aufwachte, war es in dem Flur heller geworden. Er erschrak. Hatte er die Nacht über geschlafen? Er sprang auf und warf dabei ein paar der vertrockneten Blumen herunter. Von unten ertönte ein leises Miauen. Robin spitzte die Ohren und sprang von seinem Podest herunter.

Sheila lag auf der Seite. Aber Robins Blick richtete sich nicht auf die Katze, sondern auf das Kätzchen, das neben ihr lag. Es bewegte sich nicht und gab keinen Laut von sich. Robin schnüffelte in den Karton hinein und erkannte denselben Geruch wie bei Floras Kätzchen, als es reglos auf dem kalten Betonboden gelegen hatte. Dieses Kätzchen hier war tot. Wieder miaute Sheila jämmerlich, aber es waren keine Katzenworte, die sie von sich gab. Sheila weinte. Robin stupste sie mit der Nase an, aber die Katze reagierte nicht.

Eine Weile stand Robin reglos vor dem Karton mit der wimmernden Sheila, während in seinem Kopf ein Gedanke den anderen jagte. Warum bin ich eingeschlafen? Warum habe ich nichts gehört? Wenn der alte Mankowski hier in der Wohnung gewesen ist – wie auch immer – dann hätte ich es hören müssen.

Und dann kam dem Kater ein Gedanke, der ihm einen weiteren Schrecken einjagte: Gesetzt den Fall, dass der Alte gar nicht hier in der Wohnung gewesen war – wer hatte dann Sheilas Kätzchen auf dem Gewissen? Leo! Leo musste es wissen. Leo hatte dort oben Wache gehalten.

Auf der Stelle machte Robin einen Satz, drehte sich in der Luft herum, stand auf dem Regal vor dem Eingang zum Aufzug und drückte mit der Pfote auf die hölzerne Verzierung, als er hinter der verschlossenen Tür zum Schlafzimmer des Ehepaars Braunfels Geräusche hörte. Die kleine Tür in der Flurwand öffnete sich leise knarrend. Während Sheila immer noch apathisch nichts davon mitbekam, näherten sich Schritte der Schlafzimmertür.

„Hast du das gehört?“, erklang Elkes gedämpfte Stimme.

Robin saß im Halbdunkel des Fahrstuhls mit aufgeregt peitschendem Schwanz und beobachtete, wie sich die Tür schloss. Viel zu langsam, wie er fand, denn schon wurde die Klinke an der Schlafzimmertür heruntergedrückt.

„Lass´ uns nach Sheila sehen“, hörte Robin Elkes Stimme klarer, denn sie hatte die Tür schon einen Spalt geöffnet. Da wurde es stockdunkel in dem Fahrstuhl, die kleine Holztür hatte sich geschlossen. Und dann erklang ein Schrei durch die Wohnung, der Robin zusammenfahren ließ.

„Jens!!!“

Es folgte ein Gepolter, aufgeregt laufende Schritte und noch mehr lautes Geschrei, von dem Robin aber kein Wort mehr verstand. Schon vor Elkes erstem Schrei hatte er den Knopf gedrückt und fuhr nach oben in den dritten Stock. Noch immer hatte er seine Ohren flach an den Kopf gelegt, als er aus dem Aufzug nach unten auf den Fußboden sprang. Diese Schreie!

„Leo – ich muss …“, japste Robin.

Leo saß im Flur vor Mankowskis Schlafzimmertür. Er legte seinen Kopf schief und schaute Robin aus wachen Augen an.

„Was regst du dich auf? Ist doch gar nichts passiert.“

„Nichts passiert? Sheilas Kätzchen ist tot!“, miaute Robin immer noch nach Luft schnappend.

„Nein!“ Leo sprang auf und lief zur Wohnungstür, dann machte er wieder kehrt und schnüffelte an Mankowskis Schlafzimmertür.

„Nein!“, miaute er wieder laut und bestimmt.

„Was meinst du mit `Nein´? Ich komme gerade von dort unten. Ich habe es gesehen.“

Robin schluckte. Er wollte nur ungern gestehen, dass er eingeschlafen war. Deshalb fragte er schnell:

„Was ist bei dir passiert?“

„Nichts. Das ist es ja“, antwortete Leo. Seine Schnurrhaare begannen zu zittern. Er wischte sich mit der linken Vorderpfote über die Augen.

„Was soll das heißen? Irgendetwas muss der Alte ja gemacht haben.“

„Er hat den ganzen Abend im Wohnzimmer gesessen und in den Fernseher geguckt. Dann ist er ins Bett gegangen, ist zweimal aufgestanden und auf Toilette gegangen und dann ist er jedes Mal wieder ins Bett gegangen. Da ist er immer noch. Dafür lege ich meine Pfote ins Wasser.“

Robin blies die Luft scharf durch seine Nasenlöcher. Wie er es befürchtet hatte! Aber er war einigermaßen erleichtert, zumindest was seinen Fehler mit dem Einschlafen betraf. Auch Leo beruhigte ihn.

„Du hättest gar nichts machen können, Robin. Da er nicht bei Sheila und Bruno in der Wohnung gewesen ist, hat er auch nicht ...“ Leo brach ab.

„Aber dann war es gar nicht der Mankowski?“, piepste er erschrocken.

„Vielleicht nicht“, sagte Robin. „Das können wir nicht wissen, weil wir noch nicht wissen, wie genau die Kätzchen gestorben sind. Aber mit Sicherheit ist er derjenige, der die vergiftete Maus in den Garten gelegt hat und damit die

Perserkatze fast getötet hat."

Er dachte nach. Dann setzte er hinzu:

„Gift erscheint mir sehr wahrscheinlich als Todesursache. Bleibt nur die Frage, wie es in die Kätzchen hineingekommen ist. Und von wem."

Leo schluckte. „Dann haben wir es mit zwei Verbrechern zu tun!"

„Genau."

Robin kam eine Idee. Wenn Mankowski noch schlief, so könnten sie die Wohnung nach dem Gift durchsuchen. Dann hätten sie zumindest die Sache mit der Perserkatze geklärt, gesetzt den Fall, dass sie Mankowski den Menschen würden überführen können.

„Vielleicht ist das Gift hier in der Wohnung. Komm´, wir suchen es", forderte er Leo auf.

Robin lief in die Küche. Er steckte seinen Kopf unter den Küchenschrank. Nichts. Er linste unter die Eckbank, auf der Kissen mit Tannenzapfen darauf lagen. Wieder nichts. Menschen versteckten ihre Dinge nicht unter etwas, sondern in oder auf etwas. Robin sprang auf die Anrichte, auf der Äpfel und Birnen lagen. Von dort weiter auf den Küchenschrank. Etliche leere Kartons – aber kein Gift. Auf seinem Rückweg warf er einen Apfel hinunter. Das Obst klatschte auf den Boden und platzte auf. Nichts rührte sich.

Im Wohnzimmer kauerte der rote Kater hinter einem Sessel.

„Damals hat es genau hier nach toter Maus gerochen", klärte er Robin auf. Er schnüffelte. „Auch heute riecht es hier so. Aber es kommt von woanders."

Mit der Nase am Boden lief er hinter dem Sessel hervor über den Teppich in Richtung Schrank.

„Hier drin ist der Geruch", miaute Leo leise und schaute auf eine der Schranktüren. Er kratzte mit seiner linken Vorderpfote an der Tür. Sie bewegte sich nicht.

„Vielleicht geht sie so auf wie die Tür des Aufzugs“, sagte Robin, der mittlerweile neben Leo stand.

Er drückte an verschiedenen Stellen der Tür, bis sie mit einem leisen Klack aufsprang. Mit der Pfote zog Leo sie weiter auf. Der Geruch nach toter Maus war hier besonders intensiv. In dem Schrank standen ein Pappkarton und verschiedene Dosen. Eine Dose fiel Leo sofort ins Auge. Sie war weiß, rund, und auf ihrem Deckel war neben den vielen schwarzen Strichen, die ihm nichts sagten, ein Bild, das ihm ganz viel sagte: eine riesige Maus.

„Ich hab´s!“, miaute Leo laut.

„Psst“, zischte Robin. Zusammen bissen sie in den Deckel des Pappkartons und zogen daran. Als er herausfiel, fiel auch der Deckel ab und mit ihm kullerten mehrere tote Mäuse heraus. Sie waren starr. Es gab keinen Zweifel: Die Dose musste das Gift sein. Sie war rund und was rund war, das rollte auch. Robin kroch in das Schrankfach und stieß die Dose mit der Nase heraus. Sie landete auf der Seite und rollte hin und her. Mit schief gelegtem Kopf betrachtete Robin das Bild auf dem Deckel.

„Mäusegift“, miaute Leo leise.

„Rattengift“, korrigierte ihn Robin.

Abwechselnd beförderten sie die rollende Dose in Richtung Aufzug. Wie sollten sie sie dort hinein bekommen? Es klapperte laut, als sie versuchten, sie die Wand bis zu der Türöffnung hinaufzurollen. Immer wieder fiel sie hinunter.

Robin schüttelte den Kopf.

„Warum kommt der Alte nicht raus? Er muss uns doch hören.“

„Vielleicht hört er schlecht“, sagte Leo. „Er ist alt. Lotte hört auch schlecht. Lotte ist auch alt.“ Das war einleuchtend.

Robin überlegte. Damals im Tierheim Amalienhof hatte es eine große, schwarze Katze gegeben, die Türen öffnete. Sie sprang so lange auf die Türklinke, bis es Klack machte und dann war sie offen.

Er streckte sich an der Tür entlang nach oben und versuchte, die Klinke zu erreichen. Es fehlte noch ein Stück. Sein Blick fiel auf den Vorhang, der an der Scheibe in der Tür hing. Robin machte einen kleinen Satz und hing mit den Vorderpfoten in dem Stoff. Mit den Hinterpfoten suche er nach Halt, den er nicht fand. Er ließ sich auf den Boden fallen, lief in die Mitte des Flurs und nahm Anlauf. Mit drei großen Sätzen war er vor der Wohnungstür und mit einem vierten hing er an der Türklinke. Es klackte. Robin rutschte nach unten, landete neben Leo und schob seine Pfote in den Spalt, der sich aufgetan hatte. Das war´s.

Leo gab der Dose einen Stups mit der Nase. Sie rollte erst eine Stufe nach unten, dann noch eine, nahm Fahrt auf und kullerte schließlich – von Robin und Leo mit den Nasen gestoßen – die Treppen hinunter, bis sie gegen die Wohnungstür im Erdgeschoss prallte und dort liegen blieb.

„Was war das?“, hörten sie eine Frauenstimme in der Wohnung rufen.

„Keine Ahnung, schau nach.“ Das war Schmitz.

„Ich kann nicht, ich habe gerade nichts an.“

„Und ich hab´ beide Hände voll – verflucht.“

Die Wohnungstür öffnete sich

Schmitz schaute auf die beiden Kater. „Wo habt ihr – so ein Quatsch. Jetzt rede ich schon mit Katzen.“

Er nahm die Dose in die Hand und betrachtete sie von allen Seiten mit gerunzelter Stirn.

„Gift? Das wird ja immer gefährlicher, in diesem Haus zu wohnen.“

Er ging, ohne die miauenden Kater zu beachten, nach

oben bis in den vierten Stock zu Schönings Wohnung.

„Schauen Sie sich das mal an.“ Mit diesen Worten zeigte er Johanna die Dose mit dem Rattenbild.

„Potikomin. Was ist das?“

„So wie es hier auf der Dose steht, ein Rattengift.“

Johanna betrachtete die Dose von allen Seiten.

„Sieht alt aus, die Schrift ist wie aus den 50er- oder 60ern. Wirkstoff: Strychnin. Wo haben Sie das her?“

„Das müssen Sie die beiden Kater fragen. Die haben damit gespielt.“

Aber Leo und Robin waren schon wieder einen Stock tiefer gelaufen und miauten vor Mankowskis Wohnungstür. Es dauerte nicht lange und der Alte öffnete die Tür.

„Na wartet, euch werde ich lehren …“

„Was genau wollen sie den Katern lehren?“, fragte Stefan, der zusammen mit Johanna die Treppen herunterkam.

„Ich habe Ihnen schon oft genug gesagt, dass ich keine Tiere leiden kann!“, keifte der Alte.

„Und ich sage Ihnen zum letzten Mal: Lassen Sie die Kater in Ruhe.“ Dann zeigte ihm Johanna die Dose mit dem Rattengift. „Haben Sie damit etwas zu tun?“

Robin und Leo hielten den Atem an. Mankowski runzelte die Stirn, dann sagte er:

„Ich habe keine Ahnung, wovon Sie sprechen. Was ist das überhaupt?“

„Das ist Rattengift und vor ein paar Tagen ist in unserem Garten eine Katze damit getötet worden.“

Mankowski lachte laut.

„Tja, soll vorkommen. Kann ich was dafür, wenn Ihre Flohfänger überall herumstreunen? Was weiß ich, wo sie vorher eine verendete Maus gefressen hat, diese tote Katze. Getötet worden – hört sich an, als ob sie von einem Menschen sprechen. Sie sind ja krank.“

„Wieso schleichen Sie überhaupt mitten in der Nacht im Treppenhaus herum? Ich habe Sie vor einigen Nächten gehört, als ich selbst nicht schlafen konnte“, fragte Johanna.

„Das geht Sie überhaupt nichts an“, knurrte Mankowski.

„Komm, Stefan, wir gehen, das bringt nichts.“ Johanna ging in Richtung Treppe.

„Wir müssen etwas tun!“, miaute Leo und schaute Robin verzweifelt an. „Sie glauben ihm, wir müssen ihnen die toten Mäuse in seinem Schrank zeigen!“

Es gab keinen anderen Weg. Robin rannte zwischen Mankowskis Beinen hindurch in dessen Wohnung und verschwand im Wohnzimmer.

Während Mankowski laut schreiend und gestikulierend Robin ins Wohnzimmer hinterherlief, versuchte Johanna, Stefan davon abzuhalten, den beiden zu folgen.

„Bleib hier, du kannst nicht einfach in eine fremde Wohnung gehen“, hörte Robin Johanna rufen.

Er wollte mit der Pfote auf die Schranktür drücken, als Mankowski mit einem Besen nach ihm stieß. Der Kater flüchtete hinter das Sofa. Stefan stürmte ins Wohnzimmer und wollte Mankowski den Besen abnehmen. Während sie miteinander rangen, rief der Alte wiederholt etwas von „Hausfriedensbruch“ und „Anzeige“. Stefan schrie „krank“, „armer Irrer“ und mehrmals das Wort „Mörder“ zurück. Robin rannte wieder zur Schranktür und drückte mit der Pfote drauf. Gehorsam sprang sie auf.

„Hier!“, miaute Robin und wollte mit einer Pfote die Schachtel herausziehen. Da war keine Schachtel mehr. Jede Menge Papier und kleinere und größere Dosen, aber kein Pappkarton.

Mankowski setzte sich schwer atmend in den Sessel.

„Mein Gott“, schnaufte er. „Mein Gott, so was habe ich noch nie erlebt.“

„Ich warne Sie“, sagte Stefan, der den Sieg davongetragen hatte und den Besen an die Wand lehnte. „Kommen Sie unseren Katern nicht zu nahe. Komm´ mit, Robin!“ Er hob den Kater hoch und trug ihn nach Hause.

Alles war verschwommen. Der Boden im Flur sah aus wie die dunkle Oberfläche eines aufgewühlten Sees. Darin würde sie versinken, sobald sie sich aus ihrem Karton hervorwagen würde. Und dann waren da diese Schlingpflanzen, die sie unbarmherzig aus ihrem einzigen Schutz hervorziehen wollten.

Sheila fauchte und versuchte, nach den Schlingpflanzen zu schlagen. Aber sie hatte keine Kraft. Ermattet ließ sie es mit sich geschehen, dass die Schlingpflanzen sie erfassten, in die Luft hoben und auf etwas Weichem niederlegten. Das war gar nicht schlimm. Außerdem roch es vertraut hier. Sheila strengte sich an, klarer zu sehen. Es sah aus wie ein Fell, auf dem sie lag. Und es roch vertraut.

„Sheila!“

Es roch nach Brünó. Jetzt wusste sie es. Sie sah den dicken Kater vor dem Sofa sitzen. Ihre Umgebung nahm wieder Konturen an. Zwar floss Brünós zimtfarbenes Fell an einigen Stellen in das Lammfell, aber sie erkannte Elke und Jens, die mit besorgten Gesichtern vor dem Sofa knieten. Nach und nach erinnerte sich Sheila daran, was in der vergangenen Nacht passiert war. Ihre Kätzchen! Sie richtete sich halb auf und schaute sich auf dem Fell und auf dem Sofa um. Nichts. Sie miaute laut. Es kam keine Antwort. Sheila sah ihren Bauch, er war flach und dünn. Sie erschrak. Wo waren sie? Sie setzte sich auf und miaute flehend in die Wohnung hinein. Wenn sie gekonnt hätte, wäre sie heruntergesprungen und hätte jeden Winkel abgesucht.

Elke streichelte Sheilas Kopf.

„Vielleicht ist es besser, wir zeigen es ihr“, sagte Jens. Sheila spitzte die Ohren.

„Es“, das war bestimmt ihr Junges. Sie stieß Elke mit dem Kopf an den Arm und brachte ein Schnurren zustande.

„Warum? Ist das wirklich nötig?“, fragte Elke zurück.

„Dann versteht sie besser, was passiert ist.“

Jens verschwand im Flur und Sheila schaute ihm neugierig hinterher. Er kam mit einem kleinen Karton zurück, den er vor Sheila auf den Boden stellte.

Sheila sah den kleinen Körper und schlagartig wusste sie, was sich in der vergangenen Nacht zugetragen hatte. Es hatte so schön begonnen. Sie hatte sich so frei und leicht gefühlt wie eine Amselfeder. Und plötzlich waren da diese grellen Blitze gewesen. Wie Katzenkrallen waren sie ihr in den dicken Bauch gefahren, und sie hatte das Bewusstsein verloren. Das nächste, woran sie sich erinnerte, waren die schemenhaften Schlingpflanzen – es waren Elkes Arme gewesen – die sie auf das weiche Fell getragen hatten.

Sheila fühlte sich matt. Sie warf einen letzten, traurigen Blick auf das reglose Tier, das ihr Kätzchen hätte werden sollen, drehte sich einmal um ihre eigene Achse, kugelte sich auf dem Lammfell zusammen und begann zu schlafen.

Brünó hatte währenddessen unverwandt vor dem Sofa gesessen und seine Lebensgefährtin angeschaut. Würde sie ihm Vorwürfe machen? Schließlich hatte er die Nacht verschlafen. Das war alles seine Schuld. Wie so oft, wenn Brünó sich schuldig fühlte, ging er in die Küche, um etwas von dem Trockenfutter zu fressen. Das lenkte ihn von den unangenehmen Gedanken ab. Er war erleichtert, dass Sheila schlief. Je länger er fraß, desto entspannter wurde er und desto mehr machte sich ein anderer Gedanke in seinem Katerkopf breit: Geschieht ihr doch ganz recht!

Er erschrak nicht einmal darüber. Im Gegenteil, diese neue Perspektive ließ ihn plötzlich froh gelaunt werden. Er hörte auf zu fressen, leckte sich das Maul und streckte seinen Kopf in die Höhe.

„Genau!“, dachte Brünó zunehmend empört. „Immer darf sie und ich darf nie. Sie darf auf Elkes Schoß sitzen, während die Menschen essen – ich darf das nicht. Sie bekommt die leckersten Käsestückchen – ich bekomme keine. Sie darf auf dem Lammfell liegen – ich darf das nicht.“ Je länger er darüber nachdachte, desto mehr wich die Empörung einer ausgewachsenen Wut. Es entfuhr ihm ein tiefes, wütendes Knurren.

„Dicker, das macht dir wohl auch zu schaffen?“

Jens stand mit dem Karton, in dem das tote Kätzchen lag, hinter ihm.

Brünó fuhr herum und fauchte ihn an:

„Du hast mich nicht auf deinen Schoß gelassen, als Sheila auf Elkes Schoß saß!“

„So schlimm? Dann lass´ ich dich in Ruhe.“ Er stellte den Karton auf den Balkon.

„Wir können es nicht einfach in die Mülltonne werfen!“, sagte Elke, die im Türrahmen zum Flur stand.

„Also ich würde es tun“, antwortete Jens. „Aber wenn du es unbedingt beerdigen willst – bitte schön.“

„Ich bringe es auch selbst zu Frau Wandleben, du brauchst dich darum nicht zu kümmern. Nur heute habe ich keine Zeit und es ist bestimmt nicht schlimm, wenn es über Nacht auf dem Balkon steht.“

Brünó spitzte seine Ohren. Das Kätzchen auf dem Balkon hörte sich nach einer willkommenen Zwischenmahlzeit an. Er huschte in dem Moment hinaus, als Jens die Balkontür schließen wollte.

„Komm´ schon Bruno“, sagte Jens, der wie Elke Brunos

Namen Deutsch aussprach. Obwohl er genau wusste, wie die französische Betonung war. Brünó knurrte wieder und schlug nach Jens, als der in die Knie ging und nach ihm greifen wollte.

„Dann bleib halt draußen!“, sagte der ärgerlich.

Er schloss die Tür von innen und verschwand im Flur. Kurz darauf hörte Brünó die Wohnungstür ins Schloss fallen. Der große Kastanienbaum streckte seine Äste dem Balkongeländer entgegen. Alleine das Katzengitter hinderte den dicken Kater, einen ersten Ausflug in die Freiheit zu machen. Er drückte seine Nase an die Scheibe der Balkontür und miaute. Nichts rührte sich.

Robin starrte die Dose mit dem Rattengift auf der Fensterbank an. Wo war die Pappschachtel? Wo waren die toten Mäuse? Hatte Mankowski sie im Garten verteilt, um sie alle zu vergiften? Er sprang auf die Fensterbank, um einen Blick auf die Wiese zu werfen. Er sah, dass der Alte auf dem Weg zu den Mülltonnen war. In der Hand trug er die Pappschachtel! Wenn er sie wegwarf, dann waren ihre Beweise verschwunden. Er lief aufgeregt ins Wohnzimmer, wo die Schönings am Esstisch frühstückten, und miaute laut und fordernd. Dann rannte er zurück in die Küche.

Johanna folgte ihm zum Fenster.

„Was hast du?“

Robin drückte seine Nase gegen die Scheibe und kratzte daran.

„Stefan, komm mal schnell. Der Mankowski wirft etwas in die Mülltonne.“

„Na und?“

„Es ist gerade halb sieben morgens, es ist ausgesprochen selten, dass jemand aus dem Haus so früh an die Mülltonnen geht. Außerdem hat er noch den Schlafanzug an und die Pantoffeln und er guckt sich immer wieder zum Haus um, das zusammen mit unserem Streit heute Nacht – also wenn du mich fragst, will er da etwas verschwinden lassen.“

Stefan kam hinzu, als ihr Nachbar den Deckel der Tonne wieder schloss und zum Haus zurückging.

„Das guck´ ich mir mal an.“

Ein paar Minuten später kam er mit der Schachtel wieder nach oben.

„Du wirst es nicht glauben: Hier sind lauter tote Mäuse drin!“

Er zog sich Gummihandschuhe an und packte die kleinen Kadaver in eine Plastiktüte.

„Wer aus dem Haus sollte etwas mit Rattengift zu tun haben wenn nicht Mankowski?“, fragte er Johanna.

„Genau!“, miaute Robin bestätigend und setzte triumphierend eine Pfote auf die Dose Potikomin auf der Fensterbank.

„Und zu welchem Zweck sollte er die Mäuse getötet und vor allen Dingen aufgehoben haben wenn nicht, um damit Katzen und Kater zu töten?“, fragte Johanna Stefan.

„Richtig!“, miaute Robin.

Die Schönings machten sich auf den Weg in die Schule, Stefan mit der Pappschachtel und der Dose Rattengift. Er wollte damit zur Polizei.

„Bestimmt lassen sich Fingerabdrücke von Mankowski auch auf der Dose mit dem Rattengift feststellen“, hatte er zu Johanna gesagt.

Robin umrundete das Haus zum dritten Mal. Erst heute Abend würden sie mit den beiden British Shorthair besprechen können, wie es weitergehen sollte. Sheila musste sich ausruhen. Robin roch auf den Fensterbrettern nach verdächtigen Gerüchen. Vielleicht war der Mörder durch ein Fenster gestiegen?

Über seinem Kopf jammerte ein Kater. Bruno saß auf einem Blumentopf, der innen am Balkongeländer hing.

„Was ist los? Wie geht es Sheila? Wo ist das Kätzchen?“, miaute Robin nach oben.

„Sie haben mich ausgesperrt“, miaute Bruno immer noch weinerlich.

„Warum denn?“ Robin kannte Elke und Jens schon lange und er konnte sich keinen vernünftigen Grund vorstellen, warum sie so etwas tun sollten.

„Was hast du ausgefressen?“, fragte er den Dicken.

Bruno drehte den Kopf zur Seite.

„Also hast du etwas angestellt?“ Robin blieb beharrlich.

„Ich habe Jens nur angeknurrt, mehr nicht.“ Brunos Miauen klang beleidigt.

„Wo ist Sheila?“

„Wo ist Sheila? Wo ist Sheila?“, äffte Bruno Robin nach. „Habt ihr alle gar nichts anderes im Kopf als immer nur Sheila?“

„Du bist eifersüchtig!“, konstatierte Robin nüchtern.

„Eifersüchtig? Ich?“ Bruno schüttelte seinen dicken Kopf und sprang von dem Blumentopf. Robin sah ihn nicht mehr, weil Elke und Jens um das Balkongeländer eine Plane gebunden hatten.

„Ich BIN nicht eifersüchtig“, hörte Robin den Zimtfarbenen. „Aber ich habe Hunger! Ich fresse jetzt das Kätzchen!“

„Bruno!“, rief Robin entsetzt. Wenn es nun auch vergiftet war? Auf jeden Fall brauchten sie das tote Tier als Beweismittel.

„Bruno, tu das nicht! Du könntest dich vergiften!“

Eine Weile hörte Robin nichts außer einem Schaben und

Scharren, dann wurde etwas über den Balkon geschoben. Schließlich tauchte Bruno wieder auf dem Geländer auf.

„Meinst du wirklich?", fragte er mit schief gelegtem Kopf.

„Es kann sein, ja. Wir wissen es nicht. Wir müssen es untersuchen."

„Aber ich habe Hunger!", miaute Bruno trotzig. „Der Karton ist zugebunden. Bestimmt kann ich das Seil durchbeißen."

„Bruno! Ich bringe dir einen Vogel und bald kommen Elke und Jens nach Hause. So lange wird dir der Vogel doch reichen."

Bruno spitzte die Ohren.

„Das würdest du tun? Für mich?"

Robin leckte sich das Maul. Was war die richtige Antwort? Natürlich tat er es eigentlich deswegen, um die Ermittlungen nicht zu gefährden und nicht in erster Linie, um Bruno etwas Gutes zu tun. Aber wenn er Bruno das sagte, wäre der dicke Kater noch mehr beleidigt oder eifersüchtig und würde aus Trotz das Kätzchen fressen.

„Ja, für dich", log er deshalb mit dem sanftesten Miauen, das er in seinem umfangreichen Repertoire hatte.

„Dann warte ich auf den Vogel", miaute Bruno.

Eigentlich hatte Robin eine Maus fangen wollen, aber die Mäuse konnten vergiftet sein. Vögel waren schwerer zu fangen als Mäuse. Zwei Stunden vergingen, bevor Robin mit einer fetten Amsel im Maul zurückkam. Er hastete über die Wiese und legte die Amsel neben dem Kastanienbaum ab.

„Bruno?"

Sofort erschien der zimtfarbene Kater auf dem Blumentopf am Geländer.

„Ich dachte schon, du hast mich vergessen!", maulte er.

„Aber nein. Es ist nicht einfach, Vögel zu fangen. Ich bringe ihn zu dir.“

„Brauchst du nicht, ich habe gar keinen Hunger mehr.“ Bruno verschwand.

Robin erschrak. Er packte die Amsel und kletterte die Kastanie hoch bis in den ersten Stock. Dann balancierte er über einen dicken Ast bis zu dem Katzengitter. Er sah den Karton: Er war immer noch mit Deckel und Seil versehen. Robin schnaufte. Zum einen erleichtert, weil das Kätzchen noch da war und zum anderen, weil ihm ein Flügel der toten Amsel quer über der Nase hing und er wenig Luft bekam.

„Sei nicht so welpisch“, schalt Robin, nachdem er die Amsel auf dem Ast abgelegt hatte. „Hier ist ein leckerer Vogel und ich glaube, dass du noch nie etwas Besseres gefressen hast.“

Mit einem für seine Körperfülle erstaunlich großen Satz war Bruno auf dem Blumentopf.

„Gib schon her!“

Da die Amsel zu groß war, um sie im Ganzen durch eines der Gitterlöcher zu stecken, biss ihr Robin zuerst die Flügel ab und danach den Kopf. Die einzelnen Körperteile drückte er in eines der Löcher und Bruno zog von der anderen Seite daran, bis er sie durchgezogen hatte. Den restlichen Körper musste Robin in mehrere Teile zerlegen, die ebenfalls klein genug waren.

„Sag Sheila, dass wir uns heute Abend treffen, um zu beraten, wie wir weiter vorgehen.“

„Wo?“

„Das seht ihr dann“, erwiderte Robin und kletterte von dem Baum.

„Stell´ dir vor, die wollten meine Anzeige zuerst nicht aufnehmen. Sie haben gesagt, es ist Sachbeschädigung, wenn eine Katze verletzt wird! Außerdem habe sie überlebt und es sei deshalb nicht so schlimm."

Stefan klang wütend.

„Was?" Johanna starrte ihn an. „Das kann ich kaum glauben."

„Ist aber so", sagte Stefan immer noch ärgerlich, zog seine Jacke aus und warf sie über den Garderobenständer. Katzen waren Sachen? Robin, der vor dem Aufzug auf dem Regal saß, knurrte.

„Zum Glück habe ich vorher im Katzenforum gelesen, dass im Tierschutzgesetz etwas anderes steht. Hör mal: `Mit Freiheitsstrafe bis zu drei Jahren oder mit Geldstrafe wird bestraft, wer ein Wirbeltier ohne vernünftigen Grund tötet oder einem Wirbeltier aus Rohheit erhebliche Schmerzen oder Leiden oder länger anhaltende oder sich wiederholende erhebliche Schmerzen oder Leiden zufügt.´ Sie haben die Anzeige dann doch aufgenommen."

„Und was jetzt?"

„Weiß nicht. Ich fürchte, dass es einige Zeit dauern wird, bis sie etwas unternehmen."

Sheila leckte sich das Maul. Es war die erste Mahlzeit, die sie seit jener Nacht zu sich nahm. Es war ein anderes Futter als das, das sie vor ihrer Geburt bekommen hatte und es schmeckte ihr viel besser. Den ganzen Tag über hatte sie auf ihrem Lammfell gelegen und nur einmal war sie mit wackeligen Beinen aufgestanden, um auf die Katzentoilette zu gehen. Sie saß in der stillen Wohnung und begann, sich besser zu fühlen.

Da hörte sie wieder das leise knarrende Geräusch, das sie schon häufiger gehört hatte. Sie spitzte die Ohren und drehte den Kopf. Und war da nicht auch ein leises Miauen gewesen? Sie stand auf, ging bis zu der angelehnten Küchentür und lugte durch den Spalt. Sie sah gerade noch, wie der kleine, rote Kater aus einer Öffnung in der Wand in ihren Flur sprang. Dann schloss sich die Öffnung. Sheila schnaubte. Der große Kater, Robin von Butzbach, drehte sich zu ihr herum. Dann sagte er: „Wir müssen reden. In Ruhe."

Bruno und Sheila schwiegen. Robin und Leo erzählten. Zu viert saßen sie in einem Zimmer der leeren Wohnung im zweiten Stock. Die beiden British Shorthair hatten sich schnell mit dem Aufzug angefreundet und nachdem sie sich vergewissert hatten, dass Elke und Jens schliefen, konnten sie ihre heimliche Zusammenkunft abhalten.

„So, wie ich die Sache sehe, wissen wir noch nicht, wer oder was dein Kätzchen getötet hat, Sheila." Robin schaute die Katze an, deren Fell selbst in dem hereinfallenden Mondlicht heute nicht glänzte und schimmerte.

Sheila seufzte.

„Auch mir liegen die Gründe für den Tod meines Jungen im Verborgenen und mit zunehmender Beunruhigung habe ich deinen Erzählungen gelauscht. Ich möchte dir außerdem mitteilen, dass ich euer beider" – und hier schaute Sheila von Robin zu Leo und wieder zurück – „Bemühen um die Aufklärung dieser mysteriösen Fälle sehr zu schätzen weiß. Ich kann dir versichern, dass mein Lebensgefährte und ich alles in unserer Macht stehende tun werden, um euch bei euren weiteren Ermittlungen zu unterstützen."

„Dann müssen wir überlegen, wie wir weiter vorgehen", miaute Robin und peitschte mit dem Schwanz. Er war aufgeregt. Bisher waren sie zu zweit gewesen und es war manchmal schwierig gewesen, ihre Ermittlungen zu planen.

Jetzt waren sie zu viert. Würden sich Bruno und Sheila ihm ebenfalls so bereitwillig unterordnen wie Leo?

„Was schlägst du vor, Robin von Butzbach?“, fragte Sheila.

Robin entspannte sich.

„Um Mankowski müssen wir uns nicht kümmern. Das macht die Polizei.“ Robin war sich sicher.

„Aber wann?“, fragte Leo. „Stefan hat gesagt, das kann einige Zeit dauern.“

„Du hast recht“, gab Robin zu.

Sheila putzte sich den Schwanz. Sie hielt inne.

„Wie du selbst erwähnt hast, werter Robin, können wir zwar ausschließen, dass Herr Mankowski auch der Mörder meines und des anderen Kätzchens ist. Wir wissen aber, dass er die vergiftete Maus in den Garten gelegt hat und damit die Perserkatze töten wollte. Sollten wir deshalb in Erwägung ziehen, neben ihm weitere Personen in den Kreis der Verdächtigen aufzunehmen?“

„Vielleicht. Gut, dann müssen wir uns um Mankowski kümmern, wenn es die Polizei nicht macht. Wer ist noch verdächtig?“

Alle schwiegen. Plötzlich sprang Leo auf.

„Matsche!“

„Wie bitte?“, fragte Sheila.

„Matsche, der Junge aus meinem Haus. Und seine Freunde.“

„Genau“, knurrte Robin. „Das blutige Katzenhaar in eurer Mülltonne! Und die Jungen haben sich gefreut, dass `es jemand der Katze gegeben hat´. Dann haben wir zwei Verdächtige: Mankowski hat die Perserkatze vergiftet und die Jungen haben auch etwas ausgefressen. So viel ist sicher.“

Bruno, der bisher geschwiegen hatte, meldete sich zu Wort.

„Es gibt noch eine Verdächtige: unsere Tierärztin. Sie hat Sheila kurz vor der Geburt auf dem Bauch herumgedrückt.“ Für seine Verhältnisse hatte der Dicke viel erzählt.

„Aber vom drauf Herumdrücken sterben keine Kätzchen, oder?“, fragte Robin skeptisch.

„Außerdem war Frau Wandleben sehr vorsichtig bei der Untersuchung meines trächtigen Bauches gewesen“, wandte Sheila ein. „Im Gegenteil, es hat mir sehr gut getan, daran erinnere ich mich noch genau, denn schon in den Tagen zuvor litt ich immer wieder unter starken Wehen. In der Nacht der Geburt haben sie gar nicht aufgehört.“

Robin dachte an die Katzen zurück, die ihm von ihrer Geburt erzählt hatten. Merkwürdig war, dass sie nur kurz vor der Geburt diese Wehen gehabt hatten. Bis auf Flora.

„Die Wehen kommen normalerweise nur kurz vor der Geburt“, klärte er die kleine Runde auf. „Aber Sheila und Flora hatten schon Tage zuvor Wehen.“

Bruno räusperte sich und sagte: „Die Tierärztin hat Sheila ein Futter gegeben, das nur für sie bestimmt war.“

„Stimmt das, Sheila?“, fragte Robin.

„Brünó hat recht“, miaute Sheila. „Er hat recht damit, dass mir Frau Wandleben ein spezielles Futter gegeben hat. Elke und Jens haben es bei ihr mitgenommen und ich musste es bis zu der Geburt fressen. Es hat nicht sehr gut geschmeckt, aber ich habe nichts anderes bekommen. Aber sie hat uns mehrmals versichert, dass das Futter nur zu meinem Besten und somit zum Besten des zu diesem Zeitpunkt noch ungeborenen und vermutlich noch lebenden Kätzchens sei. Es ist also nicht nachvollziehbar, warum sie meinem Jungen etwas derartig Böses antun sollte.“

Robin dachte nach.

„Ein spezielles Futter? Schmitz arbeitet bei der Firma, die Katzenfutter und Medikamente für Tiere herstellt. Wir sollten herausfinden, um was für ein Futter es sich dabei handelt. Vielleicht kann er uns einen Tipp geben."

Robin sprang auf die Fensterbank. Er musste nachdenken. Der Mond schien. Seine Gedanken schweiften im nächtlichen Garten umher, wanderten die Straße entlang, bogen um die nächste Ecke und folgten der Bundesstraße. Erst im Tierheim kamen sie zur Ruhe. Hier hatte er viele Jahre glücklich gelebt. Bis zu dem Tag, als Floras Kätzchen gestorben war. Er war damals der Tierpflegerin nicht von der Seite gewichen, hatte sie sich doch des einzigen Überlebenden angenommen. So saß er zusammen mit dem Jungkater auf ihrem Schreibtisch, wenn sie am Computer saß. An einem dieser Tage hörte er ihr aufmerksamer als sonst zu. Sie schaute auf den Monitor und murmelte vor sich hin:

„Das gibt es doch gar nicht, das ist nicht normal, so verhält sich keine trächtige Katze, ich muss herausfinden, was es damit auf sich hat, wenn schon die Tierärzte alle nichts wissen."

Sie hatte gelesen, gemurmelt und immer wieder in Heften und Büchern geblättert. Ob sie das, was sie suchte, auch fand, erfuhr Robin nicht. Die Tierpflegerin schlief an diesem Abend damals am Schreibtisch ein, mit dem Kopf auf einem der aufgeschlagenen Bücher. Am nächsten Tag legte sie das tote Kätzchen in eine kleine Holzkiste. Die war einen Tag später verschwunden und seitdem hatte Robin von der Tierpflegerin kein Wort mehr darüber gehört.

„Ich hab´s!", miaute Robin und sprang von der Fensterbank.

Leo zuckte zusammen und schaute Robin mit großen Augen an. Sheila hob träge blinzelnd ihren Kopf. Bruno schnarchte.

„Wir müssen das tote Kätzchen in das Tierheim Amalienhof bringen. Die Tierpflegerin dort kennt sich aus. Und sie kennt mich. Sie wird uns helfen. Das weiß ich."

„Ich lobe dich, Robin von Butzbach", miaute Sheila und setzte sich auf. „Und wer wird diesen Transport ausführen?"

„Der Weg zum Tierheim ist lang, wir müssen uns also abwechseln beim Tragen. Wir sind aber nur zwei, die offiziell nach draußen dürfen", fasste Robin die verzwickte Lage zusammen. „Leo ist noch nicht so ausdauernd wie ich. Wir brauchen Hilfe. Es muss eine Katze oder ein Kater sein, der kräftig ist und lange Wege laufen kann. Da fällt mir nur einer ein."

„Streuner?", miaute Leo erschrocken.

„Genau."

„Er ist genau der Richtige. Ich muss ihn suchen. Leo, du kommst nicht mit", befahl er dem roten Kater, der sich neben ihn gestellt hatte.

„Du gehst nach Hause, damit Lotte dich nicht wieder einsperrt, weil du so lange nicht bei ihr gewesen bist."

Robin glaubte zu wissen, wo er Streuner finden würde. Der Kater überquerte im Schein der Straßenlaternen die Bundesstraße zwischen den Vorgärten auf seiner Seite und dem Reitstall auf der anderen Seite ohne Wartezeit. Kein Auto hinderte ihn heute Nacht. Aber dann schlug er einen Bogen. Er wollte sich das Überraschungsmoment sichern, indem er sich von hinten an das Mauseloch heranpirschte. Schließlich wusste er nicht, wie angriffslustig Streuner war. Also lief er am Rand der Bundesstraße ein Stück stadtauswärts und kletterte über den hohen Erdwall, der entlang der B 3 aufgeschüttet worden war. Dahinter war der große Bau in die Höhe und Breite gewachsen. An seinen der Straße zugewandten Seiten hingen nun große, gelbe Schilder mit blauer Schrift. Aus den asphaltierten Flächen davor waren Parkplätze geworden.

Sie waren leer. An eine Deckung war nicht zu denken. Robin schlich entlang des Erdwalls wieder zurück in Richtung Reitstall. Dann über die John-F.-Kennedy-Straße – wieder kein Sichtschutz. Fünf Pferdekoppeln und ein Wassertrog. Robin atmete auf, als er sich dahinter kauerte. Er lugte um die Ecke. Dort war der Reitstall, auf seiner Rückseite das Mauseloch. Lautlos huschte er über den Schotter vor der Stalltür bis zu einem Trecker. Hinter dem großen Rad versteckte er sich. Von hier aus lag das Mauseloch im Mondlicht nur noch ein paar Sprünge vor ihm. Dort saß Streuner.

Robin verließ das schützende Versteck und setzte sich neben dem Trecker hin.

„Schon was gefangen?"

Streuner fuhr herum. Als er Robin sah, machte er seinen Schwanz buschig und fauchte.

„Was willst du?"

Robin blieb ruhig sitzen.

„Mit dir reden."

Der schwarz-weiße Kater legte den Kopf schief.

„Reden?"

„Genau."

Streuner ließ seinen Schwanz sinken, hielt aber Abstand zu Robin.

„Ich rede nicht gern", brummte er.

„Ich weiß", miaute Robin. „Du kämpfst lieber und machst kleine, rote Kater fertig."

Diesen Seitenhieb wollte er sich nicht verkneifen. Er schickte seinen letzten Worten ein tiefes Knurren hinterher. Damit zeigte er dem Fremden, dass er keineswegs gewillt war, die Sache auf sich ruhen zu lassen.

Streuner stand steifbeinig auf und stakste ein paar Schritte auf Robin zu.

„Ist das meine Schuld, dass der so klein ist?“ Er legte die Ohren an.

Robin rührte sich nicht. Er wollte nicht kämpfen. Nicht jetzt. Aber er wollte auch nicht vor Streuner dastehen wie einer, der einen Rückzieher macht.

„Hör´- mir – gut - zu“, knurrte Robin, wobei er zwischen jedem Wort eine rhetorische Pause machte. „Das klären wir später, darauf kannst du dich verlassen.“

Er stockte. Dann atmete er tief ein und miaute:

„Im Moment brauchen wir deine Hilfe.“

Streuner setzte sich ebenfalls hin.

„Ihr braucht was?“

„Du hast richtig gehört.“

Und dann erzählte Robin ihm von Sheilas Fehlgeburt und dass sie, wenn sie diesen Fall aufgeklärt hätten, vermutlich auch den Mörder von Floras Welpen hätten. Streuners Antwort war kurz und bündig.

„Ich bin dabei.“

Noch eins war zu tun. Robin wollte endlich erfahren, warum Streuner so feindselig war. Da berichtete der Schwarz-Weiße, was ihm während der Monate in freier Wildbahn wiederfahren war. Ein Bauer hatte versucht, ihn mit einem Luftgewehr zu erschießen. Ein anderer hatte seinen Schäferhund auf ihn gehetzt. Schließlich hatte er sich bei einer Familie etwas eingelebt hatte und meinte, ein Zuhause gefunden zu haben. Doch er verstand sich nicht mit der ersten Katze, die sie bereits in ihrem Haushalt hatten, ständig gab es Streit. Da setzten sie ihn am Rande einer Autobahn in einem Karton aus und verschwanden. Es regnete und der Karton weichte auf; Streuner konnte sich befreien. Beinahe wäre er auf der Autobahn von einem Auto überfahren worden, weil er nicht wusste, wo er war und hungrig und durstig blindlings vorwärts stürmte. Fortan mied er die Menschen und andere Katzen auch.

Auch wenn ihm Robin versicherte, dass Johanna und Stefan nett und tierlieb waren und gut für ihn sorgten – Streuner blieb bei seiner ablehnenden Meinung den Zweibeinern gegenüber. Umso mehr lag ihm daran, diejenigen dingfest zu machen, die Katzen etwas antaten.

Auf Leos Balkon angekommen setzte sich Streuner hin und Robin kratzte an der Katzenklappe. Er wollte nicht miauen, um Lotte nicht zu wecken.

„Hallo?“, piepste es leise hinter der Klappe.

„Leo, wir sind´s.“

„Wir? Meinst du etwa …“ Das Piepsen verstummte.

Robin warf Streuner einen bösen Blick zu.

„Pass´ bloß auf, was du sagst“, ermahnte er den Schwarz-Weißen.

„Keine Angst“, miaute er leise nach drinnen.

„Streuner hilft uns.“

Kurz darauf erschien Leos Kopf, der die Klappe aufschob.

Streuner zog sich bis ans gegenüberliegende Ende des Balkons zurück.

„Ich tu dir nichts“, miaute er dann. „Komm´ schon raus.“

Leo kam durch die Klappe und blieb dicht an Robins Seite stehen.

„Warum hilfst du uns?“, fragte er.

„Wer sich auch immer an uns Katern und Katzen vergeht, der muss bestraft werden“, antwortete Streuner und knurrte böse. Robin und Leo verstanden, dass das Knurren nicht ihnen galt.

Die drei Kater standen im nächtlichen Garten von Robins Haus. Sie würden zu Sheila und Bruno in die Wohnung gehen und von dort aus auf den Balkon. Über den Aufzug war das kein Problem. Streuner machte ihnen einen Strich durch die Rechnung.

„Was von Menschenhand gebaut wurde, das kann nicht gut sein!“, knurrte er und setzte sich vor der Fahrstuhltür, die in den Garten hinaus führte, stur auf sein Hinterteil.

Robin saß auf dem Regal vor dem Aufzug und Leo wartete hinter dem Schwarz-Weißen. Der rote Kater wurde ungeduldig. Der Abend war zur Nacht geworden und sie würden viel Zeit brauchen, um zu dem Tierheim zu laufen.

Er vergaß seine Angst und knuffte Streuner mit der Schnauze ins Hinterteil.

„Los!“ miaute er genervt.

Streuner drehte sich herum und schaute Leo starr in die Augen.

Von plötzlicher Furcht gepackt wimmerte der Rote: „Bitte, tu mir nichts!“

„Das wagt er nicht.“ Robin stand hinter Streuner, bereit, mit ausgefahrenen Krallen zuzuschlagen.

„Schon gut, schon gut. Aber in den fahrenden Holzkasten gehe ich wirklich nicht.“ Streuner drehte der Aufzugstür den Rücken zu.

„Dann wartest du hier!“, befahl Robin.

„Oder ich ersuche dich mit meiner ganzen Höflichkeit darum, in den Aufzug zu springen und gebe dir eindringlich zu verstehen, dass das Wohlergehen meiner künftigen Katzenfamilie von deinem tatkräftigen Zutun abhängen wird.“

Streuner drehte sich zu der zarten Stimme herum, die aus dem Dunkel des Aufzugskorbes erklungen war. Dann sprang eine blaugrau schimmernde Gestalt elegant in das fahle Mondlicht im Garten. Streuner schluckte. Robin hielt die Luft an. Noch nie hatte er eine so betörende Katze gesehen. Ihre Schönheit und die Eleganz ihrer Bewegungen waren im Mondlicht noch beeindruckender als in der Wohnung.

„Bist du Sheila?“, fragte Streuner ehrfürchtig.

Sheila nickte, sprang herunter und machte drei geschmeidige Schritte auf den schwarz-weißen Kater zu. Dann blieb sie vor ihm stehen und schnüffelte freundschaftlich an seinem Kopf.

„Worauf wartet ihr noch?“, fragte Streuner und sprang in den Aufzug.

Die drei Kater liefen hintereinander auf dem linken Bürgersteig an der Straße der Deutschen Einheit in Richtung Innenstadt. Sie hatten sich dahingehend abgesprochen, dass stets der Mittlere das tote Kätzchen tragen sollte. So konnte der Erste auf eventuell auftauchende Gefahren reagieren und der Letzte würde merken, wenn der Lastenträger das Tempo verlangsamte.

Leo trabte in der Mitte. Den kleinen Körper hatte er am Nacken gepackt und die Hinterbeine schlugen bei jedem Schritt gegen seinen Hals. Es war schwer, seinen Kopf im Gleichgewicht zu halten, wenn sie im Laufschritt unterwegs waren.

„Wir müssen vor dem Morgen zurück sein, also Tempo, Tempo!“, hatte Robin kommandiert, bevor sie losgelaufen waren.

„Hmmppfff“, miaute Leo mit vollem Maul. So hatte das keinen Zweck. Unter der Eisenbahnbrücke blieb er stehen, legte das Kätzchen auf den Bürgersteig und miaute atemlos: „Ich kann nicht mehr!“

Robin und Streuner hielten ebenfalls an.

„Wie weit ist es noch?“, wollte Leo wissen.

„Nicht mehr weit“, antwortete Streuner.

„Woher weißt du das?“, fragte Robin.

„Ich war schon mal dort, wie ihr wisst“, miaute Streuner. „Ich weiß: Ich kann es in einer Nacht schaffen. Hin und zurück.“

Plötzlich war Robin froh. So sehr er Streuner dafür hasste, dass er Leo angegriffen hatte, so sehr war er erleichtert, dass er ihnen half.

„Wir müssen nur quer durch die Stadt, dann …“ Weiter kam Streuner nicht.

„Quer durch die Stadt?“, echote Leo erschreckt.

„Warum nicht?“, wollte Streuner wissen.

„Wo viele Menschen auf einmal sind, ist es gefährlich. Sie schreien, sie riechen unangenehm und stampfen mit den Füßen.“

„Aber jeder andere Weg ist viel, viel länger. Dann müssen wir um die ganze Stadt herum laufen. Außerdem ist es jetzt Nacht. Da sind keine Menschen dort“, miaute Streuner ungehalten. „Also wollt ihr dort hin oder nicht?“

„Wir müssen“, knurrte Robin. „Leo, du bleibst dicht hinter uns“, kommandierte er und zu Streuner gewandt miaute er:

„Mitten durch.“

Jetzt nahm Robin die leblose Last auf und mit gedrosseltem Tempo setzten sie ihren Weg fort. Zuerst Streuner, dann Robin, dann Leo - Schnauze an Schwanz liefen sie den Bürgersteig entlang, unter der Brücke durch und trabten die kurze Steigung hinauf. Streuner blieb stehen und nickte mit dem Kopf quer über die Straße in Richtung des gegenüberliegenden Bürgersteigs. Und schon flog er in großen Sätzen hinüber.

Robin war in der Mitte der Straße, da schoss ein Auto unter der Brücke heran. Es hatte keine Lichter an wie die anderen Autos, es fuhr schnell und in Schlangenlinien. Mal brauste es auf der linken Seite, mal auf der rechten Seite auf Robin zu. Er erstarrte und blickte panisch zurück, dann wieder nach vorne – egal, welchen Weg er einschlug, es war überall hin gleich weit.

Wie aus dem Nichts tauchte Leo neben ihm auf dem dunklen Asphalt auf. Er stieß Robin mit dem Kopf in die Flanke und raste in großen Sprüngen auf die andere Straßenseite. Die Reifen des Autos quietschten laut, als es an der Stelle zum Stehen kam, wo Robin gerade noch gestanden hatte.

Die beiden Kater jagten Seite an Seite blindlings die August-Storch-Straße hinein und fegten an der Stadtschule vorbei. Sofort bereute es Robin, dass sie diesen Weg genommen hatten. Nirgendwo war ein Gebüsch, in dem sie sich hätten verstecken können. Sie rannten weiter, überquerten den Küchengartenweg, ließen den freien Platz mit Schotter links liegen und rannten die Korngasse entlang. An der nächsten Ecke tauchte links ein niedriger Holzzaun auf, der den Vorgarten eines kleinen Fachwerkhauses umschloss. Darin standen ein kleiner Baum und etliche zusammengeklappte Holzstühle und –tische. Wie auf ein Kommando sprangen Robin und Leo über den Zaun und drückten sich in die dunkelste Ecke des Vorgartens.

Leo streckte sich der Länge nach auf dem Boden aus und hechelte wie ein Hund. Robin legte das Kätzchen ab.

„Ist das nicht eine wunderschöne Nacht?“, miaute es über ihren Köpfen. Streuner balancierte auf dem Zaun.

„Wunderschöne Nacht?“, imitierte ihn Robin. „Wo warst du? Du kannst nicht einfach drauf los laufen, ich meine, nicht an der Bundesstraße. An Straßen müssen wir zusammen bleiben.“

Streuner schüttelte den Kopf, wobei er auf dem schmalen Holzzaun fast das Gleichgewicht verlor. Er peitschte mit dem Schwanz hin und her und glich seine Körperschwankung aus.

„Ich muss überhaupt nichts! Ich will“ – und hier machte Streuner eine bedeutsame Pause – „euch helfen. Aber ich muss mich wohl erst daran gewöhnen, dass ihr Hauskatzen seid. Für mich ist es kein Problem, an einem Stück bis zum Tierheim zu laufen.“

Der Mond verschanzte sich hinter dunklen Wolken. Die Dunkelheit bot Schutz für die Kater. Robin nahm das Kätzchen wieder auf und dicht hintereinander trabten sie durch die Korngasse. Auf dem Marktplatz plätscherte ein Brunnen. Wie drei Schatten huschten die Kater über das Kopfsteinpflaster und duckten sich neben die Brunnenmauer.

Leo sprang hinauf.

„Was ist nun schon wieder?“, miaute Streuner nach oben. Robin stand noch immer mit dem leblosen Tier im Maul neben dem Brunnen. Auch ihm war dieser erneute Aufenthalt zu viel.

„Ich habe Durst“, miaute Leo und kauerte sich auf den Brunnenrand. „Und ich habe Haare im Maul.“

Er streckte den Kopf in Richtung der Wasseroberfläche, aber er konnte sie nicht erreichen. In diesem Moment brach der Mond wieder durch die Wolken. Leo sah sein Spiegelbild in der sich sacht kräuselnden Wasseroberfläche. Er dachte an den Fischteich, in den er voll Wut auf Streuner mit seiner Tatze hineingeschlagen hatte. Er angelte mit der linken Pfote nach dem köstlichen Nass, um wenigstens ein paar Tropfen davon ablecken zu können. Wieder erreichte er das Wasser nicht. Leo miaute ärgerlich. Dann stützte er sich mit beiden Pfoten an der Innenseite der Mauer ab und schob seinen Körper langsam nach. So kam er dem Wasser immer näher.

„Vorsicht!“, miaute Streuner laut.

„Der Brunnen ist sehr …“ Platsch. „… tief“, vollendete er seinen Satz. Robin ließ das tote Kätzchen fallen und sprang auf die Mauer.

„Leo!“, rief er erschreckt.

Leo strampelte im Wasser.

„Ich kann nicht schwimmen!“, miaute er verzweifelt und versank im Wasser.

„Wir müssen etwas tun!“, rief Robin

„Und was?“, fragte Streuner. Er wusste aus der Zeit, die er wild und frei gelebt hatte, dass es kaum Aussicht auf Rettung gab, wenn eine Katze einmal ins Wasser gefallen war.

Aufgeregt lief Robin auf dem Brunnenrand hin und her und miaute. Leo war bis auf den Boden des Brunnens gesunken. Mit allen vier Pfoten stand er auf dem Grund. Dann begann er zu gehen. Robin schöpfte Hoffnung. Leo trat gleichmäßig das Wasser und bewegte sich stetig nach oben. Das Wasser trug ihn. Schon streckte er den Kopf an die frische Luft.

„Leo!“, miaute Robin laut. „Du kannst schwimmen!“

„Ich weiß!“, miaute Leo zurück, während er im Kreis um die Säule in der Mitte des Brunnens herumpaddelte.

„Was?“, fragte Streuner ungläubig. Er sprang auf die Brunnenmauer und blickte mit großen Augen auf den schwimmenden roten Kater.

„Kletter raus!“, rief ihm Robin zu.

Doch jedes Mal, wenn sich Leo mit seinen Vorderpfoten an dem Rand der Mauer festklammern wollte, rutschte er wieder ab. Sie war zu hoch über dem Wasserspiegel, er reichte gerade mit den Spitzen seiner Pfoten hinauf.

An dem gegenüberliegenden Fachwerkhaus ging Licht an und ein Fenster wurde geöffnet.

„Verpisst euch, ihr Katzen!“, brüllte eine Männerstimme über den Platz.

Robin kümmerte sich nicht darum.

„Streuner, halt deinen Schwanz in den Brunnen!“, befahl er dem Schwarz-Weißen. „Dann kann sich Leo daran festklammern und du ziehst ihn raus.“

Streuner fauchte.

„Mein Schwanz? Warum nicht deiner?“

Das reichte. Robin versetzte ihm mit ausgefahrenen Krallen einen Hieb auf den Kopf und warf sich in seine beste Angriffsposition.

„DU hältst sofort deinen Schwanz in den Brunnen und ICH versuche, Leo mit den Pfoten zu packen. Los!“

Der Schwarz-Weiße gab nach. Gehorsam drehte er sein Hinterteil zum Wasser und ließ seinen Schwanz nach unten baumeln. Mit den Vorderpfoten klammerte er sich an der Außenwand des Brunnens fest.

„Leo, fass´ zu!“, miaute Robin.

Der rote Kater griff mit den Vorderpfoten nach Streuners Schwanz und krallte sich fest. Streuner heulte auf, hielt aber stand.

„Los, Streuner, nach vorne“, dirigierte Robin den Kater.

Während Leo mit den Hinterbeinen an der rauen Brunnenwand Halt fand, griff Robin mit den Vorderpfoten nach unten und umschlang ihn mit einem Bein. Jetzt hatte Leo doppelte Unterstützung und kurze Zeit später saßen drei erschöpfte Kater neben dem Brunnen auf dem Boden.

Leo hatte sich auf den Stufen vor dem Brunnen lang ausgestreckt und die Augen geschlossen. Streuner saß dicht daneben, leckte seinen Schwanz und warf dem dösenden Leo ab und zu einen bösen Blick zu. Robin spähte nach allen Richtungen, weil er befürchtete, dass jemand aus einem der umliegenden Häuser herauskommen könnte. Der

Mann, der sich vorhin lauthals beschwert hatte, hatte das Fenster wieder geschlossen und das Licht ausgemacht. Robin stand auf.

„Wir müssen weiter."

Diesmal nahm Streuner das Kätzchen in sein Maul und sie trabten durch die menschenleere Fußgängerzone Richtung Bahnhof. Ungehindert liefen sie die Treppen der Unterführung hinunter und gelangten auf die andere Seite der Schienen. Ohne Pause liefen sie die Taunusstraße stadtauswärts.

Streuner beschwerte sich nicht mehr, nörgelte nicht und wartete an jeder Straßenecke zusammen mit Robin, wenn Leo wieder zurückgefallen war. Der rote Kater wurde zunehmend langsamer.

Sie bogen nach links in die Weidigstraße ein und folgten der Hoch Weiseler Straße. Am Kreisel angekommen, blieb Streuner stehen. Er schaute Leo missbilligend an.

„Es ist nicht mehr weit", knurrte er. „Wir müssen nur noch über den Acker dort und an diesem Hof vorbei, dann durch eine Hecke hindurch und schon sind wir da."

„Ich kann nicht mehr", piepste Leo weinerlich. „Meine Pfoten tun weh."

„Du kannst hier warten und dich ausruhen", schlug Streuner Leo vor. „Da in der Mitte des Kreisels, zwischen den Lavendelbüschen. Versteck dich dort. Robin und ich laufen vor, legen das Kätzchen am Tierheim ab und ich komme zurück, um dich abzuholen."

Kaum hatte sich Leo in den Büschen niedergelegt, schlief er ein und träumte. Er war in einer großen, dunklen Halle. Oben unter der Decke saßen dicht an dicht gedrängt viele kleine Kätzchen auf Balken, die an den Wänden angebracht waren. Es war ein Ohren betäubendes Gepiepse in der Halle, weil die Kätzchen große Angst hatten. Leo saß auf dem Boden und schaute nach oben. Da knallte es. Eines der Tiere stürzte von einem Balken und fiel tot auf den Boden. Leo war unfähig, sich zu rühren, noch nicht einmal seinen Kopf konnte er von dem grausigen Geschehen abwenden. Wie angewurzelt blieb er auf seinem Platz sitzen und starrte mit großen Augen nach oben. Wieder knallte es und ein zweites fiel aus großer Höhe herunter. Es landete direkt neben Leo. Und so ging es in einem fort, bis zig tote Welpen auf dem Hallenboden lagen. Da endlich gelang es Leo, seinen Kopf wegzudrehen. Als er neben sich auf den Boden schaute, lag dort ein rotes, totes Kätzchen – es war er selbst! Leo stupste es mit der Nase an, es rührte sich nicht. Er stieß es heftiger an.

„Leo, wach auf!“ Streuner war wie versprochen aus dem Tierheim zurückgekommen. Jetzt stand er neben ihm und stupste ihn mit der Schnauze in den Bauch.

„Du hast zu fest geschlafen“, knurrte er. „Da hätte sonst was passieren können. Überall lauern die Gefahren und du pennst.“

Ohne auf eine Antwort zu warten lief er aus den Lavendelsträuchern hinaus. Leo beeilte sich, hinterher zu kommen. Damit hatte Streuner recht behalten: Von dem Kreisel bis zum Tierheim war es nicht mehr weit. Sie rannten über einen umgepflügten Acker mit dicken Erdschollen, liefen an einem Bauernhof mit einem schlafenden Hofhund vorbei, sprangen über einen Graben, drückten sich durch eine hohe Hecke und standen vor einem hohen Gittertor. Dort saß Robin auf einer Mauer, die das Tierheim auf der vorderen Seite gegen den Rest der Welt abschirmte.

Über die Mauer zu springen war für die drei Kater ein Leichtes. Dann standen sie vor der verschlossenen Tür des Gebäudes und legten den Welpen auf die Stufe vor der Tür.

„Wie kommen wir rein?“, fragte Streuner.

„Wir machen Lärm“, jaulte Robin mit seinem lautesten Katergeschrei.

Leo und Streuner stimmten ein und bald hatten sie die Tiere in dem Heim geweckt. Ein enormes Gebell und Gejaule hob an. Es dauerte nicht lange, und hinter der Glasscheibe der Eingangstür wurde es hell.

Dann wurden mehrere Türen geöffnet und wieder geschlossen und schließlich öffnete sich die Eingangstür.

Robin erkannte die Tierheimmitarbeiterin von damals sofort.

„Hallo, ich bin´s“, miaute er laut.

Die Frau schaute zu ihm runter.

„Gleich drei Katzen auf einmal? Das habe ich noch nie erlebt, dass ihr freiwillig zu uns ins Tierheim kommt.“

Dann bückte sie sich zu Robin.

„Dich kenn´ ich doch. Du bist doch der - na, das Lehrer-Ehepaar hat dich damals mitgenommen.“

Sie runzelte die Stirn. Dann sah sie das Kätzchen.

„Also das wird ja immer komischer!“ Sie richtete sich auf und fuhr sich mit der Hand durch die Haare.

„Los“, miaute Robin laut, „wir müssen das Kätzchen reinbringen und zu ihr auf den Schreibtisch legen.“

Die drei zwängten sich zwischen ihren Beinen hindurch. Sie sprangen auf den Tresen und von dort auf den Schreibtisch. Dort legten sie das Tier ab, setzten sich nebeneinander an den Rand des Tisches und schauten die Frau erwartungsvoll an.

„Glaubst du, sie versteht, was wir wollen?“, fragte Streuner zweifelnd. „Mich hat noch nie ein Mensch verstanden. Warum sollte das jetzt anders sein?“

„Wir müssen es versuchen. Oder weißt du etwas Besseres?“, miaute Robin herausfordernd.

„Nein“, gestand Streuner.

Die Pflegerin stand vor den drei Katern und betrachtete den pelzigen Körper auf ihrem Schreibtisch. Sie rührte sich nicht.

„Siehst du?“, miaute Streuner. „Sie versteht uns nicht. Sie tut gar nichts.“

„Doch“, widersprach Leo, „ihre Stirn hat Falten. Die waren vorhin noch nicht da.“

„Und das heißt?“

„Also immer wenn Lotte nichts tut und diese Falten auf der Stirn hat - ich meine sie hat ja immer welche, weil sie schon alt ist - also immer wenn sie noch viel mehr Falten auf der Stirn hat als sonst, hat sie eine Weile später eine Idee.“

„Totes Kätzchen?“, meldete sich die Tierpflegerin zu Wort und legte den Kopf schief.

„Da war doch mal was vor Monaten.“

„Ja, genau“, miaute Robin aufgeregt, sprang auf und schob die Tastatur mit der Nase in Richtung der Frau. Dann nahm er den Welpen und legte ihn auf die Tasten. Er ging zu ihr und stieß sie heftig mit dem Kopf an ihre Hand. Wortlos setzte sie sich an den Schreibtisch, legte das Kätzchen behutsam zur Seite und begann, auf der Tastatur herumzutippen. Der dunkle Bildschirm wurde hell, in schneller Folge tauchten verschiedene Bilder auf. Schließlich hörte sie auf zu tippen und starrte auf den Bildschirm.

„Sie tut schon wieder nichts“, brummte Streuner. „Diesmal habe ich recht. Sie hat keine Falten auf der Stirn.“

„Falsch“, miaute Robin und dachte an Johanna und Stefan, die oft lange Zeit an dem Computer zu Hause saßen. Entweder tippten sie oder sie starrten in den Bildschirm.

„Sie liest“, fügte er deshalb hinzu.

Die Kater sahen auf dem Bildschirm nicht nur jede

Menge dieser schwarzen Linien und Zeichen. Sie sahen auch ein großes Foto, auf dem mehrere Welpen abgebildet waren. Die Welpen sahen demjenigen auf dem Schreibtisch verdammt ähnlich: die Köpfe lagen schlaff auf einem Handtuch, die viel zu dünnen Beinchen nach allen Seiten ausgestreckt, einer der Welpen hatte die kleine Zunge herausgestreckt.

„Sie liest etwas über tote Kätzchen“, schlussfolgerte Robin, nachdem er das Bild angesehen hatte.

„Können Menschen nicht laut lesen?“, fragte Streuner unwirsch.

„Doch, Johanna liest manchmal laut in der Zeitung.“

„Dann soll sie jetzt auch laut lesen“, knurrte der Schwarz-Weiße.

„Ja, das wäre besser“, pflichtete ihm Leo bei. „Wir müssen erfahren, was los ist.“

„Das ist doch kaum zu glauben“, sagte da die Tierpflegerin. Sie griff zum Telefon.

„Klaus? Gut, dass ich dich erreiche. Wie läuft dein Nachtdienst?“ Sie lauschte.

„Gut, gut, danke. Hör´ mal, weshalb ich anrufe. Stell dir vor, was mir heute Nacht passiert ist.“ Sie erzählte die Geschichte von den drei Katern und dem toten Kätzchen.

„Aber das kennen wir doch schon!“, knurrte Streuner.

„Ja, wir“, fuhr ihn Robin an. „Aber der andere Mensch nicht. Wart´s halt ab.“

„Und jetzt recherchiere ich im Internet, weil mir eingefallen ist, dass Flora vor Monaten auch ein totes Kätzchen geboren hat, und finde diesen Zeitungsartikel hier Ich lese ihn dir mal vor:

Rätselhafte Frühgeburten bei Katzen im Wetteraukreis. Tierärzte der Region haben sich in einer gemeinsamen Initiative mit Katzenbesitzern an die Medien gewandt, da es in den vergangenen Monaten in drei Fällen zu Frühgeburten bei ihren Katzen gekommen ist. Glücklicherweise überlebten alle betroffenen Welpen die Geburt, obwohl sie viel zu klein waren. Auffällig ist, dass die Katzen, die sonst drei bis fünf Welpen im Wurf hatten, jeweils nur ein Junges zur Welt brachten. `Ich kann mir das nicht erklären´, so ein Katzenbesitzer aus Bad Nauheim. `Dabei habe ich doch alles für unsere Katze getan. Sogar ein spezielles Futter habe ich ihr gekauft, das besonders teuer ist.´ Die Butzbacher Tierärztin Helga Wandleben hatte selbst kürzlich einen solchen Fall bei einer ihrer tierischen Patientinnen. Leider starb der Welpe bei der Geburt.

Klaus, bist du noch dran?"

Während die Mitarbeiterin schweigend zuhörte, lief Robin aufgeregt auf dem Schreibtisch herum.

„Die Menschen tun etwas!", freute er sich.

„Sieht so aus", knurrte Streuner widerstrebend. „Dumm ist sie offenbar nicht. Hat sie auch einen Namen?"

Robin erinnerte sich nicht.

„Amalie."

Streuner und Robin schauten Leo an.

„Wieso Amalie?", fragte Robin erstaunt.

„Das Tierheim heißt Amalienhof."

„Ja aber", wandte Robin ein.

„Das passt", miaute Streuner. „Also Amalie."

„Du Klaus, ich meld´ mich wieder. Mir ist etwas eingefallen." Amalie legte das Telefon weg, sprang auf und lief in einen der angrenzenden Räume. Dort stapelten sich in Regalen Katzenfutter und andere Kisten und Kästen.

„Spezielles Futter hat der Mann in dem Zeitungsartikel gesagt", murmelte Amalie. Dann nahm sie ein paar der Kisten aus einem der unteren Regale. Bei der vierten sagte sie:

„Nutri Gravidus. Hab′ ich es doch gewusst. Was steht hier? `Alleinfuttermittel für trächtige Katzen′."

„Alleinfuttermittel?", fragte Leo. Die drei Kater waren Amalie bis in den Vorratsraum gefolgt.

„Auf jeden Fall ein Futter für Katzen, die bald Welpen bekommen", sagte Streuner.

„Wir müssen herausbekommen, von welcher Firma es ist", sagte Robin.

Amalie schaute die miauenden Kater mit schräg gelegtem Kopf an.

„Irgendetwas ist hier ganz, ganz merkwürdig", sagte sie. „Ich weiß nur noch nicht, was. Mal Klaus anrufen, was er meint."

Zurück am Schreibtisch, belauscht von sechs Katerohren, sprach Amalie wieder mit ihrem Kollegen.

„Hast du schon mal von dem Futter Nutri Gravidus gehört? Ach so, ihr habt das auch." Pause.

„Ja, uns bringt das auch immer ein und derselbe Pharmavertreter. Sicher, teuer ist das allemal, da hast du recht, aber er schenkt es uns manchmal zu dem Medikament dazu, das seine Firma auch herstellt - ja, genau, Aborol. Das habt ihr noch nicht gebraucht? Das leitet bei Katzen, die unerwünscht trächtig geworden sind, einen Abort ein. Einmal habe ich erlebt, wie unser Tierarzt das Medikament einer trächtigen Katze gespritzt hat. Ihre Besitzer wollten aber keine Welpen, hatten es verschwitzt, die Katze sterilisieren zu lassen. Es ging alles gut, die Feten sind tot zur Welt gekommen und die Katze war putzmunter."

Amalie machte eine Pause.

„Ja", sagte sie dann. „Ich denke auch, dass das alles mit rechten Dingen zugeht. Müssen wir halt Augen und Ohren offen halten. Tschüss dann."

Amalie blätterte in einem Karteikasten, den sie aus der

Schreibtischschublade genommen hatte.

„Aha!“, rief sie triumphierend. „Wusste ich es doch. Robin heißt du, nicht wahr?“

„Genau“, miaute Robin laut und drückte seinen Kopf gegen Amalies Arm.

Sie stand auf und holte aus dem Nebenraum drei Katzenkörbe.

„Es geht nach Hause“, sagte sie zu den Katern gewandt. „Zumindest für dich, Robin und für deinen roten Freund hier. Ich nehme mal an, dass er mittlerweile bei euch wohnt? Er hat auch eine Tätowierung im Ohr.“ Sie öffnete die Körbe und stellte sie auf den Boden vor den Tresen.

Streuner legte die Ohren an.

„Okay, es wird Zeit für mich abzuhauen“, knurrte er. „Einsperren lasse ich mich noch lange nicht.“

„Aber das ist doch nur für kurze Zeit“, versuchte Robin ihn zu überreden. „Überleg´ es dir gut, schließlich musst du dann nicht den ganzen Weg nach Hause zurücklaufen, sondern wirst gefahren.“

„Du vergisst, dass ich nirgends zu Hause bin, auch nicht in deiner Wohnung“, erwiderte Streuner.

Amalie hatte in der Zwischenzeit Leo gegriffen und in den Korb gesetzt. Der rote Kater ließ es willig mit sich geschehen. Er war erleichtert, dass ihm der Rückweg erspart blieb. Robin sprang gar freiwillig in den zweiten Korb. Als Amalie auf Streuner zuging, fauchte der und versteckte sich unter einem Schrank.

„Schon gut, schon gut“, lenkte sie ein. „Dann bleibst du eben hier. Wer weiß, wohin du gehörst.“

Sie stellte die Körbe auf die Rückbank ihres Autos. Das Kätzchen hatte sie in eine Holzkiste gelegt, die sie in den Kofferraum packte. Ein schwarz-weißer Schatten huschte über den Hof, sprang über die Mauer und verschwand.

Kurz, nachdem sie abgefahren waren, hielt Amalie den Wagen schon wieder an.

„Wo sind wir?“, fragte Leo durch die Schlitze des Katzenkorbs hindurch.

„Ich weiß nicht“, antwortete Robin und drückte seinen Kopf gegen den Deckel des Korbs. Er schnüffelte in das Auto hinein. Er hörte, wie Amalie den Schlüssel aus dem Schloss zog.

„Ich bin gleich wieder da“, sagte sie zu den Katern gewandt. „Ich muss nur kurz zur Polizei. Und dann bringe ich euch nach Hause.“

„Was macht sie bei der Polizei?“, miaute Leo, als die beiden Kater im Auto alleine waren.

„Wahrscheinlich soll die Polizei herausfinden, wer das Kätzchen getötet hat.“

Leo überlegte. „So wie sie herausfinden soll, ob Mankowski die vergiftete Maus in den Garten gelegt hat?“

„Genau.“

„Dann können wir ja lange warten“, miaute der Rote. „Hoffentlich kommt sie bald zurück.“

„Wieso?“

Leo kratzte an den Plastikstäben.

„Ich muss mal.“

„Nicht jetzt!“, befahl Robin.

„Es ist aber dringend!“

Da riss Amalie die Autotür auf, ließ sich auf den Sitz fallen und sagte laut:

„Das darf doch nicht wahr sein! Sie sind dafür nicht zuständig! Na gut, dann muss ich das morgen halt selbst regeln. Und Katzen sind keine Sachen, verdammt noch mal!“

Sie schlug mit der flachen Hand auf das Lenkrad, bevor sie mit quietschenden Reifen losfuhr. Der Morgen dämmerte, als sie den Wagen vor Robins Haus stoppte.

Leo rannte auf Robins Katzenklo. Robin rannte in die Küche zu seinem Fressnapf. Amalie stand mit Stefan und Johanna im Flur und erzählte.

„Wieso sind die Kater zu Ihnen ins Tierheim gelaufen und wieso haben sie das tote Kätzchen gebracht? Woher haben sie das überhaupt?“, fragte Stefan.

„Ich hatte gehofft, dass Sie mir das sagen können“, antwortete Amalie.

„Glauben Sie, sie haben es getötet?“, fragte Johanna entsetzt.

„Die Kater? Nein, kann ich mir nicht vorstellen. Üblicherweise lassen Kater Kätzchen, die sie töten, anschließend irgendwo liegen. Außerdem müsste es dann äußerlich verletzt sein, und das ist es nicht.“

Johanna atmete erleichtert auf, runzelte gleich darauf jedoch die Stirn.

„Ich hatte keine Ahnung, dass es schon so viele Frühgeburten hier gegeben hat. Was wollen Sie tun?“

Amalie hielt in der linken Hand eine Kaffeetasse, die rechte ballte sie zur Faust.

„Wissen Sie, dass die Polizei gesagt hat, es handele sich um Sachbeschädigung?“

„Ha!“, rief Stefan erbost. „Das haben sie mir auch erzählt.“

„Also, ich werde das selbst in die Hand nehmen. Ich fahre noch heute Vormittag in die Tierpathologie nach Gießen und bringe das Kätzchen dort hin. Die werden untersuchen, woran es gestorben ist.“

„Wie lange dauert das?“, fragte Johanna, die mittlerweile Leo auf den Schoß genommen hatte und ihn hinter den Ohren kraulte. Der rote Kater schnurrte laut, lauschte dem Gespräch aber aufmerksam.

„Kommt darauf an, was die Todesursache ist“, erwiderte

Amalie und dachte nach. Dann erklärte sie:

„Verschiedene Medikamente und Gifte lassen sich verschieden schnell nachweisen. Manchmal im Blut, manchmal im Urin, manchmal in beidem. Und dann hängt es natürlich davon ab, wie viel Arbeit die Pathologie sowieso hat."

Da schlug sich Stefan mit der flachen Hand gegen den Kopf.

„Natürlich! Dass ich daran nicht gleich gedacht habe!"

„Woran?", fragte Johanna, als Stefan abbrach. Er stand auf und lief zur Küchentür.

„Na, Elke und Jens. Sie haben uns doch gestern erzählt, dass Sheila ein totes Kätzchen zur Welt gebracht hat."

Auch Amalie erhob sich.

„Können wir zu den beiden? Wo wohnen sie?"

„Es sind unsere Nachbarn", sagte Johanna auf dem Weg zu Wohnungstür.

Elke und Jens waren noch zu Hause. Nachdem sie die Erzählung der vergangenen Nacht gehört hatten, wiederholt unterbrochen von dem lebhaften Miauen der drei Kater und der Katze, sagte Elke:

„Und ich dachte schon, dass Bruno das Kätzchen gefressen hat. Als ich heute Morgen auf den Balkon kam und den leeren Karton gesehen habe."

„Dann glauben Sie, dass es Sheilas Junges ist, das die Kater ins Tierheim gebracht haben?", fragte Amalie.

„Haben Sie es dabei?", fragte Jens.

Zu fünft liefen die Menschen hinunter zu Amalies Auto, gefolgt von Robin und Leo. Bruno und Sheila wurden in der Wohnung eingesperrt.

Jens und Elke blickten auf den kleinen Katzenkörper. Sie wussten nicht, ob es Sheilas Kätzchen war. Da blieb nur eins: Sheila selbst sollte urteilen. Alle zusammen liefen sie wieder nach oben, Jens hatte die Holzkiste in der Hand.

„Du musst zeigen, dass das deins ist!“, miaute ihr Robin zu, nachdem sie wieder alle zurück in der Wohnung der Braunfels´ waren. Auch ohne Robins Zuruf wäre es ihr nicht schwer gefallen. Sie erkannte sofort den Geruch. Sheila setzte sich neben die Kiste und begann zu wimmern. Dann schnüffelte sie an dem Tierchen, dass ihr Amalie vor die Pfoten gelegt hatte und leckte es.

„Tja, da besteht wohl kein Zweifel“, sagte die Tierpflegerin.

„Wie gesagt: Ich werde mich darum kümmern, dass die Tierpathologie herausfindet, woran es gestorben ist, Frau und Herr Braunfels. Es ist vielleicht ein Glück im Unglück, dass wir mit Ihnen – ich meine mit Sheila einen aktuellen Fall haben.“

Als die Schönings mit Amalie und den beiden Katern wieder im Treppenhaus standen, fragte Stefan:

„Hat die Polizei etwas zu meiner Anzeige gegen Mankowski gesagt, als Sie heute Morgen dort waren?“

„Nein, was hat es damit auf sich?“

Jetzt war es Amalie, die ins rechte Bild gesetzt werden musste.

„Strychnin?“, rief sie. „Um Gottes Willen. Derartige Rattengifte sind schon seit über 60 Jahren in Deutschland verboten. Alleine für den Besitz könnte der Alte vermutlich nicht bestraft werden. Aber wenn Sie ihm nachweisen können, dass er es benutzt hat, hätte die Polizei eine Handhabe gegen ihn.“

„Es tut sich was, es tut sich was!“, miaute Robin freudig, der sich in der Zwischenzeit auf Johannas Fuß gesetzt hatte und sich an ihr Bein drückte.

„Ja, aber was tut die Polizei?“ Leo legte sich neben Robin. „Sie hat schon zweimal gehört, dass etwas Böses mit

Katzen angestellt wird."

Dann sprang er wieder auf die Pfoten und blickte wie gebannt die Treppen hinunter, als ob er etwas gehört hätte.

„Wir haben genug getan für den Moment", miaute er ungewohnt energisch. „Ich war die ganze Nacht weg gewesen, ich sollte nach Hause gehen. Vielleicht denkt Lotte, dass mir wieder etwas passiert ist."

Er lief zum Treppenabsatz und zurück.

„Was hat er denn?", fragte Amalie.

„Ich glaube, er will nach Hause", meinte Johanna.

„Ach, er gehört nicht Ihnen?"

„Nein, er muss hier irgendwo in der Nachbarschaft wohnen. Er hat sich mit Robin angefreundet."

Johanna ging hinunter und öffnete Leo die Haustür.

Wie man dem Mörder den Garaus macht

Die leere Wohnung hallte wieder von kreischendem Vogelgeschrei, piepsenden Mäusen, fauchenden Katern und einer empört miauenden Katze. Sheila hatte sich in die Mitte des größten Raumes gesetzt und drehte ihren Kopf abwechselnd in alle Richtungen, um die tumultartigen Szenen zu beobachten.

„Robin von Butzbach!", miaute sie in gebieterischem Ton. „Von dir als Anführer unserer Ermittlungsgruppe hätte ich am allerwenigstens erwartet, dass er sich wie ein kleiner Welpe aufführt, wo wir so viel wichtigere Dinge zu tun haben als hinter Mäusen oder Vögeln herzujagen, ganz davon abgesehen, dass diese Jagd in einer Wohnung stattfindet, in der wir uns künftig häufiger aufhalten werden und die Räumlichkeiten nach zu erwartender erfolgreicher Jagd eurerseits von Federn und Blut verunreinigt sein werden." Bei diesen letzten Worten kräuselte Sheila angewidert ihre Lefzen.

Niemand hörte auf sie.

Robin hatte eine lebende Maus mitgebracht, weil er demonstrieren wollte, wie man dem Mankowski den Garaus machen konnte – wenn es die Polizei schon nicht tat. Der zeternde Vogel stammte von Streuner, der sich seit ihrem nächtlichen Ausflug zum Tierheim Amalienhof immer wohler in der Gesellschaft seiner neuen Gefährten fühlte und ihnen damit eine Freude machen wollte. Sieben Tage waren vergangen seit dieser Nacht, obwohl sie sich eigentlich am nächsten Tag hatten widertreffen wollen. Aber Leo war nicht gekommen und erst heute hatten sie den Grund dafür erfahren: Lotte hatte ihn in eine Katzenpension gegeben, weil sie für ein paar Tage verreist war. Da hatte Robin noch so laut auf Leos Balkon vor der Katzenklappe miauen können. Doch zumindest das hatte die ermittlungsfreie Zeit gebracht: Streuner war umgänglicher geworden. Von ganz alleine war er fast täglich hier aufgetaucht und hatte vor allem Sheilas Nähe gesucht. Als ob die Rassekatze nie etwas anderes getan hätte als mit wilden Mischlingskatern zusammenzuleben, ließ sie Streuner seinen Kopf auf ihrem weichen Bauch betten, leckte seine Ohren oder übernahm auch mal dessen Schwanzpflege.

Brünó beobachtete das mit gemischten Gefühlen. Zum einen war er froh, dass es Sheila wieder besser ging, machte er sich doch nach wie vor Vorwürfe, dass er ihren Welpen nicht hatte retten können. Zum anderen war er eifersüchtig, denn in demselben Maß, wie sich seine Gefährtin Streuner widmete, vernachlässigte sie ihn.

Und so wandte sich Brünó ab und tat etwas, was er seit seiner Welpenzeit nicht mehr getan hatte: Er spielte. War es zuerst ein eher verbissenes Hinterherlaufen hinter den anderen, nur um nicht an Sheilas neue Liebe denken zu müssen, stellte er plötzlich fest, dass ihm die Mäuse- und Vogeljagd

Spaß machte. Vor allem dann, wenn Robin oder Leo absichtlich die Maus entkommen ließen und ihr einen Schubs in seine Richtung gaben. Dann nämlich stürzte er sich mit einem Riesensatz auf sie, überrascht von seiner eigenen Wendigkeit.

Der dicke Zimtfarbene war es auch, der die Maus schließlich zur Strecke brachte. Es schien ihm, als hätte er lange nicht so etwas Köstliches gefressen.

„Glaubst du, er hat gemerkt, dass wir ihm dabei geholfen haben?“, fragte Leo Robin leise und schüttelte seinen Kopf, um die Vogelfeder loszuwerden, die an seinen Lefzen hing.

„Glaube ich nicht“, antwortet Robin ebenso leise und spuckte einen zähen Vogelfuß aus.

Streuner hatte sich aus dem Tohuwabohu herausgehalten und Sheila beobachtet, wie sie versucht hatte, Herrin der Lage zu werden. Sie kam Streuner über alles erhaben vor: anmutig, redegewandt, allwissend, liebevoll, höflich und natürlich wunderschön. Er wollte nie wieder von ihrer Seite weichen. Langsam schritt er auf sie zu und setzte sich neben sie. Sheila drehte ihren rundlichen Kopf dem neuen Gefährten zu und leckte ihm behutsam am Ohr. Streuner schnurrte.

Robin, Leo und Bruno hatten sich mittlerweile ausgetobt. Brünó versuchte immer noch, sich mit dem Gedanken anzufreunden, dass Streuner seinen Platz eingenommen hatte. Zwar nicht im alltäglichen Leben in ihrer Wohnung einen Stock tiefer, aber in Sheilas Herzen allemal. Als Brünó aber daran dachte, dass er mit Robin und Leo zwei neue Gefährten gefunden hatte und ihm das Leben mittlerweile viel besser gefiel als vorher, fühlte er sich gestärkt.

„Wollen wir endlich mit unserer Besprechung anfangen?“, miaute er deshalb laut in die Runde. Alle schauten ihn an. Der Dicke, der sonst nie etwas von selbst sagte, berief auf einmal ihre Teambesprechung ein.

Brünó wunderte sich ein zweites Mal über sich selbst. Zuerst wendiger als gedacht und jetzt mutiger als bisher! Er streckte seinen Kopf in die Luft und miaute freudig, als er sah, dass alle Kater und sogar Sheila seiner Aufforderung nachkamen.

„Wir müssen uns überlegen, welche Schritte wir als nächste machen", begann Robin, nachdem sich alle in einen Kreis gesetzt hatten. „Die Menschen ermitteln auch und wir müssen sichergehen, dass wir alle Informationen bekommen. Ich schlage vor, dass …"

„Ich kümmere mich um Amalie", unterbrach ihn Streuner. Er baute sich vor Robin auf und starrte ihn an. Seine Rückenhaare standen nach oben. Robin war überrumpelt von der plötzlichen Aggressivität. Offenbar wollte er seiner Katzendame beweisen, dass er der Stärkere von ihnen beiden war.

Kannst du haben, dachte Robin, stand steifbeinig auf und knurrte laut:

„Vielleicht lässt du mich mal ausreden!" Er wollte seine Stellung als Anführer ihrer Ermittlertruppe unbedingt behaupten.

Streuner wich keinen Schritt zurück. Beide Kater hatten ihre Rückenhaare wie Borsten aufgestellt.

„Ich kann am Weitesten und am Längsten laufen", knurrte der Schwarz-Weiße.

„Das stimmt", mischte sich Leo ein.

Robin wurde wütend. Fiel ihm sein kleiner Freund in den Rücken? Er öffnete sein Maul, um den Roten anzufauchen, als Bruno sagte:

„Das finde ich auch."

Robin schaute sich um. Leo und Bruno waren gegen ihn, was sagte Sheila? Die Katze schwieg und schaute von einem Kater zum anderen.

Da tat Streuner etwas Außergewöhnliches: Er ging einen Schritt zurück.

Robin entspannte sich. Er musste zugeben, dass Streuners Vorschlag etwas für sich hatte. Der Schwarz-Weiße war zäh und ausdauernd und das Tierheim lag ein paar Kilometer außerhalb der Stadt.

„Na gut", brummte er etwas versöhnlicher. Schließlich war er auch auf die Unterstützung der anderen angewiesen. „Du bist der Beste dafür, das stimmt."

Streuner streckte sich neben Sheila behaglich auf dem Boden aus.

„Was genau heißt kümmern?", wollte Leo wissen.

„Ich besuche Amalie jeden Tag und teile euch mit, was sie herausfindet", antwortete Streuner.

„Herausgefunden hat", korrigierte ihn Sheila.

„Herausgefunden hat", wiederholte Streuner brav und schnurrte Sheila an.

Leo spitzte die Ohren und starrte die beiden an.

„Habe ich hier etwas verpasst, als ich nicht da war?"

„Überall, wo man nicht ist, versäumt man etwas, mein kleiner Freund, das lässt sich nicht ändern, denn jeder Kater und jede Katze ist nur einmal und wenn das nicht so wäre, dann wären wir alle doppelt oder dreifach vorhanden, was das Leben um ein Vielfaches uninteressanter machen würde." Sheila streckte sich so neben Streuner aus, dass sich ihre beiden Schwänze überkreuzten.

„Gut, dann wäre eine Sache geklärt", sagte Robin. „Streuner ermittelt im Tierheim. Was machen wir mit Mankowski?"

Leo stand auf und nahm die stolzeste Haltung ein, die er in seinem bisherigen Repertoire hatte.

„Das mache ich", miaute er ernst. Das Mäusejagen

machte ihm nach anfänglichen Misserfolgen mittlerweile sogar Spaß.

„Moment“, widersprach Robin. „Ich brauche dich im Einsatz bei den Jungen aus deinem Haus.“

Robin schwieg und blickte einen nach dem anderen fragend an. Keiner machte einen Vorschlag.

„Dann machen wir es so: Leo und ich fangen die Mäuse und setzen sie lebend hier in der Wohnung aus. Bruno und Sheila, ihr beide fangt die Mäuse hier in der Wohnung und setzt sie dem Mankowski rein. Auf die Weise müsst ihr nicht heimlich draußen herumlaufen und ihr tragt trotzdem euren Teil dazu bei.“

Bruno streckte seinen Kopf in die Luft.

„Ich kann das gut, Mäuse fangen. Das machen wir.“

„Bleibt nur noch: Wann fangen wir an?“, fragte Bruno.

Robin blickte den Zimtfarbenen mit schief gelegtem Kopf an. Der Dicke schien heute voller Tatendrang.

„Heute Nacht“, antwortete Robin. „Leo und ich fangen die Mäuse und setzen sie hier rein. Ihr beide könnt sie dann in Mankowskis Wohnung aussetzen.“

„Können wir das nicht tagsüber machen?“ miaute Leo. „Lotte möchte, dass ich abends auf ihrem Schoß liege. Wenn ich das nicht tue, sperrt sie mich wieder ein.“

Robin schüttelte energisch seinen Kopf und legte die Ohren an. Ein untrügliches Zeichen, dass er in dieser Sache keine Widerworte duldete.

„Dann fangen wir später in der Nacht an, wenn Lotte schläft und alle anderen Menschen auch. Wir können es nicht riskieren, dass wir dabei entdeckt werden, wie wir den Aufzug benutzen. Schon gar nicht ihr, Bruno und Sheila, und dann werdet ihr vielleicht eingesperrt und könnt uns nicht mehr unterstützen.“

Damit war die Sache erledigt.

Der Fall Mankowski

Sheila und Brünó starrten auf die braunen Pelztiere, die piepsend durch den leeren Raum liefen. Brünó wartete darauf, dass Sheila die Initiative ergriff. Aber sie blieb sitzen und begann, sich das Gesicht zu putzen. Brünós Energie war ungebremst und so miaute er ungehalten:

„Wieso putzt du dich gerade jetzt?"

„Weil ich es heute Nacht noch nicht getan habe", antwortete Sheila ungewohnt kurz und bündig. Dabei ließ sie ihren Blick über die umherflitzenden Mäuse gleiten.

„Das ist doch egal!", murrte der Zimtfarbene. „Wir fangen jetzt die Mäuse, fahren mit dem Aufzug nach oben und setzen sie in der anderen Wohnung ab."

Seine Tatze schoss nach vorne und ein jämmerliches Piepsen hallte durch den leeren Raum. Unter seinen Krallen wand sich eine Maus. Da zuckte seine Pfote zurück. Die Maus flitzte davon. Der Kater wendete sich Sheila zu und starrte sie an.

„Du weißt nicht, wie du es machen sollst, habe ich recht?"

Sheila schwieg. Sie wiegte ihren Kopf. Brünó schnaufte hörbar. Wie sollte er das alleine schaffen?

„Du hast völlig recht, mein werter Brünó, doch ich sehe durchaus nicht, dass uns dieser Umstand irgendwelche Schwierigkeiten machen wird", sagte da Sheila. „Ich werde dich eine Weile beobachten und werde mein Jagdverhalten dem deinen anpassen, wodurch es uns noch in dieser Nacht gelingen wird, die 15 Mäuse unversehrt zu dem alten Mann in die Wohnung zu tragen."

„Gut", brummte Brünó. „Dann machen wir es so: Du jagst die Mäuse in meine Richtung und ich fange sie. So kannst du sehen, wie es geht."

Brünó hatte Sheila noch nie so gesehen. Sie sprang mit

einem großen Satz zwischen die Mäuse, dabei sah ihr Fell aus, als wäre es am ganzen Körper gesträubt. Das verlieh ihrem sonst rundlichen Katzenkopf ein irres Aussehen. Dabei riss sie ihr Maul weit auf und fauchte laut. Ihre Speicheltröpfchen spritzten auf den Fußboden. Die Mäuse, aufgeschreckt von der wilden Furie, stoben blindlings in alle Richtungen auseinander. Brünó brauchte nur noch zuzuschlagen.

Dann war Sheila an der Reihe. Dreimal hatte sie Brünó beobachtet und war sich sicher, dass sie es könnte. Doch so oft ihr Mitbewohner ihr auch eine Maus fast bis vors Maul jagte – Sheila blieb regungslos stehen. Jedes Mal, wenn sie den Impuls spürte, sich auf die Maus zu stürzen, kam sofort ein anderer, weitaus stärkerer Impuls, der es ihr verbot. Sie konnte oder wollte nicht und wenn sie ehrlich sich selbst gegenüber war, so erinnerte sie das klägliche Wimmern der zu Tode erschrockenen Mäuse an das Wimmern ihres Kätzchens, kurz bevor es gestorben war.

Nach drei missglückten Versuchen gab sie es auf. Sie änderten ihre Strategie. Brünó fing die Mäuse; wenn er eine hatte, drückte er seinen Fang Sheila ins Maul, nicht ohne sie wiederholt darauf hinzuweisen, dass sie nicht zu fest zubeißen solle; schließlich brauchten sie die Mäuse lebend in Mankowskis Wohnung. Dann fuhr Sheila mit dem Speisenaufzug einen Stock höher – für beide zusammen war der Fahrstuhl zu klein - und sprang lautlos in den Flur. Sie ließ die Maus frei und fuhr wieder nach unten.

Während sie ihrem einstigen Lebensgefährten die Mäuse in die Krallen trieb, konnte sie nicht umhin, ihn heimlich zu beobachten. Auch ihr war es aufgefallen, dass er sich verändert hatte. Und wie er einen Nager nach dem anderen mit geschickten Pfoten fing und ihn vorsichtig, aber doch energisch mit dem Maul erfasste, erschien er ihr plötzlich begehrenswert. Zwar ärgerte es sie, wenn er ihr immer öfter widersprach. Doch insgeheim bewunderte sie ihn für seine eigene Meinung.

Nachdem Sheila die letzte Maus ausgesetzt hatte, wartete sie im Flur, bis Brünó ebenfalls da war. Aus dem Schlafzimmer des alten Mannes drang gedämpftes Schnarchen. Draußen dämmerte bereits der Morgen, durch die offene Wohnzimmertür fiel Licht in den Flur und schimmerte rötlich in dem Spiegel an der Garderobe. Die Sonne ging auf.

„Wir müssen uns in unsere eigene Wohnung begeben“, sagte Sheila. „Jens und Elke könnten sonst zu unserem Nachteil und zum Nachteil unserer Ermittlungen bemerken, dass wir in der Lage sind, eigenständig die Wohnung zu verlassen.“

„Hm“, brummte Brünó zustimmend und ging unverzüglich zu der Stelle im Flur unterhalb des Speisenaufzugs.

Das Telefon klingelte. Das Schnarchen hört auf.

„Schnell“, miaute Brünó leise und sprang auf das kleine Regal vor dem Aufzug. Aus dem Schlafzimmer hörten sie eine wütende Stimme:

„Wer ruft denn so früh morgens an?“

Das Telefon klingelte weiter. Brünó hatte auf den Aufzugsknopf gedrückt. Schon hörten sie, wie sich der Fahrstuhlkorb in Bewegung setzte. Schritte schlurften zur Schlafzimmertür.

„Wir schaffen es nicht!“, miaute Brünó so leise wie möglich. „Komm´ mit!“

Die beiden sprangen von dem Regal und huschten in die Küche. Mankowski öffnete die Schlafzimmertür und ging zu dem Telefon, das auf einem niedrigen Tisch unter der Garderobe stand – direkt neben dem Speisenaufzug!

Hinter der halb geschlossenen Küchentür kauerten Brünó

und Sheila und lugten um die Ecke.

„Oh nein!“, flüsterte Brünó, als er sah, dass Mankowski neben dem Aufzug stand. Der alte Mann nahm das Telefon und das Klingeln verstummte. Dann ging er ins Wohnzimmer.

Sheila wagte sich zwei Schritte vor, um das Gespräch mit anhören zu können. Die Tür des Aufzugs hatte sich währenddessen geöffnet. Mankowski stand mit dem Rücken zum Flur im Wohnzimmer. Sheila zögerte.

„Und deswegen rufst du mich in aller Herrgottsfrühe an?“, schnaubte der Alte ins Telefon.

Die Tür des Aufzugs stand immer noch offen. Jeden Moment konnte sich der alte Mann umdrehen und es sehen. Sie musste den Fahrstuhl woanders hin schicken. Sheila lief durch den Flur, sprang auf das Regal und drückte einen Knopf. Gleich darauf war sie wieder an Brünós Seite im schützenden Halbdunkel. Die Tür glitt zu.

„Hm, hm“, machte der Alte. „Gut.“ Er legte das Telefon auf den Wohnzimmertisch, drehte sich um und ging in den Flur.

Brünó und Sheila flüchteten in die Küche.

„Hoch auf den Schrank!“, kommandierte Sheila und sprang über die halbhohe Anrichte auf den Küchenschrank. Brünó folgte ihr. Oben auf dem Schrank war es eng, Kartons und Kästchen stapelten sich und es war staubig. Brünó unterdrückte ein Niesen, indem er seine Pfote schnell auf seine Nase drückte. Dabei fegte er einen Karton vom Schrank, der mit dumpfem Aufprall auf dem Fußboden landete. Erschreckt drückten sich die beiden an die Wand.

Mankowski kam in die Küche und sah den Karton auf dem Küchenfußboden. Er runzelte die Stirn und bückte sich.

„Na so was, der steht doch sonst oben auf dem Schrank.“

Als er richtete sich aufrichtete, lief ihm eine Maus über den Fuß.

„Oh nein!“, rief er.

Die Maus flitzte in den Flur. Zwei weitere der kleinen Nager verkrochen sich unter dem Küchenschrank.

Mankowski setzte sich auf einen Stuhl und starrte auf die Stelle auf dem Fußboden, wo die Maus gerade noch gewesen war.

„Lebende Mäuse in meiner Wohnung? Das gibt´s doch gar nicht!“ Schwerfällig stand er auf und ging ins Wohnzimmer.

„Jetzt, Brünó!“, miaute Sheila leise. „Wir müssen versuchen, in den Aufzug zu kommen.“

Über die Anrichte sprangen sie wieder nach unten. Aus dem Wohnzimmer hörten sie, wie Schranktüren geöffnet und wieder geschlossen wurden.

„Verdammt!“, fluchte der alte Mann. „Es ist ja nicht mehr da. Ich könnte es wirklich gebrauchen. Damit könnte ich allen Mäusen auf einmal den Garaus machen.“

Brünó und Sheila warteten auf dem Regal vor dem Speisenaufzug darauf, dass sich die Tür endlich öffnen würde.

„Welchen Knopf hast du vorhin gedrückt?“, wisperte Brünó.

„Den ersten“, antwortete Sheila ebenso leise und zitterte. Der dicke Kater drückte sich an sie, und Sheila wurde ruhiger.

Wieder wurde eine Schranktür im Wohnzimmer geöffnet. Gleichzeitig glitt die hölzerne Tür des Speisenaufzugs zur Seite. Brünó und Sheila drängten sich in den engen Korb – sie mussten beide hineinpassen. Eine zweite Chance würden sie vielleicht nicht bekommen. Während Sheila in einer Ecke gezwängt saß und selbst ihren Schwanz eingerollt hatte, um sich so klein wie möglich zu machen, kämpfte Brünó noch mit seinem Hinterteil.

„Ich passe nicht mehr rein", jammerte er und schwieg gleich darauf erschreckt, weil sein Jammern in dem Korb lauter als draußen klang.

„Psssst!", zischte Sheila. „Los, leg dich auf mich!" Brünó kletterte auf seine Mitbewohnerin, die unter seinem Gewicht stoßweise miaute:

„Drück´ … den … verdammten … Knopf!"

Es war spät am Abend, als Robin und Leo die Mäuse in der leeren Wohnung absetzten. Jetzt war es ihr Auftrag, die Jugendlichen in Leos Hochhaus zu observieren.

„Bald gibt es bei uns auf der Wiese hinter dem Haus ein großes Fest. Da kommen alle zusammen und da bekommen wir bestimmt viele Informationen."

Leo hieb seine Krallen in den Stamm der Kastanie. Er schien voller Tatendrang.

„Gute Idee!", lobte ihn Robin deshalb. „Und wann genau ist bald?"

Leo schüttelte den Kopf. „Das weiß ich nicht."

„Gut, dann schlage ich vor, dass wir beide nach Hause gehen und uns in dieser Nacht ausruhen. Du bringst in Erfahrung, wann das Fest ist."

Früh am nächsten Morgen wurde Robin von Johanna und Stefan geweckt, die sich in der Küche stritten.

„Was sagst du das mir?", klang Stefans ärgerliche Stimme in das Wohnzimmer, wo Robin auf dem obersten Podest seines Kratzbaumes lag.

„Du warst doch bei der Polizei und hast die Mäuse und das Gift abgegeben. Dann musst du dich auch darum kümmern." Johannas Stimme war eine Tonlage höher und Robin wusste, das war sie immer dann, wenn Johanna sehr wütend war. Er putzte sich mit der Pfote über die Ohren.

„Falsch, meine Liebe. Nicht ich muss mich kümmern, sondern die Polizei." Ein Stuhl wurde über den Fußboden geschoben.

„Ich würde gerne in Ruhe frühstücken", sagte Stefan etwas ruhiger.

„Aber wenn die Polizei sich nicht meldet, dann musst du doch mal anrufen."

„Johanna!", sagte Stefan wieder lauter. „Die Tierklinik hat uns erst gestern mitgeteilt, dass sie noch immer nicht wissen, womit genau die Katze vergiftet worden ist."

Robin setzte sich abrupt auf seinem Podest auf.

„Die anderen Menschen gehen auch ihrer Arbeit nach, nicht nur du", fuhr Stefan in der Küche fort. „Du musst dich gedulden."

Mit gespitzten Ohren lauschte Robin in die Küche. Zornig schlug er nach einer Stubenfliege, die vorbeisummte. Er und seine Gefährten wussten schon lange, dass die Katze an der vergifteten Maus gestorben war. Wie lange brauchten die noch?

Ein Kater wagt viel

Während Robin Johannas und Stefans Gespräch gelauscht hatte, hatte sich Streuner ein Frühstück besorgt. Zwei Mäuse waren ihm an dem reichhaltigsten Mauseloch von Butzbach hinter dem Reitstall direkt in die Krallen gelaufen. Dass sie möglicherweise kurz zuvor Rattengift gefressen haben könnte, ignorierte er. Er hatte keine Wahl. Das war der Preis der Freiheit – und ihr Reiz. Die Sonne war mittlerweile aufgegangen und der schwarz-weiße Kater wusste, dass die Menschen auf dem Weg zu ihren Arbeitsstätten waren. Er musste deshalb den Marktplatz mit dem Brunnen in der Innenstadt meiden, denn hier kam er nur über viel befahrene Straßen hin. Es war besser, einen Bogen zu schlagen, der ihn oberhalb der Wohnhäuser am Heidelbeerberg entlang vorbeiführen würde. Vom Reitstall aus wandte er sich in Richtung Waldrand. Vorbei an den mit Stacheldraht bewehrten Gefängnismauern huschte er über den ansteigenden Lachenweg, verbarg sich vor einer Gruppe lärmender Kinder unter einem parkenden Auto, sprang gerade wieder rechtzeitig darunter hervor, bevor es losfuhr und erreichte die ersten Bäume ohne weitere Zwischenfälle. Er schlug die Richtung zum Tierheim ein. Der Kater passierte das Schwimmbad und sah aus den Augenwinkeln den hölzernen Wachturm auf der anderen Seite der Lichtung.

Er hatte den Weiseler Wald vor sich. Munter trabte er durch das raschelnde Laub und freute sich, dass er auf niemanden Rücksicht nehmen musste. Zwar hatte er es im Verlauf der bisherigen Ermittlungen gelernt, darauf zu achten, was die anderen Kater wollten oder brauchten – Sheila hatte recht, wenn sie ihn ermahnte: „Du bist nicht alleine auf dieser Welt“ – trotz alledem war er ein Einzelgänger.

Etwas Hartes traf Streuner in die Seite. Er jaulte auf und stolperte, fing sich gleich darauf wieder und machte einen großen Satz hinter einen Busch. Dort kauerte er sich zusammen und atmete stoßweise ein und aus. Es stach in seiner Seite und der Kater drehte seinen Kopf, um sich zu lecken. Da war kein Blut, das Fell war noch da und auch sonst sah oder roch er nichts Ungewöhnliches an der Stelle, an der ihn der stechende Schmerz plagte. Als er sich umschaute, entdeckte er auf dem Boden einen kleinen, gelben Ball. Misstrauisch schnupperte er daran. Was sollte das sein?

Durch den Busch hindurch sah Streuner, dass er während seines versonnenen Dahinlaufens aus Versehen an den Rand des Waldes gekommen war. Nur noch eine Baumreihe trennte ihn von einem Zaun. Dahinter war eine große, freie Fläche, bedeckt mit rotbraunem Sand. Zwei Männer in Weiß standen sich gegenüber und schlugen sich über ein Netz hinweg kleine, gelbe Bälle zu.

„Shit!“, rief einer der Männer und im selben Moment hörte Streuner einen lauten Knall. Der Ball zischte kurz neben ihm in den Wald hinein. Der Kater legte die Ohren an und fauchte. Menschen! Wieder war ihm das eine Lehre, dass er deren Nähe meiden musste. Nie führten sie etwas Gutes im Schilde, als Kater musste man stets vor ihnen auf der Hut sein. Fast verging ihm die Lust, zu Amalie ins Tierheim zu laufen. Mochte sie ihnen auch noch sehr helfen bei ihren Ermittlungen – sie war ein Mensch. Streuner rannte wütend drauf los. Als ob es um sein Leben ginge, fegte er durch den Wald, setzte in großen Sprüngen über umgestürzte Baumstämme und bremste abrupt, als er am Rand einer Landstraße ankam. Der Weg zum Tierheim.

Amalie schüttelte ihren Kopf.

„Gerade du?“, fragte sie den schwarz-weißen Kater, der in einiger Entfernung auf dem Hof vor dem Tierheim saß.

„Was willst du hier?“

Streuner sah die Frau schweigend an. Sie würde seine Antwort sowieso nicht verstehen. Er kämpfte mit dem aufsteigenden Widerwillen gegen diesen Menschen dort vor ihm. Näher durfte sie ihm auf keinesfalls kommen. Sie ging einen Schritt auf ihn zu. Er flitzte an ihr vorbei durch die offene Tür und versteckte sich unter dem Regal. Nachdem sich Amalie an den Schreibtisch gesetzt hatte, ohne den Kater weiter zu beachten, wagte sich Streuner hervor. Er setzte sich in der Nähe der Tür vor den Tresen und wartete.

So machte er es am nächsten Tag und den darauffolgenden und den Tag danach wieder. Am fünften Tag nachmittags wurde seine Beharrlichkeit belohnt.

„Sie haben ein Ergebnis?“ Amalie telefonierte. Sie schwieg. Schließlich fuhr sie fort:

„Was heißt `schon´ - von der Tierpathologie hätte ich mir erhofft, dass Sie früher etwas herausfinden.“

Streuner spitzte seine Ohren. Das Wort Tierpathologie war ihm mittlerweile geläufig.

„Warten Sie, ich brauche etwas zu schreiben, damit ich mir Notizen machen kann.“ Amalie kramte auf ihrem Schreibtisch herum.

„Okay. Schießen Sie los.“

Dann sagte sie nichts mehr. Ab und zu hörte Streuner, der sich in einem Anflug von Kühnheit gegenüber dem Menschen hinter dem Tresen auf die äußerste Kante des Schreibtisches gesetzt hatte, ein „Hm“ oder „Soso“. Das Telefon zwischen Schulter und Kopf geklemmt, bekritzelte die Tierpflegerin einen Zettel.

„Gut, haben Sie vielen Dank. Das sind interessante Erkenntnisse. Sie haben mir sehr geholfen.“

Streuner knurrte. Was hatte er, was hatten seine Gefährten und vor allen Dingen, was hatte Sheila von dieser Erkenntnis, wenn Amalie sie nicht laut aussprach? Bei dem Gedanken an Sheila verwandelte sich Streuners Knurren in ein sanftes Brummen. Sheila! Bald würde sie wieder rollig sein …

Amalie warf Streuner einen kurzen Blick zu.

„Ich weiß, dass ihr da irgendwie mit drinnen hängt“, sagte sie. Dann stand sie auf.

„Willst du etwas fressen?“

„Nein!“, miaute Streuner.

„Das heißt wahrscheinlich Ja“, sagte Amalie und verschwand in der Vorratskammer. Streuner schnappte sich den Zettel vom Schreibtisch, sprang herunter und in großen

Sätzen durch die offene Tür. Er lief und lief, den Zettel fest zwischen die Zähne geklemmt, dieselbe Strecke zurück, die er gekommen war. Da es immer noch helllichter Tag war, musste er wieder den großen Bogen um die Wohnhäuser durch den Wald schlagen. Aber auch Streuners Kräfte waren begrenzt. Und so suchte er sich einen umgestürzten Baumstamm, unter dem eine kleine Höhle war. Dort war er geschützt, es war angenehm kühl und in kurzer Zeit war der Kater eingeschlafen. Der Zettel fiel aus seinem Maul und raschelte zusammen mit dem Laub in dem sachten Windstoß, der an der Höhle vorbeizog.

Bei den Schönings zu Hause lag Robin auf Johannas Schoß und ließ sich hinter den Ohren kraulen. Er hatte die Augen geschlossen, doch seine Ohren waren gespitzt. Er wollte kein einziges Wort verpassen.

Stefan erzählte von seinem heutigen Besuch bei der Polizei. Eigentlich hatte er den Beamten die Initiative überlassen wollen. Aber ein Brief von der Tierklinik, den sie heute bekommen hatten, hatte die Sachlage verändert. Die Tierpathologie in Gießen hatte das Gift entdeckt. Was die Perserkatze fast umgebracht hatte, war Strychnin gewesen. Die Tierklinik hatte den Befund der Pathologie in Kopie beigelegt. Damit war Stefan nochmals zur Polizei gegangen. Schließlich hatten sie einen neuen Beweis. Dort hatte man ihm wenig Hoffnung gemacht.

„Du kannst dir nicht vorstellen, wie umständlich das alles ist", erzählte Stefan und begann, im Zimmer umherzulaufen. Dabei gestikulierte er mit den Händen in der Luft.

„Sie wollen das Gutachten zwar noch in die Ermittlungen einbeziehen. Die sind aber eigentlich schon abgeschlossen. Sie könnten die Dose mit dem Rattengift und die toten Mäuse untersuchen. Das muss aber die Staatsanwaltschaft in Gießen entscheiden, denn das kostet schließlich Geld.“

Stefan holte tief Luft, bevor er fortfuhr:

„Und dann hat der Polizist gesagt, eine Untersuchung wird in so einem Fall äußerst selten angestellt. Kannst du dir das vorstellen?“, sagte er und knallte den Brief der Tierklinik auf den Wohnzimmertisch.

Robin setzte sich auf und miaute erschreckt. Er hatte verstanden. Die Polizei würde wahrscheinlich gar nichts tun und noch mehr Katzen liefen Gefahr, vergiftet zu werden. Vielleicht hatte Mankowski noch eine zweite Dose Strychnin?

„Aber hast du ihnen auch gesagt, dass Strychnin hierzulande schon seit Jahren verboten ist?“, fragte Johanna. „Das muss doch strafbar sein!“

„Natürlich, was denkst du?“ Stefan atmete tief ein und aus, bevor er weitersprach. „Aber alleine das Gift zu besitzen, ist nicht strafbar, haben sie gesagt. Nur wenn man es benutzt – ebenso wie jedes andere Gift übrigens. Aber auch dafür muss man dem Mankowski erst mal nachweisen, dass er es war.“

Robin spürte die Spannung zwischen den beiden. Er saß mittlerweile neben Johanna auf dem Sofa und blickte von ihr zu Stefan und zurück.

„Ich habe sogar zu Protokoll gegeben, dass wir gesehen haben, wie Mankowski die Dose in die Mülltonne geworfen hat und dass da doch Fingerabdrücke drauf sein müssen.“

„Genau, das ist doch der beste Beweis!“, rief Johanna laut. Sie stand ebenfalls auf und begann, im Wohnzimmer hin und herzulaufen.

„Sehe ich auch so.“ Stefan blieb mitten im Raum stehen. Auch Johanna hielt in ihrem Herumlaufen inne und schaute ihn an.

„Allerdings habe ich auch zu Protokoll gegeben, dass ich vom vierten Stock aus nicht lesen konnte, was auf der Dose drauf stand. Also konnte ich nicht mit Gewissheit sagen, dass die Dose, die Mankowski in die Tonne geworfen hat, dieselbe Dose mit dem Rattengift gewesen ist."

„Warum hast du das getan?", fragte Johanna, stellte sich vor Stefan hin und stemmte die Hände in die Hüften.

„Ja, genau!", miaute Robin vorwurfsvoll, sprang vom Sofa und stellte sich neben Johanna.

„Was hätte ich denn tun sollen? Sie haben mich danach gefragt und das ist die Wahrheit. Ich kann doch nichts anderes sagen, als das, was ich gesehen habe!"

Stefan stand Johanna gegenüber. Robin schaute zu beiden hoch. An irgendetwas erinnerte ihn das, wie sie sich so gegenüberstanden, wortlos, Johanna immer noch die Hände in die Hüften gestemmt, Stefan eine Hand zur Faust geballt. So war es mit Streuner gewesen, als sie die Ermittlungen geplant hatten und Streuner die Überwachung Amalies für sich beansprucht hatte. Nase an Nase hatten die beiden Kater dagestanden. Würden Stefan und Johanna auch fauchen? Als die beiden schwiegen, beschloss Robin, sich aus der Sache herauszuhalten. Er ging in die Küche und fraß.

Sie vermissten Streuner. Die Sonne war untergegangen, als Robin, Leo, Bruno und Sheila zur Sitzung ihrer tierischen Ermittlergruppe zusammenkamen. Bisher hatte er es stets bis zum Sonnenuntergang zurück geschafft.

Elke und Jens waren an diesem Abend beide außer Haus und hatten angekündigt, spät wiederzukommen. Eine gute Gelegenheit für die beiden British Shorthair, ihre Wohnung zu verlassen. Während sie warteten, erzählten Bruno und Sheila von ihrer erfolgreichen Zusammenführung der Mäuse mit dem alten Mankowski. Sheila schilderte die Episode, als wäre es die normalste Sache der Welt gewesen. Kein Wort von ihren Schwierigkeiten, Mäuse zu fangen. Nur als sie zu der Stelle mit der gemeinsamen Aufzugsfahrt kam, warf sie Brünó einen kurzen Blick zu. Der dicke Kater senkte seine Augen zu Boden, als er daran dachte, wie die Katzendame unter seinem Gewicht geächzt hatte. Aber auch davon erwähnte Sheila kein Wort.

Die Aufzugstür öffnete sich und der schwarz-weiße Kater sprang heraus. Vor Sheila ließ er den Zettel auf den Boden fallen.

„Was ist das?“, fragte Robin und beschnüffelte den Zettel. Er roch nach Amalie.

„Das hat sie aufgeschrieben, als sie mit der Tierpathologie gesprochen hat“, antwortete Streuner, ohne seinen Blick von Sheila zu wenden.

„Hat sie auch etwas erzählt?“, fragte Robin.

„Ja“, antwortete Streuner und schaute Robin an. „Hm und soso. Und zwar hat sie das ziemlich oft gesagt.“

„Aber das bedeutet doch gar nichts“, miaute Leo vorwurfsvoll.

„Was kann ich dafür?“, knurrte ihn Streuner an. „Woher soll ich wissen, wie ich sie zum Sprechen bringe? Ich habe nie behauptet, die Menschen zu kennen. Ihr seid doch diejenigen, die ständig mit ihnen rumhängen.“

„Das hast du wirklich gut gemacht, Streuner“, schaltete sich Bruno ein.

Alle schwiegen und schauten den Zimtfarbenen an. Der holte tief Luft, bevor er weitermiaute:

„Ich schlage vor, wir nehmen den Zettel und zeigen ihn Elke und Jens.“

„Warum nicht Johanna und Stefan?“, unterbrach ihn Robin barsch, der in dem zunehmend selbstbewussten British Shorthair einen weiteren Konkurrenten sah. Er schickte seinen Worten deshalb ein kurzes Knurren hinterher.

„Ich pflichte Brünó bei“, sagte da Sheila. Brünó sah sie dankbar an. „Ich möchte hinzufügen, dass wir beide die meiste Lebenserfahrung von unserer Gruppe hier haben, wenn man in Betracht zieht, dass wir einige Jahre im Ausland gelebt haben und somit verfügen wir vermutlich auch über den reichhaltigsten Wortschatz in dieser Runde. Das bedeutet gleichermaßen, dass wir es am besten verstehen können, wenn der Inhalt des Zettels von Menschen wiedergegeben wird.“

Robin schluckte seine Erwiderung hinunter.

In ihrer Wohnung legte Sheila den Zettel unter das Sofa. Elke war zu Hause, Jens noch nicht. Es war wichtig, dass beide zu Hause waren. Sonst würde der eine von den beiden alleine lesen und alleine lesen hieß leise lesen. Als Sheila hörte, wie die Wohnungstür aufgeschlossen wurde und Elke in den Flur ging, sprang sie auf den Küchentisch, legte den Zettel dort ab und legte sich auf die Fensterbank in der Küche neben Brünó.

„Fühlst du dich durch meine Anwesenheit gestört oder wie sonst könnte ich dieses Brummen deuten, das du in den vergangenen Wochen immer häufiger hast hören lassen und ich deshalb annehme, dass …“ Sheila brach ihre Mutmaßungen über Brünós irritierendes Verhalten ab. Es war ihr etwas eingefallen. Wieder brummte Brünó, ohne etwas zu sagen.

„Tatsächlich ist mir dieses fast unwillige Brummen deinerseits erstmals aufgefallen, nachdem ich mit dem Weitgereisten Freundschaft geschlossen hatte und wir nun viel Zeit miteinander verbringen. Hat deine Unwilligkeit vielleicht etwas mit meinem neuen Gefährten zu tun?“

Sheila machte ihre Augen zu schmalen Schlitzen und legte ihren rundlichen Kopf schief. Erstmals bezeichnete sie den schwarz-weißen Kater als ihren Gefährten, denn es widerstrebte ihr, ihn bei seinem umgangssprachlichen Namen Streuner zu nennen. „Der Weitgereiste“ war ihr in den Sinn gekommen, als er heute Nachmittag den fünften Tag in Folge von seinem Besuch im Tierheim zurückgekommen war und erstmals einen Erfolg aufzuweisen hatte. Sie bewunderte seine Beharrlichkeit, seine Ausdauer und vor allen Dingen seinen Stolz. Was sie jedoch etwas störte, war die Tatsache, dass er beileibe nicht so aussah, wie sie sich einen Gefährten vorstellte. Das verfilzte Fell, die schartigen Ohren und die unregelmäßig über den dünnen Körper verteilten schwarzen und weißen Flecken des Katers passten nicht in ihr Bild eines Vaters ihrer künftigen Welpen.

Brünó hatte sich in der Zwischenzeit aufgesetzt und blickte gebannt auf den Tisch. Elke hatte den Zettel in die Hand genommen.

„Ja“, antwortete er Sheila, ohne Elke aus den Augen zu lassen. „Es hat etwas mit Streuner zu tun und nein, es stört mich nicht. Jedenfalls fast nicht mehr“, setzte er nach kurzem Überlegen hinzu. Sheila folgte Brünós Blick und spitzte die Ohren.

„Was ist das für ein Zettel?“, fragte Elke, als sie sich zu Jens an den Tisch setzte.

Jens runzelte die Stirn.

„Keine Ahnung. Ich dachte, den hast du hier hingelegt.“

Elke schüttelte den Kopf. Dann las sie leise.

„Was steht denn drauf?“, miauten Sheila und Brünó gleichzeitig.

„Das ist merkwürdig“, sagte Elke. „Da steht etwas über unser totes Kätzchen, das die Tierheimmitarbeiterin in die Pathologie nach Gießen gebracht hat. Offenbar haben sie festgestellt, dass das Tier vermutlich schon im Mutterleib an Sauerstoffmangel gestorben ist. Dann steht hier noch etwas schräg am Rand, kann ich kaum entziffern. Hier, kannst du das lesen?“

Jens kniff die Augen zusammen.

„Hm, hier steht, ob Sheila vor der Geburt unter Wehenmangel gelitten hat? Infrage kommt dann eine Überdosis Aborol, die der behandelnde Tierarzt aus Versehen gegeben haben könnte. Das verstehe ich nicht.“

Elke schaute sich den Zettel noch einmal an.

„Katzenbesitzer fragen, ob Katze Aborol erhalten hat, steht hier auch noch.“ Elke drehte den Zettel herum.

„Das war´s.“ Elke schaute zu Sheila und Bruno.

„Hast du so etwas bekommen, Sheila?“, fragte Brünó.

„Nein, ich habe wie bereits mehrfach erwähnt ausschließlich das besonders nahrhafte Futter bekommen, das speziell für trächtige Katzen entwickelt worden ist.“

„Ich rufe im Tierheim an“, sagte Elke. „Das ist wirklich mysteriös.“

Wie auf Kommando sprangen Sheila und Brünó von der Fensterbank. Sie setzten sich in den Flur neben den Schrank, auf dem das Telefon stand.

„Sie ist nicht da“, rief Elke in die Küche, nachdem sie ein paar Worte am Telefon gewechselt hatte.

„Ihre Kollegin hat gesagt, dass sie erst morgen wiederkommt. Von dem Zettel weiß sie nichts.“

Wieder tippte Elke auf dem Telefon herum.

„Wen rufst du an?“, rief Stefan aus der Küche.

„Unsere Tierärztin. Ich will wissen, was los ist.“

„Das wollen wir schon lange!“, miaute Brünó laut.

Elke schaute den Zimtfarbenen an.

„Irgendwie bist du in letzter Zeit so anders. Sonst gibst du kaum einen Laut von dir. Ja? Hallo? Hier Braunfels – ich weiß, dass es spät ist, entschuldigen Sie bitte – es geht um das tote Kätzchen, wissen Sie …“

Ungeduldig rutschte Brünó auf seinem Hinterteil hin und her.

„Sie sagt ja gar nichts!“, miaute er.

„Gar nichts ist nicht ganz zutreffend“, gab Sheila zurück. „Sie gibt menschliche Zeichen des Zuhörens von sich, dazu gehören beispielsweise die Laute hm, ach so, ja ja, sowie ein lautloses wiederholtes Kopfnicken, das Zustimmung bedeutet und …“

„Sheila!“, miaute Brünó. Sheila verstummte.

Elke legte das Telefon auf dem Schrank ab und ging in die Küche. Die beiden British Shorthair trabten hinterher und setzten sich vor den Küchentisch.

„Also, was ist los?“, fragte Jens.

„Sie kennt das Medikament“, begann Elke. „Ein Pharmavertreter würde es ihr bringen, zusammen mit dem Futter Nutri Gravidus.“

Elke hielt inne. Dann fuhr sie fort.

„Das haben wir Sheila auch gegeben. Aber Frau Wandleben hat gesagt, dass sie Sheila kein Aborol gegeben hat. Warum sollte sie auch? Es war doch alles in Ordnung und das Medikament wird nur gegeben, wenn eine Katze keine Wehen hat. Oder nicht genug.“

Brünó und Sheila gingen in den Flur. Sie waren am Zug.

„Es hat mit dem Futter und mit dem Medikament zu tun! Sheila, was heißt Überdosis?“

Brünó war kurz davor, den Speisenaufzug zu holen, um den anderen ihrer Ermittlergruppe die wichtige Information zu bringen.

„Lieber Brünó, auch wenn dich meine Ausführungen offenbar nicht mehr in dem Maße interessieren, wie sie es noch zur Zeit unserer Gefährtenschaft getan haben“ – Sheila streckte beleidigt ihre Nase in die Luft – „so musst du dennoch die Geduld aufbringen um dir anzuhören, dass wir keinesfalls den Aufzug benutzen dürfen, so lange unsere Besitzer nicht schlafen. Und um auf deine Frage zurückzukommen: Nein, ich weiß nicht, was eine Überdosis ist aber ich kann mir sehr gut vorstellen, dass der Weitgereiste im Besitz dieser Information ist."

Brünó sprang auf das Regal vor dem Aufzug. Der sogenannte Weitgereiste konnte ihn mal.

Eine Siam packt aus

Robin stand mit den Vorderbeinen auf dem Baumstamm und streckte den Hals. Seine Nasenflügel bebten, er schnüffelte an dem Teller mit Würstchen. Der Kater wusste, dass er sie nicht fressen durfte. Das war Menschenfutter. Aber vielleicht beachtete ihn niemand? Etliche Erwachsene standen auf der Wiese. Sie unterhielten sich und schauten nicht zu ihm. Die Kinder rannten umher, spielten Fußball oder warfen sich ein flache Plastikscheibe zu. Der Mann, der von Zeit zu Zeit einige der Würstchen nahm und sie auf einen Grill legte, trank aus einer Flasche.

Sommerfest hinter Leos Haus. Robin und Leo mussten sich Zugang zu der Wohnung der Jungen, vor allen Dingen zu der Wohnung von Matsche verschaffen. Für kurze Zeit hatte es so ausgesehen, als ob sie sich diesen Teil der Ermittlungen sparen könnten. Was konnten die Jungen mit dem Futter für trächtige Katzen und dem Medikament zu tun haben? Bruno und Sheila hatten ihnen vor ein paar Tagen die Neuigkeiten erzählt. Ungeklärt war allerdings nach wie vor, was es mit dem blutigen Katzenhaar in der Mülltüte auf sich hatte.

Robin leckte an einem der Würstchen.

„Hau ab!", rief der Junge, den sie Matsche nannten und klatschte in die Hände.

Robin machte einen Satz zur Seite und versteckte sich

hinter Lottes Stuhl. Die saß mit Leo auf dem Schoß in einem Liegestuhl auf der Wiese und unterhielt sich mit einer Frau.

„Wer ist das?“, fragte Robin.

„Das ist die Studentin, der die Katze hier im Haus gehört“, antwortete Leo.

„So ein großer Kater!“, sagte die Studentin, als sie Robin sah. Robin richtete sich auf und streckte seinen Kopf in die Luft. Seinen Schwanz stellte er steil nach oben. Es gefiel ihm, wenn jemand seine Größe lobte.

„Vielleicht ein Freund für meine Siam“, sagte sie und lachte.

„Ist sie denn einsam?“, fragte Lotte.

„Ich glaube schon“, antwortete die Studentin. „Etwas Gesellschaft könnte sie gut vertragen. Vor allen Dingen jetzt, wo sie die Verletzung auskurieren muss.“

Leo setzte sich auf und sprang von Lottes Schoß.

„Robin! Sie ist verletzt. Das waren bestimmt die Jungen.“

Robin kam hinter Lottes Stuhl hervor. Matsche und die anderen Jungen spielten Fußball.

„Wenn du meinst.“ Er war skeptisch. Aber nachgehen mussten sie der Spur.

„Ich könnte jetzt ein Glas Wein vertragen. Aber hier gibt´s nur Bier“, sagte Lotte und wollte aufstehen. Doch die Studentin sagte:

„Nein, nein, bleiben Sie sitzen. Ich hole Ihnen etwas, ich habe Roten und Weißen oben in der Wohnung. Was wollen Sie?“

„Weiß, bitte. Und vielen Dank. Mit Anfang 70 ist man für jede Handreichung dankbar.“

Robin schaute der Studentin hinterher.

„Komm´ mit!“, befahl er Leo. „Wir folgen der Studentin.

So kommen wir vielleicht in ihre Wohnung."

Und schon rannte er in großen Sprüngen über die Wiese.

„Was willst du bei ihr? Ich denke wir wollen in die Wohnung der Jungen?", miaute Leo, während er neben ihm herlief.

„Die Katze! Sie wird uns erzählen können, was passiert ist!"

Leo legte an Tempo zu, überholte Robin und rannte vor ihm durch die offene Tür ins Treppenhaus. Die Studentin wohnte im dritten Stock. Robin und Leo warteten auf dem Treppenabsatz ein paar Stufen tiefer, bis die Frau in ihre Wohnung ging. Kurze Zeit später kam sie wieder heraus, in den Händen Weingläser, eine Flasche und zwei Tüten. Sie versuchte, die Tür mit dem Ellenbogen zu schließen. Es gelang ihr nicht. Sie ließ die Tür halb offen stehen und lief die Treppen hinunter.

Eng an den Boden geduckt liefen die beiden Kater über den Hausflur. Schon durch den Türspalt rochen sie die fremde Katze. Im Wohnungsflur war es hell, es war Nachmittag. Alle Türen bis auf eine waren geöffnet. In der verschlossenen Tür war eine Glasscheibe, sie war weiß wie Milch. Durch die Scheibe sahen sie den Schatten der Katze.

„Hallo", miaute Robin.

Der Schatten schwieg.

„Hallo, ich bin Leo. Ich wohne auch hier im Haus, ganz unten."

„Hallo. Wie seid ihr hier hereingekommen?" Die Katze drückte ihre Nase an die Scheibe.

„Deine Besitzerin hat die Tür offen gelassen."

„Warum?"

„Weil sie die Hände voll hatte. Gläser, Flaschen und so was."

„Warum?"

„Weil ihr hier das Sommerfest habt“, antwortete Leo. „Wusstest du das nicht?“

„Nein. Was ist ein Sommerfest?“

Robin schnaubte.

„Das ist egal“, brummte er mürrisch. Er wollte sich hier nur so lange aufhalten, bis sie die für den Fall wichtigen Informationen hätten. Dafür war es nicht nötig, einer unerfahrenen Katze die Welt zu erklären.

„Bist du verletzt?“, fragte er barsch.

Die Katze schwieg. Ihr Schatten verschwand.

„Du hast sie erschreckt“, miaute Leo vorwurfsvoll. „Jetzt sagt sie nichts mehr.“

Er kratzte mit der linken Vorderpfote an der Tür.

„Weißt du, was dir passiert ist, dafür kannst du nichts.“ Er lauschte durch die Tür. „Wir wollen dir helfen.“ Der Schatten erschien wieder.

„Wie?“, fragte die Katze.

„Du …“ begann Robin.

„Lass´ mich das machen“, unterbrach ihn Leo. Dann ging er so dicht wie möglich an die Scheibe und miaute leise:

„Wir finden den, der das getan hat.“

„Oder die“, fügte Robin der Vollständigkeit halber hinzu.

„Du kannst uns helfen. Bitte, erzähl´ doch, was passiert ist.“

Die Katze schwieg. Dann verschwand ihr Schatten. Plötzlich flog er durch die Luft auf die Tür zu. Es klackte, die Klinke wurde von innen heruntergedrückt. Da stand die Siam.

Robin und Leo erschraken. Auf ihrer rechten Schulter war eine Fläche, so groß wie vier Katzenpfoten, die kahl und blutig war.

„Ihr müsst nicht nach der suchen, die das getan hat. Sie steht vor euch.“ Die Siam senkte den Blick zu Boden.

„Du?“, miauten Robin und Leo im Duett.

„Ich habe mir selbst die Haare ausgerissen, ja“, fauchte die Katze. „Was kümmert es euch?“

Sie setzte sich und begann, sich an der wunden Stelle zu lecken.

„Hör′ auf!“, fauchte Leo zurück. „Wie kannst du dich nur selbst verletzen?“

„Es kümmert sich niemand um mich. Den ganzen Tag bin ich alleine. Ich glaube auch nicht, dass meine Besitzerin mich mag. Sonst würde sie mich nicht alleine lassen.“

Nachdem sie einmal angefangen hatte, miaute die Katze zunehmend schneller.

„Immerhin sorgt sie dafür, dass der Junge kommt, um mir etwas zu fressen zu geben, wenn sie nicht da ist, und sie ist oft weg. Er ist zwar nicht die beste Gesellschaft, aber schließlich kann ich sie mir nicht aussuchen, er ist meine einzige Gesellschaft.“

„Der, den sie Matsche nennen?“, fragte Leo nach.

„Genau, und manchmal bringt er Freunde mit. Wenn der Junge mir das Futter gibt, schmeckt es anders, als wenn es von ihr kommt, irgendwie bitter, aber was soll ich machen, schließlich muss ich doch fressen, ich kann doch nicht raus und muss das nehmen, was man mir vorsetzt, ich meine …“

„Halt!“, rief Robin. Die Katze hatte sich mehr und mehr in ihr Miauen hineingesteigert und hörte sich mehr wie eine schnatternde Ente als eine seiner Artgenossinnen an.

„Na bitte!“, miaute Leo triumphierend. „Das ist unser Mörder!“

„Mörder?“, fragte die Katze und wich ein paar Schritte zurück. Offenbar hatte der Schreck ihr das Geschnatter verschlagen.

„Denk doch mal nach!“, schalt Robin. „Noch wissen wir nur, dass ihr das Futter nicht schmeckt, wenn Matsche es ihr gibt. Bisher ging es dem Mörder um trächtige Katzen. Wir müssen Gewissheit erlangen.“

Die Siam kam wieder näher.

„Aber wenn der Junge gefährlich ist - er kommt fast jeden Tag - er wird mich töten!“, schnatterte die Katze in hohen Tönen wieder los.

„Pssst!“, zischte Robin, der befürchtete, dass Hausbewohner das Geschrei hören könnten.

„Das ergibt keinen Sinn“, miaute Leo leise. Er trabte zur Wohnungstür und schaute hinaus in das Treppenhaus.

„Alles still.“

Robin folgte dem Roten bis zur Wohnungstür, wo die Katze ihn nicht hörte.

„Sie ist hysterisch“, urteilte er. „Die Katze weiß nicht, was sie miaut.“

Dann ließ er den Kopf sinken. Mitgefühl wallte ihn ihm auf. Sie konnte nichts dafür. Es war die Studentin, die sie hier in der Wohnung einsperrte. Und nun konnte sie nicht anders, als gegen sich selbst wütend zu sein. Robin schlug seine Krallen in die Flurwand und fetzte ein Stück Tapete ab. Besser, sie würde ihre Wut an den Dingen in der Wohnung auslassen! Möglicherweise schwebte sie in Gefahr, wenn Matsche tatsächlich der Täter war. Die Siam machte nicht den Eindruck, als ob sie für sich selbst sorgen könnte.

„Wir müssen uns um sie kümmern“, miaute Leo leise.

„Ich weiß!“, knurrte Robin wütend. Er rührte sich nicht von der Stelle. Ihm fiel nichts ein, was sie hätten tun können. Da sagte der kleine Kater:

„Ich schlage vor, dass wir herausbekommen, wann die Studentin das nächste Mal weg ist. Dann wissen wir, wann Matsche kommt. Wir müssen zur selben Zeit hier sein und aufpassen.“

Dankbar leckte Robin ihm über ein Ohr.

Die Katze wusste, dass die Studentin schon morgen den Tag über weg sein würde. Sie erzählte Robin und Leo sogar, dass Matsche um die Mittagszeit kommen würde.

„Ähem“, sagte sie dann. „Entschuldigung, dass ich etwas …“

„… überdreht war?“, assistierte ihr Robin.

„Ja. Aber ihr müsst verstehen, dass ich große Angst habe, ich habe hier niemanden, der mir hilft, wenn meine Besitzerin nicht da ist, ihr dagegen habt euch und seid starke Kater.“

„Alles wird gut“, unterbrach sie Leo.

Am nächsten Vormittag kauerten Robin und Leo unter der Tanne vor Leos Wohnhaus. Durch die herabhängenden Zweige spähten sie zu der Haustür. Sie mussten warten, bis jemand in das Haus hineinging oder aus dem Haus herauskam.

Zwei von Matsches Freunden liefen über den Gehweg und gingen auf die Haustür zu.

„Jetzt!“ Robin ging in die Knie und huschte geduckt hinter das Mülltonnenhäuschen. Leo folgte ihm. Von dort war es nicht ganz so weit zur Haustür wie von der Tanne.

Die beiden Jungen schlossen die Tür auf und verschwanden im Treppenhaus. Robin und Leo rannten auf die Tür zu, die langsam zufiel. Im letzten Moment liefen sie durch den Spalt.

Sie hatten die Treppe in den zweiten Stock genommen, als die Jungen johlend hinter der nächsten Kehre hervorsprangen.

„Sie haben auf uns gewartet!“, schrie Leo und machte eine 180-Grad-Kehre auf den Hinterpfoten.

„Wir müssen abhauen!“, miaute Robin laut. Doch bevor er Leo hinterherrannte, fauchte er die Jungen an. Der eine zückte eine Zwille. Robin flüchtete hinter Leo die Stufen hinunter, als ihn ein stechender Schmerz im Hinterlauf aufjaulen ließ.

Leo, der schon auf dem Weg in den Keller gewesen war, wo sie sich zweifelsohne in einer der vielen Nischen hätten verstecken können, drehte um.

„Was ist?“, schrie er. Vielleicht hörte ihn jemand, vielleicht machte das den Jungen Angst. Er musste alles ausprobieren.

„Sie haben mich getroffen“, jaulte Robin ebenso laut.

Da öffnete sich eine der Wohnungstüren.

„Was ist das für ein Lärm hier?“, rief der Mann, der die Würstchen auf den Grill gelegt hatte. Die Jungen blieben stehen, die Blicke auf den Fußboden gesenkt.

„Ihr? Wollt ihr zu Matsche?“

„Ja, genau!“, antwortete der eine.

„Der hat keine Zeit. Der muss sich Geld verdienen.“

„Das ist Matsches Vater!“, miaute Leo leise. Er und Robin hatten sich auf den nächst tieferen Treppenabsatz zurückgezogen und verfolgten von dort das Gespräch.

„Wann hat er wieder Zeit?“, fragte der andere.

„Zuerst muss er die Katze füttern, dann das Katzenklo ausleeren und sauber machen, also vielleicht in einer halben Stunde“, antwortete der Vater. „Ihr könnt später wiederkommen.“

Die beiden zogen ab. Leo und Robin flüchteten in den Keller. Robin hinkte, sein rechter Hinterlauf schmerzte, doch er biss die Zähne zusammen. Im Keller angekommen drückten sie sich unter einer Tür durch, die aus einzelnen Latten bestand. In dem dunklen Raum fühlten sie sich geschützt. Robin betrachtete sein Hinterbein. Es blutete. Er leckte es und nach einer Weile hörte es auf zu bluten. Der Schmerz ließ nach.

„Wir haben keine Zeit!“, miaute Leo drängend. „Du hast gehört, dass Matsche die Katze füttert.“

Wieder drückten sie sich unter der Tür durch und liefen die Treppen hinauf. Robin jammerte leise, jedes Mal, wenn er sich mit den Hinterbeinen von einer Stufe abstieß, um auf die nächsthöhere zu springen. Endlich waren sie im dritten Stock. Die Tür zur Wohnung der Studentin war angelehnt. Das konnte nur bedeuten, dass Matsche schon drin war. Mit den Köpfen schoben sie die Wohnungstür weiter auf und lauschten gespannt in das Innere.

Matsches Stimme tönte aus dem Raum, in dem sie die Küche vermuteten. Sie schlichen in den Flur und der Schatten der Katze erschien hinter der Scheibe.

„Hallo!“, miaute sie laut. „Gut, dass ihr da seid.“

„Schon gut, bin ja gleich fertig“, rief Matsche aus der Küche. „Jammer hier nicht so rum, sonst kriegst du gar nichts.“

Die Katze verstummte.

Robin und Leo schlichen zur Küchentür. Ein gutes Versteck wäre unter dem Küchenschrank, auf dem der Junge mit etwas herumhantierte. Doch von dort sahen sie nicht, was Matsche machte. Da stieß Leo Robin mit dem Kopf an und stellte sich mit den Vorderpfoten auf einen niedrigen Schrank, der im Flur stand. Darüber hing ein Spiegel. In dem Spiegel konnten sie alles genau beobachten:

Der Junge nahm den Futternapf vom Boden auf, stellte ihn in die Spüle und goss Spülmittel hinein. Dann gab er Wasser dazu und reinigte den Napf. Dabei verursachte er so viel Schaum, dass die Schüssel darin nicht mehr zu sehen war. Schließlich trocknete er sie mit einem Tuch ab und füllte aus einer kleinen Tüte Nassfutter hinein. Er stellte den Napf wieder auf den Boden. Dann drehte er sich um.

Robin und Leo erschraken. Sie krochen unter den kleinen Schrank im Flur. Kaum reichte der Platz für zwei. Leos rotes Hinterteil schaute ein Stück hervor.

Dafür hatte Matsche keine Augen. Er öffnete die Tür mit der Scheibe und sagte zu der Katze:

„Friss."

Dann setzte er sich auf einen Küchenstuhl und beobachtete die Siam, wie sie sich über das Futter hermachte. Eine Weile war nur das Schmatzen zu hören. Matsche saß regungslos auf seinem Stuhl und ließ kein Auge von der Katze.

„Wieso bewegt er sich nicht?", wisperte Leo Robin ins Ohr.

„Psst", flüsterte Robin.

„Na, schmeckt´s?", fragte der dicke Junge. Dann seufzte er. „Du musst auch immer alleine fressen."

Die Siam unterbrach ihre Mahlzeit und schaute ihn an.

„Wieso `auch´?", miaute sie.

Wieder seufzte Matsche.

„Vielleicht bringe ich mein Essen mal mit hier her, dann sind wir beide nicht mehr alleine."

Die Katze wandte sich wieder ihrem Fressnapf zu.

„Weißt du, wie Scheiße es ist, wenn man den ganzen Tag alleine ist? Klar weißt du das. Papa und Mama arbeiten und kommen erst nachmittags nach Hause. Einen Bruder oder eine Schwester habe ich nicht."

„Hast du keine Freunde in der Schule?", miaute die Siam. Sie hatte den Napf blank geleckt, saß vor Matsche auf dem Küchenfußboden und schaute ihn mit großen, grünen Augen an.

„Und in der Schule hänseln sie mich. Es ist so schlimm, wenn ich im Schwimmunterricht die Badehose anziehen soll und sie dann Witze über meinen dicken Bauch machen.“

Matsche schniefte und wischte sich über die Augen.

„Dabei esse ich doch nur so viel, weil ich mich alleine fühle. Dann habe ich einen solch großen Hunger, als ob ich niemals satt werden würde.“

Die Siam drehte den Kopf zum Flur und schaute Robin und Leo an, die von ihrem notdürftigen Versteck unter der Kommode die Szenerie beobachteten.

„Was soll ich jetzt machen?“, miaute sie in den Flur hinein. „So war er noch nie. Sonst hat er mir das Futter wortlos hingestellt und ist wieder gegangen.“

Robin und Leo antworteten nicht, um sich nicht zu verraten.

„Okay, okay“, fuhr Matsche fort, ohne auf das Miauen zu achten. „Ich habe hier in den Nachbarhäusern ein paar Freunde.“ Er machte eine Pause und holte tief Luft. „ Aber es reicht einfach nicht.“

Dann brach er in Tränen aus.

„Das kenn´ ich“, miaute die Siam los. „Immer, wenn meine Besitzerin nicht da ist, fühle ich mich so alleine, dass mir gar nichts anderes hilft, als ganz laut zu weinen, aber manchmal bin ich auch nicht traurig, sondern so wütend, dass mir wiederum gar nichts anderes hilft, als so laut ich kann zu meckern, und wie du weißt ist es so, dass sie ganz oft weg ist und weil sie so oft weg ist, muss ich ganz oft meckern.“

Robin kroch unter der Kommode hervor.

„Was machst du? Er kann dich sehen!“, miaute Leo warnend.

„Das ist jetzt egal“, antwortete Robin. „Oder glaubst du immer noch, dass Matsche etwas mit den beiden toten Kätzchen zu tun hat? Die blutigen Katzenhaare in der Mülltüte, das hat sich die Katze selbst angetan, wie wir wissen."

„Aber der merkwürdige Geschmack des Futters, erinnerst du dich?", wandte Leo ein. Noch weigerte er sich, seinen Schutz unter dem kleinen Flurschrank zu verlassen.

Matsche hörte auf zu weinen. Erstaunt betrachtete er die beiden Kater.

Für alle Fälle duckte Robin sich an den Boden, bereit, sofort wegzulaufen, falls der Junge sie angreifen sollte. Aber in dessen Verhalten war nichts Angriffslustiges.

Da kam auch Leo unter der Kommode hervor und lief in die Küche. Er schnüffelte an dem leeren Napf. Er roch Kalbfleisch, aber da war noch ein anderer Geruch, der ihn in die Nase stach. Er kam ihm bekannt vor.

„Jetzt haben wir auch den merkwürdigen Geschmack des Futters aufgeklärt!", rief er und sprang auf die Spüle. Dort stand eine Flasche mit Spülmittel. Derselbe Geruch, keine Frage.

„Spülmittel!", rief triumphierend.

„Was ist mit dem Spülmittel?", fragte die Siam.

Leo setzte sich vor die schwarzohrige Katze, hob seine linke Vorderpfote und dozierte:

„Lotte, das ist meine Besitzerin, nimmt dasselbe Spülmittel. Aber sie spült meinen Napf nach dem Waschen unter Wasser ab. Deshalb schmeckt mein Futter nicht danach. Matsche hat das nicht gemacht."

Der Junge hatte sich wieder auf seinen Stuhl gesetzt und drehte den Kopf von einer Katze zur anderen. Plötzlich fing er wieder an zu weinen.

„Eigentlich will ich euch gar nichts tun", flennte er. „Ihr seid doch lieb. Aber wenn meine Freunde dabei sind, dann ..." Er machte eine Pause, bevor er weiterredete. „Ach, was soll's, ihr versteht mich eh nicht. Wenn die dabei sind, kann ich nicht lieb und nett zu euch sein. Die denken dann, ich bin ein Weichei.“

Es verging noch einige Zeit, bis Matsche aufstand. Er streichelte den Katern sogar über den Rücken, bevor er sie in das Treppenhaus entließ.

Vor der Haustür blieben Robin und Leo stehen. Schweigend blickten sie nach oben zu dem Fenster, an dem die Siamkatze saß und ihnen nachschaute. Die Jungen schieden als Verdächtige aus.

Ein Kater wagt noch mehr

Streuners Lefzen zitterten. Sollte er knurren oder schnurren? Hektisch putzte er seinen verfilzten Schwanz, damit konnte er nichts falsch machen. Die ausgestreckte Hand Amalies ließ er dabei nicht aus den Augen. Wenn es die Hand alleine gewesen wäre, hätte sich Streuner schnell entschieden: Knurren, und wenn das nichts geholfen hätte, ein gezielter Hieb mit den ausgefahrenen Krallen.

Aber in Amalies Hand lag eine Wurstscheibe. Streuner schnüffelte mit lang gestrecktem Hals, nachdem er seine Schwanzpflege beendet hatte. Die letzte Amsel war Stunden her.

„Komm´ schon“, sagte die Tierpflegerin. „Seit vier Wochen kommst du fast täglich hierher, sitzt hier rum, und hast dich nicht einmal anfassen lassen. Geschweige denn, dass du etwas gefressen hättest.“

Das Telefon klingelte. Amalie ließ die Wurstscheibe auf den Fußboden fallen und verschwand hinter dem Tresen.

Streuner duckte sich an den Boden und tastete sich Schritt für Schritt nach vorne. Dann versuchte er, die Wurst aufzunehmen. Sie lag platt auf den glatten Fliesen, vergeblich schubste er mit der Nase daran. Er leckte mit seiner rauen Zunge über die Scheibe und schon rollte sich der Rand nach innen. Mit der Wurstscheibe im Maul sprang der

Kater ein paar Sätze zurück vom Schreibtisch. Dann schüttelte er die Wurst wie eine erlegte Maus hin und her, bevor er sie verschlang.

„Ja, Klaus, ich habe einiges in Erfahrung bringen können", sagte Amalie ins Telefon.

Streuner sprang auf den Tresen.

„Die Katze, von der ich dir erzählt habe, weißt du, die British Shorthair … genau die, sie hat kein Aborol erhalten, hat mir ihre Tierärztin versichert. Sie hat der Katze, als sie trächtig war, nur ein spezielles Futter gegeben … aha … soso."

„Fang nicht wieder damit an!", fauchte Streuner Amalie an.

„Jetzt reicht´s aber!", sagte Amalie laut und wedelte energisch mit der Hand in seine Richtung. Streuner legte die Ohren an, wich aber nicht zurück.

Amalie lauschte.

„Nein, doch nicht du, Klaus", sagte sie. „Ich meine den Kater hier, der ist so komisch. Seit Wochen kommt er täglich her und lungert hier rum, immer in meiner Nähe, und wenn ich ihn streicheln will oder ihm sonst irgendwie zu nahe komme, ist er aggressiv."

Streuner stellte seine Ohren wieder auf und kauerte sich auf dem Tresen zusammen. Dann biss er die Zähne fest aufeinander und ermahnte sich selbst, Amalie nicht mehr zu unterbrechen.

„Also, wo waren wir? Ach so, du hast gesagt, das Futter, das ihr verwendet, heißt Nutri Gravidus? Ja, das ist dasselbe, das die British Shorthair bekommen hat. Und weißt du, was ganz besonders komisch ist? Dieselbe Firma, die das Futter herstellt, produziert auch das Medikament Aborol. Wie?" Amalie schwieg.

„Ich weiß, dass ich das schon mal erzählt habe", sagte

sie dann. „Aber damals wusste ich noch nicht, was eine Überdosis Aborol anrichten kann, nämlich Frühgeburten, und zwar meistens mit toten Kätzchen. Das kann doch kein Zufall sein.“

Streuner stand auf. Seine borstigen Rückenhaare sträubten sich wie ein Kamm.

Amalie schaute ihn an. Dann runzelte sie die Stirn und sagte:

„Wer bringt euch immer die Medikamente? Nein, ich meine den Pharmaberater.“ Sie zog eine Schublade auf und kramte darin herum. Dann schob sie sie wieder zu und zog sich einen weißen Kasten heran, der neben dem Bildschirm auf dem Schreibtisch stand. Sie klappte ihn auf und blätterte Karten durch.

„Ich finde die Adresse nicht, kommt ja nicht so häufig vor, dass wir dort was bestellen. Kannst du bitte auch mal nachschauen? Alles klar, dann mach´s erst mal gut.“

Streuner sprang vom Tresen und lief zur Tür. Er musste zurück, um Sheila und den anderen Katern diese Nachricht mitzuteilen! Dann machte er kehrt und setzte sich in die Mitte des Raumes. Sein Schwanz peitschte von einer zur anderen Seite. Was sollte er tun? Das Futter und das Medikament gehörten zusammen. Zweifellos war das die wichtigste Information, die sie bisher erhalten hatten und damit waren sie dem Kätzchenmörder auf die Spur gekommen. Was ihnen fehlte, war der Name.

„Es ist das Futter. Nutri Gravidus. Speziell für trächtige Katzen.“ Streuner sprang aus dem Aufzug. „Jemand macht etwas mit dem Futter. Und es ist das Medikament. Aborol. Auch für Katzen, die Junge bekommen. Wenn sie zu viel davon bekommen, sterben die Jungen.“

Er setzte sich neben Sheila und begann, sich mit dem

Maul Kletten aus dem Fell zu zupfen.

„Das ist es! Das ist es!“, miaute Leo laut und lief aufgeregt um die Gruppe herum.

„Wir haben den Fall gelöst!“, schloss sich Bruno an und streckte seinen breiten Kopf in die Luft.

Robin stand auf. Es war Nacht, der Mond schien durch die Fenster und warf die Schatten der Kater an die kahlen Wände. Robin hörte das gedämpfte Zirpen der Grillen von draußen und ihm lief das Wasser im Maul zusammen. Wann hatte er das letzte Mal eine Grille gefangen? Er spürte schon das Knirschen zwischen den Zähnen. Die schnellen Hüpfer zu fangen, erforderte eine besondere Kunst. Schweif nicht ab, schalt er sich selbst und miaute, was er miauen musste:

„Ich habe zwar noch nie einen Mörder gejagt, aber ich stelle mir das so vor, dass man am Schluss einen Täter hat.“

Robin schaute in die Runde.

„Ich fasse zusammen: Wir wissen, dass das Alleinfuttermittel für trächtige Katzen, Nutri Gravidus, zusammen mit dem Medikament Aborol zu den Fehlgeburten geführt haben muss. Wir wissen, dass Schmitz bei einer Firma arbeitet, die solches Futter und so ein Medikament herstellt. Was wir allerdings nicht wissen, ist, welche Firma genau Nutri Gravidus herstellt.“

Robin schluckte. Ihm fiel auf, dass sie etwas Entscheidendes bei ihren bisherigen Recherchen übersehen hatten. Er selbst hatte die Idee eingebracht, ob Schmitz ihnen mit seinem Fachwissen einen Tipp geben könnte. Was, wenn Schmitz selbst der Täter war? Er arbeitete bei einer Firma, die Futter und Medikamente für Katzen herstellte.

„Wir haben einen Fehler gemacht“, begann er. Dann korrigierte er sich.

„ICH habe einen Fehler gemacht.“

Vier Kater- und Katzenköpfe drehten sich in seine Richtung.

„Vielleicht ist Schmitz unser Mann."

Sheila kniff ihre Augen zusammen.

„Werter Robin, ich habe zwar noch nie einen Mörder gejagt, aber ich stelle es mir so vor, dass derjenige einen gewichtigen Grund haben muss, zu töten. Welchen könnte Herr Schmitz haben?"

Leo kam Robin zuvor.

„Welchen Grund hätte Mankowski?", fragte er.

„Er kann uns Kater und Katzen nicht leiden", sagte Robin. „Und besonders freundlich war Schmitz auch nicht zu uns."

„Das stimmt", bestätigte Leo.

Robin fuhr fort:

„Wichtig ist, dass wir wissen, Gefahr droht nun von zwei Seiten: Mankowski oder Schmitz."

„Wenn Amalie uns endlich den Namen des Pharmaberaters sagen würde hätten wir Gewissheit." Robin schaute in die Runde.

Der letzte Beweis fehlte ihnen noch immer. Bruno ließ den Kopf sinken. Streuner, der ihnen die Nachricht überbracht hatte, saß neben Sheila und schwieg.

„Ich bin der festen Überzeugung, dass wir in kürzester Zeit den Namen desjenigen herausfinden werden, der unserer Art all diese schrecklichen Dinge angetan hat – Dank dir." Sheila schaute Streuner in die Augen. Der Schwarz-Weiße begann zu schnurren.

„Moment mal!", protestierte Brünó laut. Er stellte sich breitbeinig vor Sheila hin. „Ich habe auch ermittelt. Hast du etwa die Mäuse vergessen, die wir in Mankowskis Wohnung ausgesetzt haben?"

„Das ist doch noch gar nichts!", maulte Leo. „Was ich

schon alles getan habe! Soll ich das mal aufzuzählen?“

Patsch!

„Auuuu!“, schrie der Rote und wich einen Schritt vor dem dicken British Shorthair zurück. Der hatte ihm einen Hieb mit der Tatze auf den Hintern versetzt.

„Sag´ sofort, dass dir das leid tut!“, knurrte Leo und wandte sich Bruno mit angelegten Ohren zu.

„Bestimmt nicht!“, fauchte der und sträubte sein Fell, was seine Silhouette noch runder erscheinen ließ.

Leo sprang auf ihn zu, hob in der Luft beide Vorderpfoten, fuhr die Krallen aus und hieb sie dem Dicken links und rechts ins Gesicht. Bruno wich jaulend zurück und duckte sich an den Boden.

Leo machte erneut einen Sprung auf ihn zu und prallte gegen Robin. Der hatte sich wie ein Stein vor Bruno gestellt. Nicht, weil er ihn schützen wollte, sondern weil er diesen welpischen Auseinandersetzung ein Ende bereiten wollte.

Da ergriff Sheila das Wort. Sie sei Schuld an dem Zwist, weil sie Brünós Eifersucht geweckt habe, indem sie Streuner ihm vorgezogen habe. Dann ging die British Shorthair auf ihren einstigen Gefährten zu und rieb ihren Kopf an seinem. Streuner sprang auf die Pfoten und sträubte sein Rückenhaar, wurde aber durch ein Fauchen von Robin zur Räson gerufen. Leo stellte sich neben Robin und war froh, nicht mehr in der Schusslinie zu stehen. Brünó streckte seinen Kopf in die Höhe und schenkte dem Schwarz-Weißen einen durchdringenden Blick. Streuner wich einen Schritt zurück.

Nachdem die Lage entschärft war, konnten sie endlich daran gehen, weiter zu planen. Streuners Ermittlungen kam eine große Bedeutung zu, gab Robin schließlich zu.

„Weil wir den Namen brauchen, weil Amalie den Namen kennt und Streuner am besten weiß, wie man Informationen von Amalie bekommt."

Niemand wagte mehr, ihrem Anführer zu widersprechen.

„Kannst du möglichst bald wieder ins Tierheim laufen? Wir sind so dicht dran, wir brauchen den Namen", fragte er Streuner.

Streuner nickte. Robin entspannte sich.

„Und kannst du bitte so lange dort bleiben, bis du den Namen hast?"

Streuner schüttelte den Kopf.

„Warum nicht?" Robin legte die Ohren an und machte seinen Schwanz buschig. Wenn es sein sollte, dann würde er den Schwarz-Weißen hier an Ort und Stelle zur Räson bringen.

Streuner schaute Sheila an.

„Deswegen", knurrte er.

„Weswegen?", miaute Leo.

„Er will sich nicht so lange von Sheila trennen", sagte Bruno. In seinem Miauen lag nichts Trauriges oder Wütendes mehr.

„Ich kann das sehr gut verstehen. Mach´ dir keine Sorgen, Streuner, ich passe so lange auf Sheila auf."

Sheila stieß Brünó erneut mit dem Kopf an, dann ging sie zu Streuner und leckte ihm über das Ohr.

„Liebster weit gereister Streuner", miaute Sheila leise. „Ich bin so glücklich, dass du dich in meiner Gesellschaft ebenso wohl fühlst wie ich in deiner und versichere dir, dass es mir in keiner Minute anders ergeht, wenn du mich mit deiner Gegenwart beglückst. Deshalb fällt es mir auch unsäglich schwer, dich zu bitten, der Aufforderung unseres Anführers zu folgen und deine Kräfte ein letztes Mal in den Dienst der Ermittlungen zu stellen." Sheila senkte kurz den Kopf und betrachtete ihren Bauch.

„Wenn es dir immer noch schwer fallen sollte, dich dafür zu entscheiden, so motiviert dich möglicherweise die Neuigkeit, dass ich wieder trächtig bin. Tu es bitte für unsere Kätzchen.“

„Oder vielleicht für unsere!“, miaute Brünó.

Sheila senkte den Kopf.

„Kann das sein?“, knurrte Streuner.

„Das werden wir sehen, wenn es so weit ist“, fuhr Robin dazwischen. „Aber damit es so weit kommt, müssen wir jetzt endlich voran machen. Also was ist, Streuner?“

Der Schwarz-Weiße warf Sheila einen langen Blick zu und berührte ihren Bauch mit der rechten Vorderpfote. Dann stand er auf und lief zum Speisenaufzug.

„Alles klar, ich mach´s.“

Streuner stand auf der Böschung an der Landstraße, die nach Hoch-Weisel führte. Die Piste führte von dem Kreisel am Rand des Buchwaldes entlang zu dem Butzbacher Stadtteil und war heute Abend kaum befahren. Trotzdem war der schwarz-weiße Kater nicht sofort auf die andere Seite gelaufen, sondern hatte sich auf der Böschung am Waldrand hingesetzt. Er hob die rechte Vorderpfote, spreizte seine Zehen und leckte seine Ballen. Sie waren schmutzig, kaum schimmerte das ursprüngliche Rosa hindurch. Etwas Dunkelrotes mischte sich in den Schmutz, den Streuner ableckte. Seine Pfoten bluteten.

Seit sie letztens zusammen beraten hatten, waren viele Tage vergangen, an denen er mehrmals zum Tierheim hin und wieder zurück gelaufen war. Aber den Namen des Mannes, der regelmäßig die Medikamente und das Katzenfutter in das Tierheim brachte, hatte er bisher von der Mitarbeiterin nicht zu hören bekommen. Streuner knurrte wütend, als er daran dachte, dass Sheila und er sich in den vergangenen Tagen stets nur kurz hatten sehen können, heimlich, in der leeren Wohnung. Er wurde noch wütender, als er daran dachte, dass sie sich vielleicht gerade jetzt mit dem dicken Bruno vergnügte. Er sehnte sich danach, mit ihr durch den Weiseler Wald zu jagen, über Baumstämme zu springen und Mäuse zu fangen.

Ein Auto fuhr auf der Straße heran. Etwa auf der Höhe, wo sich Streuner im Schutz des hohen Grases duckte, wurde es langsamer und bog in einen Feldweg ein, der nach etwa zwanzig Katzensprunglängen endete. Dort blieb der Wagen stehen. Streuner hatte den Wagen schon öfter hier gesehen. Doch bisher hatte er nie angehalten, sondern war stets geradeaus in den Wald weitergefahren, obwohl da kein Weg mehr war. Unschlüssig peitschte Streuner mit dem Schwanz. Das ging ihn nichts an. Er sollte sich sputen, zum Tierheim zu kommen.

Ein Mann stieg aus und pinkelte im hohen Bogen ins Feld. Es war Schmitz.

Streuner duckte sich und huschte zu dem Wagen. Das war einer ihrer Verdächtigen. Wenn der in der Nähe des Tierheims mit dem Auto immer wieder im Wald verschwand, dann sollte er der Sache auf den Grund gehen.

Die Fahrertür stand offen. Lautlos sprang er auf den Vordersitz. Nur das Plätschern des Urinstrahls war zu hören. Streuner kletterte über die Lehne des Sitzes nach hinten. Dort verbarg er sich zwischen Kartons, die aufeinander gestapelt waren.

Der Mann stieg wieder ins Auto und knallte die Tür zu. Holpernd fuhr der Wagen weiter. Ein Karton rutschte von dem Stapel, hinter dem sich Streuner versteckte. Der Kater sah ihn auf sich zu fallen und verbarg den Kopf unter seinen Vorderpfoten. Aber nichts geschah. Der Karton hatte sich zwischen zwei anderen verkantet.

Der Wagen hielt an, der Mann stieg aus. Die Heckklappe wurde geöffnet. Der Karton über ihm schützte den Kater vor den Blicken des Mannes. Kisten wurden herausgezogen. Schritte entfernten sich. Streuner richtete sich auf und stemmte seinen Kopf gegen den Karton über ihm. Er schob ihn zur Seite, zwängte sich durch den schmalen Spalt und sprang durch die Kofferraumtür nach draußen. Ein paar Sprünge entfernt ein kleiner Holzschuppen im Wald, die Eingangstür angelehnt. Streuner huschte von Stamm zu Stamm. Als er die letzte Deckung erreicht hatte, hielt er inne. Mit leeren Händen trat Schmitz wieder aus der Hütte und ging zu seinem Auto. Streuner rannte in den Schuppen.

Der Raum war groß genug für einen Tisch und einen Stuhl. Im hinteren Teil lag ein großer Haufen leerer Kartons, an den Wänden stapelten sich bis unter die niedrige Decke die gleichen Kisten, die im Kofferraum des Autos standen. Streuner konnte nicht lesen, was auf den Kartons stand. Aber er sah Bilder: Auf der einen Hälfte der Behältnisse war jeweils ein Katze abgebildet, um die sich kleine Kätzchen scharten; die Katze leckte sich das Maul. Auf der anderen Hälfte waren ebenfalls kleine Kätzchen auf jeder Kiste, aber sie waren mit einem dicken, roten Kreuz durchgestrichen.

„Ist das schwer!“, hörte Streuner die Stimme des Mannes durch die angelehnte Tür. Mit drei Sätzen war er bei einem der leeren Kartons und kroch hinein. Durch einen Schlitz in der Pappwand sah er Schmitz in die Hütte kommen.

Der Mann stellte die Kisten zu den anderen auf die Stapel und öffnete zwei Kartons. Aus dem einen nahm er mehrere Tüten mit Katzen-Nassfutter, aus dem anderen eine kleine Flasche mit klarer Flüssigkeit. Mit einer Spritze zog er einen Teil der Flüssigkeit auf, nahm eines der Tütchen, stach die Kanüle hinein und leerte den Inhalt der Spritze in das Futter. Dann nahm er eine Tube mit Kleber und verschloss mit der durchsichtigen Masse die Einstichstellen. Er legte die Tüte auf einen Haufen anderer Tüten am Rand des Tisches. Eine ganze Weile fuhr Schmitz in seinem Tun fort.

„So so“, sagte er schließlich halblaut zu sich selbst und betrachtete den Tütenhaufen. „Jetzt geht es richtig los. Bei den ersten beiden hat es gut geklappt, aber das waren nur Testläufe. Die werden sich noch umschauen. Mich einfach abzuservieren. Ich muss nur noch die Infusion vorbereiten.“

Streuner hatte nicht alles verstanden. Infusion? Was bedeutete das Wort? Der Kater sagte es sich mehrere Male vor, um es nicht zu vergessen. Längst war ihm klar, dass er hier den Kätzchenmörder vor sich hatte. Hier war das Katzenfutter und hier war etwas, das kleine Kätzchen auf keinen Fall bekommen durften. Dafür standen die roten Kreuze auf dem Karton. Aber warum? Was Streuner noch viel mehr beunruhigte: Offensichtlich wollte Schmitz die präparierten Futtertüten in großem Stil unter die trächtigen Katzen verteilen. Sie mussten ihn aufhalten.

Während der Kater seine Gedanken sortierte, schritt Schmitz zur nächsten Tat. Er stellte eine Reihe von großen Flaschen auf den Tisch und füllte auch hier die klare Flüssigkeit ein, indem er die Kanüle durch den Gummideckel stach.

Streuner hatte genug gesehen und er kannte den Namen des Mörders. Er musste zurück und die Informationen den anderen mitteilen. Schmitz verstaute die Tütchen und Fläschchen wieder in die Kartons. Dann nahm er sie unter den Arm und verließ die Hütte.

Streuner sprang aus dem Karton und sah, dass es einer derjenigen war, auf dem die kleinen Kätzchen rot durchkreuzt waren. Unter dem Bild jede Menge schwarze Linien und Striche. Eine Zeile war größer und schwärzer als alle anderen. Streuner vermutete, dass das der Name war. Auch auf den Laschen des Kartons waren diese Bilder und Zeichen, nur kleiner. Er biss in eine Lasche, die besonders lose herunterhing, zerrte daran und schüttelte den Kopf. Dann hatte er das Pappstück zwischen den Zähnen.

Im selben Moment kam Schmitz herein. Streuner fuhr herum und erstarrte.

„Was …“, setzte der Mann an zu sprechen, brach aber gleich darauf wieder ab. Streuner visierte die offene Tür in dessen Rücken an. Doch Schmitz versperrte ihm den Weg und kam auf ihn zu.

„Was hast du da im Maul?“, schrie er den Kater an und breitete seine Arme aus, um ihn zu greifen. Streuner machte einen Satz zur Seite, sprang auf den Tisch, auf der anderen Seite wieder hinunter und ab durch die Tür ins Freie. Er fegte durch den Wald, das Pappstück fest zwischen den Zähnen. Den Feldweg mied er, um nicht auf seinen Verfolger zu treffen. Hier im Wald war er sicher. Der Kater hielt an, um zu verschnaufen. Er atmete heftig. Mit einem Mal spürte er wieder seine schmerzenden Pfoten. Besonders der linke Hinterlauf peinigte ihn. Er legte das Pappstück ab, setzte sich hin, streckte sein Hinterbein nach vorne und leckte sich zwischen den gespreizten Zehenballen. Mit der Zunge ertastete er etwas Spitzes. Er stieß mit der Schnauze zwischen die Ballen und fasste mit den Zähnen zu. Dann zog er eine Tannenadel heraus. Er wimmerte leise. Niemals zuvor war er derart ermattet gewesen.

Streuner stand wieder auf, nahm das Stück Pappe ins Maul und erreichte kurz darauf die Straße. Er würde den Weg quer durch die Innenstadt nehmen, vorbei an dem Brunnen auf dem großen Platz, das war der kürzeste. Er schaute die dunkle Straße entlang. Keine Lichter weit und breit. Der Kater rannte los. Das Quietschen war Ohren betäubend. Streuner machte noch einen Satz nach vorne, dann riss ihm etwas die Hinterbeine weg und er flog durch die Luft. Der Atem blieb ihm weg, so hart prallte er auf dem Boden auf. Er sah Sheila, Robin, Leo und Bruno vor sich, er sah kleine, schwarz-weiße Kätzchen in der leeren Wohnung herumtollen. Dann sah er nichts mehr.

Am selben Abend, es war schon spät, saß Sheila in der leeren Wohnung auf dem Fensterbrett und starrte in den dunklen Garten. Leo und Bruno hockten sich schweigend in der Mitte des Zimmers gegenüber. Kein Mond erhellte das Zimmer. Robin lief zwischen ihnen und Sheila hin und her.

„Er wird schon kommen", miaute er, als er wieder unterhalb des Fensters angekommen war. Sheilas Schwanz hing schlaff nach unten. Robin stellte sich mit den Vorderpfoten an die Wand und richtete sich auf. Er streckte den Hals und schnüffelte an Sheilas Schwanzspitze. Die Katze rührte sich nicht.

Robin sprang zu Sheila auf das Fensterbrett und setzte sich neben sie. Freundschaftlich beschnüffelte er sie am Kopf. Sheila wimmerte leise und als sie ihren blaugrau schimmernden Kopf Robin zuwandte, tränten ihre Augen. Robin biss die Zähne zusammen. Er war wütend, vor allen Dingen deshalb, weil er sich selbst keinen Rat mehr wusste. Wie sollte er den anderen einen Rat geben? Wie sollte er noch der Anführer ihrer Gruppe sein? Und vor allen Dingen welcher Gruppe? Er drehte sich um und sah Bruno und Leo an. Sie saßen dort alleine, und Sheila und er saßen hier oben alleine. Streuner fehlte. Es fiel Robin schwer, sich das einzugestehen, aber der aggressive, kampflustige, verfilzte und widerborstige Kater fehlte auch ihm. Vor einer Woche oder mehr wollte er ihm das Gesicht blutig kratzen.

Brünó machte ebenfalls einen Satz auf die Fensterbank

und setzte sich auf die andere Seite von Sheila. Er drückte sich fest an seine Gefährtin, wie er sie mittlerweile wieder nannte. Sheila hob ihren Schwanz ein Stückchen höher.

„Sheilaaaa! Brunoooo!“ Die Stimmen im Treppenhaus rissen Robin aus seinen Gedanken.

„Ihr müsst zurück!“, miaute er gebieterisch, als sich die beiden British Shorthair nicht rührten. „Hört zu: Ihr fahrt zuerst. Ich folge euch, laufe ins Treppenhaus und lenke die beiden ab, damit ihr euch ein Versteck suchen könnt. Ein gutes Versteck ist die einzige Erklärung, warum euch Elke und Jens in eurer Wohnung nicht gefunden haben. Sie dürfen keinen Verdacht schöpfen, dass ihr die Wohnung verlassen habt.“

Im Treppenhaus sprang Robin Jens und Elke entgegen, immer zwei Stufen auf einmal nehmend. Er musste Bruno und Sheila Zeit verschaffen. Der Kater stürzte auf Elke zu und drückte sich an ihre Beine.

„Für dich habe ich keine Zeit.“ Sie machte einen Schritt zur Seite. Robin warf sich vor ihre Füße und miaute jammernd.

„Was hast du?“ Elke bückte sich und kraulte Robin am Bauch. Gleich darauf richtete sie sich wieder auf.

„Ich habe wirklich keine Zeit. Es ist gleich zwölf und ein paar Stunden schlafen muss ich auch noch.“

Die Haustür wurde aufgeschlossen und fiel wieder ins Schloss. Robin sprang auf und spähte zwischen den Holzstäben des Geländers hindurch. Ein weiteres Ablenkungsmanöver, das die beiden davon abhalten würde, in die Wohnung zu gehen, käme ihm recht. Es war Schmitz. Robin knurrte.

Die Schritte näherten sich. Kurz darauf erschien Schmitz auf der Treppe, die zur Tür der leeren Wohnung führte. In der Hand hatte er einen großen Alukoffer.

„Was ist los?“, fragte er Jens.

„Wir suchen unsere beiden Katzen.“

„Ich denke, die können nicht raus?“

„Das dachten wir auch. Aber in der ganzen Wohnung können wir sie nicht finden.“

„Dabei kann ich Ihnen leider nicht helfen“, entgegnete Schmitz. „Ich habe keine Zeit mehr. Ich muss morgen früh raus.“

Er drehte sich um, machte aber gleich wieder kehrt.

„Ich habe von Frau Schöning gehört, dass Sie einen anderen Tierarzt suchen.“

Robin spitzte die Ohren.

„Richtig“, antwortete Elke. „Warum fragen Sie?“

„Ich kenne alle Veterinäre der Region, weil ich sie regelmäßig besuche. Beruflich, meine ich. Warum wollen Sie einen anderen?“

„Weil Sheila bei ihrer letzten Geburt ein Junges tot zur Welt brachte und – wir können es zwar nicht mit Sicherheit sagen – wir denken, dass es vielleicht ein Behandlungsfehler von Frau Wandleben war.“

Schmitz öffnete seine Aktentasche und zog ein Smartphone heraus. Mit dem Zeigefinger fuhr er über den kleinen Bildschirm.

„Ich empfehle Ihnen Frau Zack“, sagte er. „Zu ihr muss ich morgen früh zu Beginn meiner großen Besuchsrunde. Gute Nacht.“

Er gab Elke die Hand. Robin sah etwas. Er stellte sich auf die Hinterbeine, um den Handrücken des Mannes besser sehen zu können: Da waren drei dunkle, lange Narben. An was erinnerte ihn das? Er ließ sich wieder auf alle Viere fallen. Zu dem, dass Schmitz ohnehin höchst verdächtig war, etwas mit den toten Kätzchen zu tun zu haben, gesellte sich ein weiteres, ungutes Gefühl. Was hatte er vor? Und wo war Streuner? Dringender als zuvor waren sie auf dessen Informationen angewiesen.

Elke und Jens trafen Bruno und Sheila artig auf ihrer Türschwelle sitzend an. Die Menschen gaben sich mit der Vorstellung zufrieden, dass sie sich irgendwo in der Wohnung versteckt haben mussten. Ein besonders gutes Versteck musste das wohl gewesen sein. Wie sonst wäre es möglich gewesen, dass sie sie nicht gefunden hatten?

Robin erzählte den beiden aufgeregt, dass Schmitz etwas vorhatte. Vermutlich einen groß angelegten Besuch bei allen Tierärzten der Region. Das konnte heißen, dass er noch mehr Futter verteilen wollte. Doch wie sollten sie den Menschen ohne Beweise klar machen, dass Schmitz Sheilas und Floras Junges auf dem Gewissen hatte?

Streuner öffnete die Augen. Er atmete ein und aus. Das ging, aber seine Hinterbeine taten ihm hundsmäßig weh. Er versuchte, sie zu bewegen und jaulte auf. Lieber hielt er still. Mit der Nase lag er auf etwas Hartem. Er schnüffelte daran und erkannte das Stück Pappe, das er in der Hütte von dem Karton abgerissen hatte. Alles fiel ihm wieder ein. Das Futter, die Tütchen, Schmitz, der etwas hineingefüllt hatte. Seine hektische Jagd durch den Wald und die Gewissheit, bald bei Sheila sein zu können. Die Straße und das Auto. Er hatte keine Lichter gesehen und doch war es sofort da gewesen, als er die Straße hatte überqueren wollen.

Wo war er? Er schaute sich um und erkannte etliche der leeren Kartons, die auch in der Hütte gelegen hatten. Er richtete sich auf den Vorderbeinen auf und presste vor Schmerz die Zähne aufeinander. Dann zog er sich mit den Vorderpfoten an einem der Kartons nach oben, während seine Hinterbeine bewegungslos herunterhingen. Er war im Kofferraum des Autos, das dem Kätzchenmörder gehörte.

Der hatte ihn überfahren, daran zweifelte Streuner nicht. Er musste ihn mit dem Wagen verfolgt haben. Während er durch den Wald zur Straße gelaufen war, war Schmitz am Waldrand entlang gefahren und hatte auf der dunklen Straße auf ihn gewartet, um ihn zu töten.

Grimmig arbeitete sich Streuner weiter hoch, bis er aus dem Fenster schauen konnte. Das Auto stand vor dem Haus, in dem Sheila wohnte. Vielleicht saßen sie alle zusammen in der leeren Wohnung und warteten auf ihn.

Regentropfen fielen vereinzelt auf das Autodach. Streuner holte tief Luft und beschloss, die Schmerzen zu ignorieren. Er stemmte seinen Kopf gegen die Heckklappe, aber sie war geschlossen. Er stellte sich auf alle Viere, um sich in dem Auto durch die Scheibe hindurch mit lautem Miauen bemerkbar zu machen. Vielleicht sah und hörte ihn einer der menschlichen Bewohner. Doch der Schmerz in seinen Hinterbeinen war zu stark. Der Kater kippte zur Seite und verlor das Bewusstsein.

Als er wieder aufwachte, wurde der Motor des Autos abgestellt. Jemand öffnete die Heckklappe. Streuner schloss die Augen und beschloss, sich tot zu stellen. Er hörte, wie etwas aus dem Wagen gezogen wurde und dann fiel ein leerer Karton auf ihn.

„Besser, man sieht das tote Viech nicht“, hörte Streuner Schmitz sagen.

Schritte entfernten sich, doch die Klappe war offen. Streuner zog sich mit den Vorderbeinen in Richtung der Öffnung. Da fiel ihm das Beweisstück ein. Er kroch wieder zurück und nahm das Stück Pappe zwischen die Zähne. Dann ließ er sich vom Rand des Kofferraums herausfallen. Er landete auf einem Haufen Stroh. Wimmernd richtete er sich auf seinen Vorderpfoten auf und robbte in Richtung des Hauses hinter eine Mülltonne. Schmitz kam heraus.

„Schön, Sie mal wiedergesehen zu haben, Frau Zack", sagte er zu der Frau, die in der Tür stand und ihm die Hand schüttelte. „Sie sind die Erste auf der Liste der Tierärzte, die ich heute noch besuchen muss."

„Ganz meinerseits", hörte Streuner die Frau namens Zack sagen. „Und vielen Dank für den Gratiskarton Katzenfutter, Herr Schmitz."

„Sehr gerne", gab der zurück. „Was tut man nicht alles, um unseren lieben Kätzchen etwas Gutes zu tun, nicht wahr?"

Ohne einen weiteren Bick unter die leeren Kartons zu werfen und fuhr er davon, um die Liste der Tierärzte weiter abzuarbeiten.

Die Frau ging ins Haus. Streuner schaute sich um. Wenn sie eine Tierärztin war, konnte sie ihm vielleicht helfen. Er war außerstande, sich weiterzuschleppen. Das Stück Pappe vergrub er in einem Beet neben der Mülltonne. Später würde er es wiederholen. Dann robbte er sich Zentimeter für Zentimeter über die Wiese in Richtung Haustür. Schließlich hatte er keine Kraft mehr. Er blieb liegen und jaulte so lange, bis die Tierärztin die Tür öffnete. Sie hob den verdreckten, mit Blut verschmierten Kater auf und trug ihn ins Haus. Das war das erste Mal seit seiner Welpenzeit, dass sich Streuner von einem Menschen anfassen ließ.

Es war Nacht. Sheila richtete sich auf den Hinterbeinen auf und streckte sich an dem Stamm des Kastanienbaumes nach oben. Sie hieb ihre Krallen in die Rinde und roch an dem frischen Harz. Ihr Bauch hatte sich in den vergangenen drei Wochen gerundet. Bruno saß an dem Hang vor dem Mauseloch und wartete, dass sich ein unvorsichtiger Nager blicken ließ. Seit sie beschlossen hatten, im Schutz der Nacht das Haus zu verlassen, hatte der Dicke etliche Mäuse erlegt. Leo lag neben dem Kastanienbaum auf der Seite und döste.

Robin stand neben dem Rosenbeet und beobachtete die drei. Ihre Ermittlungen hatten seit vielen Tagen keine Fortschritte gemacht. Streuner war und blieb verschollen. Zwar hatten sie einen starken Verdacht, wer der Mörder war, aber sie hatten keinen Beweis. Jeden Tag hatten sie befürchtet, von weiteren Tot- oder Fehlgeburten zu hören. Doch es war alles ruhig geblieben. Bis vor drei Tagen. Da hatte Robin bei einem seiner Erkundungsgänge die weiße Perserkatze getroffen, sein Tierärztin-Bekanntschaft. Sie hatte kürzlich den Besitzer gewechselt, wohnte jetzt ganz in seiner Nähe. Sie wusste aus ihrem einstigen Wohnort Griedel zu berichten, dass dort eine Nachbarkatze beinahe einen Welpen aus einem fünfköpfigen Wurf verloren hatte. Gerade noch rechtzeitig hatte ihr Besitzer das Junge gefunden und hatte es retten können.

Leo riss ihn aus seinen trüben Gedanken.

„Da!“

Mit schräg gestelltem Schwanz rannte der rote Kater den Hang hinunter, auf dem die Kastanie stand. Kurz vor dem Gehweg zur Haustür hielt er abrupt an.

Dort stand Streuner.

Auch Robin und Bruno rannten dem schwarz-weißen Kater entgegen. Alle miauten durcheinander.

„Wo warst du?“ „Was ist passiert?“ „Wieso hast du kein Fell an den Hinterbeinen?“ „Sag´ doch was!“

Aber Streuner schwieg. Er hatte nur Augen für Sheila. Die Katze stand noch immer unter dem Kastanienbaum. Doch selbst vom Gehweg aus sah Robin, dass ihre Augen glänzten. Der Mond spiegelte sich darin.

Gemessenen Schrittes ging sie den Hang hinab über die Wiese vor dem Haus. Nur ihr steil aufgestellter Schwanz verriet ihre freudige Erregung. Streuner ging ihr ebenso langsam mit hoch erhobenem Kopf entgegen. Das linke Hinterbein zog er bei jedem Schritt nach. In der Mitte des Rasens trafen sie sich, stemmten ihre Köpfe gegeneinander und schwiegen.

Irgendwann drehte sich Streuner zu den anderen Katern herum und Robin sah, dass er ein Stück Pappe im Maul hatte. Der Schwarz-Weiße legte es auf die Wiese und erzählte kurz, wie es seine Art war, die Geschichte.

Robins Tierärztin hatte seinen gebrochenen Hinterlauf gegipst, drei Wochen lang war er auf drei Beinen gehumpelt. So lange war er bei Eva Zack geblieben, die ihn in einem Stall hinter ihrem Haus zusammen mit einem alten Pony und einem fast zahnlosen Schäferhund gesund gepflegt hatte. Nachdem der Gips ab war, hatte es keinen Tag gedauert und der Kater hatte sich aus dem Staub gemacht.

Zu viert standen sie schließlich im Kreis um das Stück von der Medikamentenkiste herum und starrten es an. Endlich hatten sie einen Beweis, dass Schmitz der Mörder war.

„Wir müssen die Pappe einem Menschen zeigen, damit er uns vorliest, was da drauf steht“, miaute Robin. Ohne eine Antwort abzuwarten, schnappte er sich das Kartonstück und sprang in den Aufzug. Sie durften keine Zeit mehr verlieren. Sheila hatte nur noch vier Wochen bis zur Geburt.

„Ich zeige es morgen Johanna“, sagte er. Dann schloss sich die Aufzugstür.

Am nächsten Morgen wartete Robin vor dem Schlafzimmer. Als Johanna die Tür öffnete, wäre sie beinahe über ihn gestolpert.

Sie beugte sich zu Robin hinunter und nahm ihm die Pappe aus dem Maul.

„Aborol“, las sie laut. Und weiter: „Bei Wehenmangel und ungewünschter Gravidität.“

„War das alles?“, miaute Robin laut und streckte sich an Johannas Bein nach oben.

Ohne weitere Worte ging Johanna in die Küche und öffnete den Mülleimer.

„Nein!“, miaute Robin und rannte ihr nach.

Als sie das Stück Karton in den Eimer fallen ließ, sprang Robin los. Der Eimer fiel scheppernd um und heraus fielen zerknüllte Taschentücher, Glasscherben und ein paar angeschimmelte Käserinden. Daneben lag der Beweis.

„Spinnst du?“, schimpfte Johanna. „Zum Spielen bin ich so früh am Morgen wirklich nicht aufgelegt.“

Dann nahm sie eine Kehrschaufel und einen Besen und beseitigte den Müll. Doch da war Robin schon wieder auf dem Weg in den Flur, die Pappe fest zwischen den Zähnen. Dort legte er sich unterhalb des Speisenaufzuges und wartete. Das Stück Karton hatte er auf den Boden gelegt und hielt es mit beiden Vorderpfoten fest. Es erschien ihm wie eine Ewigkeit, bis Johanna und Stefan die Wohnung wie jeden Morgen verließen. Dabei musste er Sheila unbedingt etwas sagen. Das war ihm eingefallen, nachdem er sein 16-füßiges Einsatzkommando gestern Abend übereilt verlassen hatte. Hoffentlich war es noch nicht zu spät dafür.

Als Robin aus dem Speisenaufzug in den leeren Flur sprang und in Richtung ihres Versammlungsraumes lief, sah er Streuner vor dem Erkerfenster auf dem Fußboden sitzen und nach oben schauen. Er trabte bis in die Mitte des Raumes.

„Was ist da draußen?“, fragte er.

„Nichts“, miaute der Schwarz-Weiße wortkarg.

„Warum sitzt du dann dort und schaust nach oben?“

Streuner drehte sich um.

„Ich kann nicht mehr hochspringen.“

„Warum nicht?“, fragte Robin, der mit seinen Gedanken bei dem war, was er Sheila unbedingt sagen musste.

„Mein Bein tut weh. Bald komme ich nicht mehr in den Aufzug.“

Robin wusste, was das hieß. Kein Streuner, keine lustige Sheila, kein gut gelaunter Bruno und keine Ermittlertruppe mehr. Und das gerade jetzt, wo es um alles oder nichts ging.

„Du bleibst hier in der Wohnung und ruhst dich aus“, befahl er. „Futter besorge ich dir von draußen. Wenn du pinkeln oder einen Haufen legen musst, dann …“

„Ja?“ Streuner legte den Kopf schief und sah Robin aus schmalen Augenschlitzen an.

„Dann tust du das in dem Nest aus Stroh und Gras, das Leo dir bauen wird.“

Robin warf seinem einstigen Freund und Widersacher einen scharfen Blick zu. Doch das war unnötig. Der nickte kurz, drehte sich zweimal um sich selbst und rollte sich unterhalb der Fensterbank zusammen.

„Das ist akzeptabel“, knurrte er. „Aber beeilt euch.“

„Warum?“

„Ich habe Hunger und ich muss pinkeln.“

Robin ignorierte Streuners Bedürfnisse.

„Wo ist Sheila?“

„Unten in ihrer Wohnung.“

„Ich muss unbedingt mit ihr reden. Sie darf auf keinen Fall ein anderes Futter als sonst fressen!“

Robin hatte die Worte im Hinauslaufen miaut, doch Streuner hielt ihn zurück.

„Das musst du ihr nicht mehr sagen. Das weiß sie.“

„So? Woher?“

„Glaubst du, wir sind blöd?“, fauchte Streuner ihn an

und setzte sich wieder auf.

„Nachdem du dich gestern Abend aus dem Staub gemacht hast, haben wir hier überlegt. Wir wissen alles: Wer womit und wie – ist doch klar, dass sie dieses besondere Futter nicht fressen darf."

Robin legte die Ohren an und knurrte:

„Na alles wissen wir noch nicht. Warum hat der Schmitz das getan?"

„Was spielt das für eine Rolle?"

„Für uns? Keine. Aber für die Menschen eine sehr große. Es reicht ihnen nicht, dass jemand etwas angestellt hat. Damit er bestraft wird, wollen sie immer wissen: Warum hat er es getan?"

Streuners Lefzen und Schnurrhaare zitterten, als er brummte:

„Kompliziert."

Dann legte er sich wieder hin und schloss die Augen.

Robin fuhr mit dem Aufzug nach unten, sprang in den Garten und rannte. Er wusste nicht, wann Elke und Jens mit Sheila zu seiner Tierärztin Zack fahren würden, damit sie das neue Futter bekam. Robin setzte über den Jägerzaun zum übernächsten Grundstück und lief an dem Goldfischteich vorbei, ohne die Fische darin eines Blickes zu würdigen. Was war eine Infusion? Das Wort hatte Streuner in den Raum geworfen, ohne dass einer der Kater und auch nicht die international erfahrene Sheila etwas damit anfangen konnten. Schmitz hatte das Wort gesagt und dass er sie brauchen würde. Er jagte über den Parkplatz vor dem neuen Supermarkt zur Plattenbausiedlung. Dort informierte er Leo darüber, dass er für Streuner ein Nest zu bauen hatte. Der rote Kater protestierte zwar lautstark, sah aber schließlich ein, dass sie Streuners Kräfte schonen mussten.

Auf dem Rückweg machte Robin an seinem Mauseloch hinter dem Reitstall halt. Die Maus, die ihm bald darauf zwischen die Krallen lief, war fett und würde Streuner über den Mittag helfen. Der Schwarz-Weiße hatte schon mehrere gefressen und lebte noch - also war die Gefahr mit dem Rattengift offenbar vorbei. Entgegen seiner Jagdgewohnheit tötete Robin die Maus sofort. Für Spielereien war keine Zeit und der hinkende Streuner kam dem wieselflinken Nager in der leeren Wohnung ohnehin nicht hinterher.

Robin lieferte die Beute bei dem behinderten Kater ab und sagte ihm, dass er nach Sheila schauen würde. Die British Shorthair war noch nicht bei seiner Tierärztin Eva Zack gewesen. Er teilte Sheila mit, dass er so lange zu Schmitz in die Wohnung gehen würde, bis er wüsste, warum der das Futter manipulierte. Sheila möge den anderen Katern das mitteilen, damit sie nicht umsonst auf ihn warten würden.

Schmitz und seine Frau arbeiteten und ihre Kinder waren in der Schule. So hatte Robin heute Vormittag genug Zeit, sich in der Wohnung umzuschauen. Vielleicht fand er etwas, womit sie ihn überführen konnten.

Bevor er aus dem Aufzug sprang, äugte er in alle Richtungen. Alles war still. Robin witterte. Ein seltsamer Geruch lag in der Luft. Dann sprang er in den Flur, der anders war als die Flure in restlichen Wohnungen. Weiße Wände, weiße Türen, selbst die Tür des Speisenaufzugs war weiß. Alle Türen standen weit offen. Nur eine war verschlossen.

Robin inspizierte die Zimmer. Auf den schwarz-weißen Fliesen in der Küche blieb er stehen. Sie glänzten ebenso vor Sauberkeit wie die Tischplatte aus Glas. Etwas war ungewöhnlich für eine Menschenwohnung. Es roch nicht nach Mensch. In seiner Wohnung, bei Elke und Jens und sowieso bei dem alten Mankowski – überall roch es nach Essen, nach Kleidung, nach Johanna oder nach altem Mann. Aber hier? Robin hob eine Vorderpfote, dann setzte er sie wieder ab. Er erschrak: Wo sie gerade noch gestanden hatte, sah er deutlich den hellbraunen Abdruck seiner Tatze auf der weißen Fliese. Wenn ihn das verraten würde?

Jemand steckte an der Wohnungstür einen Schlüssel ins Schloss. Robin rannte aus der Küche in das nächste Zimmer. Auch hier waren weiße Fliesen. Er geriet ins Schlittern, als er um die Ecke eines Sessels bog. Er rutschte gegen den bodenlangen Vorhang vor dem Fenster. Ein gutes Versteck.

Schritte im Flur. Eine Tür wurde geöffnet. Die Schritte näherten sich dem Wohnzimmer. Robin spähte durch einen Schlitz zwischen zwei Vorhängen. Es war Schmitz. Er stellte einen großen, braunen Koffer vor dem niedrigen Tisch ab, der ebenfalls eine Platte aus Glas hatte.

Dann setzte er sich auf das Sofa und lehnte sich zurück.

„Ich glaube, ich hab´s“, sagte er halblaut. Robin schob seinen Kopf einen Stück durch den Spalt. Der schwere Stoff dämpfte die Worte des Mannes, vor allem, wenn er so leise sprach. Aber er sprach nicht mehr.

Die Zeit verging. Schmitz saß auf dem schwarzen Ledersofa und starrte in den Fernseher. Robin döste ein.

„Ich lasse mir das nicht mehr gefallen!“, schrie eine Männerstimme.

Robin schreckte auf. Schmitz lief im Zimmer auf und ab und schlug mit der einen Hand, die er zur Faust geballt hatte, immer wieder in die flache andere. Seine Frau Kathrin stand mit großen Augen im Türrahmen und rang die Hände.

„Aber, Wolfgang, beruhige dich. Das ist schon zwei Jahre her. Das kann doch nicht sein, dass dich das immer noch ärgert."

Schmitz beruhigte sich nicht. Sein Gesicht war rot.

„Ich habe die besseren Qualifikationen!", schrie er. „Seit 15 Jahren bin ich in dem Laden, mache jedes Jahr Fortbildungen auf eigene Kosten, habe auf Gehaltserhöhungen verzichtet, als es der Firma schlecht ging und dann kanzeln die mich so ab, indem sie mir diesen Grünschnabel vor die Nase setzen. Das musst du dir mal vorstellen! Das geschieht ihnen ganz recht, wenn rauskommt, dass ihr Futter mit dem Medikament verunreinigt ist, das sie selbst herstellen. Dann können die den Laden dicht machen."

Schmitz verzog das Gesicht und setzte hinzu:

„Außerdem sind es doch nur Katzen."

Robin unterdrückte ein Knurren.

„Was meinst du damit, du lässt es dir nicht mehr gefallen, Wolfgang? Wovon sprichst du überhaupt?" Kathrin ging einen Schritt in das Zimmer hinein.

„Ach, das verstehst du nicht? Ich spreche von Gerechtigkeit. Ich hole mir das, was mir zusteht."

Im Gegensatz zu Schmitz′ mittlerweile hochrotem Gesicht war Kathrin blass.

„Was hast du vor?", fragte sie atemlos.

„Was hast du vor? Was hast du vor?", äffte Schmitz sie nach. „Ich habe nur ein paar Tüten Nassfutter verteilt, in die aus Versehen bei der Produktion etwas Aborol hineingelangt ist. So ein Pech für Mikral. Nächste Woche werden die Medien einen anonymen Hinweis bekommen und dann können die ihren Laden dicht machen."

„Wolfgang! Sheilas totes Kätzchen, von denen Elke Braunfels mir erzählt hat – das warst du?"

Schmitz schwieg. Die Frau sah ihren Mann mit weit aufgerissenen Augen an. Dann ging sie zum Balkon und öffnete die Tür. Sie trat hinaus und Robin hörte sie leise sagen:

„Das verstehe ich nicht."

Robin hatte genug gehört. Es war ihm egal, ob sie ihn sahen. Wer weiß, wann er hier sonst ungesehen herauskommen würde. Er rannte auf den Balkon und sprang über das Geländer in den Garten.

Sheila setzte sich auf den Teppich im Wohnzimmer. Dann ließ sie sich auf die Seite fallen und leckte ihren Bauch. Dabei lauschte sie auf das, worüber Elke und Jens sich unterhielten.

„Schön, dass es mit Sheilas Trächtigkeit so schnell wieder geklappt hat", sagte Elke.

„Ja, das hätte ich dem trägen Bruno gar nicht zugetraut", meinte Jens.

Elke freute sich. „Wenn wir zu der neuen Tierärztin gehen, haben wir in zwei Monaten den Anfang unserer British Shorthair Zucht."

„Vielleicht auch früher", erwiderte Jens. „Schau sie dir doch an. Der Bauch ist schon dick."

Sheila streckte sich der Länge nach aus und rollte sich langsam auf die andere Seite. Was würden die beiden sagen, wenn die Welpen zur Welt kämen? Vielleicht zwei, drei zimtfarbene oder blaugraue Britisch-Kurzhaar-Kätzchen, vielleicht aber auch schwarz-weiße, mit einigen blaugrauen Sprenkeln versehene Mischlingswelpen, die unterschiedlich lange Haare in ihrem Fell hätten. Sheila dachte an Brünó, der ihr zunehmend imponierte. Gerade gestern Nacht hatte er eine Maus im Garten erlegt und war dabei so geschickt vorgegangen. Ganz entgegen seiner Gewohnheit fraß er sie nicht selbst, sondern legte sie ihr vor die Pfoten. Wie hatte sie sich gefreut. Dann fiel ihr der Weitgereiste ein, der in der leeren Wohnung vermutlich alleine lag. Aber das war besser als dass er mit seinem hinkenden Bein irgendwo draußen feindlichen Katern in die Fänge lief. Es störte sie nicht, dass er humpelte. Das schränkte seine sonst ausgedehnten Streifzüge ein und sie würde häufiger in den Genuss seiner Gegenwart kommen.

„Warum fahren wir nicht gleich zu Frau Zack?“, sagte Jens. Sheila setzte sich abrupt auf und spitzte die Ohren.

„Du meinst mit Sheila?“

„Nein, um das Spezialfutter zu holen. Je früher, desto besser, habe ich die Tage in einer Tierzeitschrift gelesen.“

Sheila stand auf und ging in die Küche. Wenn die spezielle Ernährung morgen beginnen sollte, dann sollte sie sich heute Abend noch einmal den Magen mit dem Futter füllen, das noch in ihrem Napf übrig war. Als sie durch die Küchentür schritt, sah sie Brünó, der an ihrer Futterstelle kauerte und sich das Maul leckte. Alle Näpfe waren leer.

Wie sollte sie die kommenden vier Wochen überstehen, wenn ihr Mitbewohner sich nicht zurückhalten konnte und selbst das Futter fraß, das für sie gedacht war? Denn so hatten sie es besprochen und Brünó war dabei gewesen und hatte diesem Übereinkommen zwar nicht freudig, aber doch zustimmend sein wortloses Kopfnicken hinterhergeschickt: Sobald Elke und Jens das Spezialfutter ausgeben würden, würde Brünó auf einen Teil seiner täglichen Ration verzichten und Sheila den anderen Teil abgeben. Natürlich würde das nicht reichen, also sollte Leo nicht nur für den derzeit behinderten Streuner Mäuse und Vögel fangen, sondern auch für Sheila. Die würde sie dann in der leeren Wohnung ihrem Ernährungsplan hinzufügen.

„Sehr geehrter Brünó“, miaute Sheila deshalb. „Morgen früh schon soll meine Nahrung auf das Spezialfutter umgestellt werden und ich fordere dich hiermit unmissverständlich auf, mir von deiner Ration die Hälfte übrig zu lassen, wie du es bei unserer vergangenen Zusammenkunft versprochen hast, denn schließlich muss ich nicht nur für mich Nahrung zu mir nehmen, sondern auch für meine in mir heranwachsenden Welpen."

Brünó blähte seine Lefzen auf.

„Ich weiß, ich weiß", knurrte er. „Aber morgen früh ist nicht heute Abend. Ich werde meinen Teil der Verantwortung tragen, das habe ich dir doch versprochen."

Sheila schaute dem runden Kater nach, wie er aus der Küche trottete und im Badezimmer verschwand. Gleich darauf hörte sie ihn in ihrem Katzenklo scharren. Sie selbst begab sich in das Wohnzimmer. Mit einem Sprung war sie auf dem Lammfell, das auf dem Sofa lag. Elke und Jens unterhielten sich über immer noch über „kleine, süße British-Shorthair-Kätzchen". Sheila holte tief Luft, seufzte, kugelte sie sich zusammen, legte den Kopf auf ihren Schwanz und schloss die Augen. Heute durfte sie noch ruhen. Ab morgen waren ihre werdenden Kätzchen in Gefahr.

Die Jagd oder Wenn alles zusammenkommt

„Lass´ sie in Ruhe!", knurrte der Zimtfarbene Jens an, der im Flur auf dem Boden hockte und eine Hand nach Sheila ausstreckte. Sie hatte sich unter der Kommode verkrochen, legte die Ohren an und fauchte. Brünó saß davor und versperrte Jens den Zugriff.

„Ich versteh das nicht", sagte Jens und stand auf. „Sie ist doch sonst nicht so wählerisch beim Futter."

Elkes Füße näherten sich der Kommode. Dann kniete sie davor nieder und der Fressnapf erschien dicht vor Sheilas Kopf. Die Katze rümpfte die Nase und drückte sich an die Wand, um möglichst viel Abstand zwischen sich und den

Napf zu bringen, denn schließlich wusste sie nicht, ob nicht schon der Geruch des Futters eine schädigende Wirkung auf das Wachstum ihrer Kätzchen haben würde.

„Komm, Sheila, lecker Futter“, hörte die Katze Elkes Stimme schmeichelnd locken. Sheilas Nase erwischte einen Duftfaden, der von dem Futter herüberwehte und die Katze befand, dass es doch nicht schlecht roch, ja im Grunde sogar sehr Appetit anregend, was wohl dem Umstand geschuldet war, dass sie heute Morgen noch nichts gefressen hatte. Auch Brünó hatte sein Futter noch nicht bekommen, nachdem Jens heute am frühen Morgen von der Tierärztin Eva Zack zurückgekommen war.

„Ich mach′ das nicht länger mit“, sagte Jens. „Frau Zack hat gesagt, falls das mit dem Futter nicht klappt, kann sie Sheila auch eine Infusion mit dem Mittel geben, das in dem Futter ist. Nur einmal in der Woche, das geht doch, oder?“

„Kommt gar nicht in Frage!“, knurrte Brünó und stellte sein Rückenhaar auf.

„Dann gebe ich wenigstens Bruno sein Futter“, sagte Elke und ihre Füße gingen in Richtung Küche.

„Mach′, was du willst“, antwortete Jens. „Ich geh erst mal zur Arbeit und wenn ich heute Abend zurückkomme, fahr ich mit Sheila zur Tierärztin.“

Dann sah Sheila, wie die Tür geöffnet wurde.

„Elke?“, rief Jens in die Küche. „Hier hängt ein Zettel von den Stadtwerken. Heute Nachmittag von 16 bis 19 Uhr wird der Strom abgestellt, wegen der Bauarbeiten in der Straße.“

Sheila hörte etwas, das klang nach einfüllen von Trockenfutter in einen Fressnapf und offensichtlich war Brünó derselben Meinung, denn er lief in die Küche.

„Ich bitte dich, Brünó, denke an unsere Absprache und lasse mir von deiner Ration die Hälfte übrig, damit meine

Kätzchen und ich nicht hungern müssen“, miaute Sheila dem Dicken hinterher und war sich sicher, dass er wieder so schnell schlingen würde, dass nicht ein einziger Cracker im Napf bleiben würde.

Nachdem auch Elke die Wohnung verlassen hatte, schob sich Sheila unter der Kommode hervor. Auf halbem Weg kam ihr Brünó entgegen und Sheila registrierte erschrocken, dass der Zimtfarbene sich das Maul leckte und anschließend zu allem Überfluss damit begann, sich das Fell seines dicken Bauches zu pflegen. Die Katze blieb vor ihm stehen, schaute ihn mit erhobenem Kopf und zitternden Schnurrhaaren an, woraufhin Brünó seine Tätigkeit unterbrach.

„Nicht, dass du wieder maulst“, brummte er. „Der Napf ist noch mehr als halb voll. Mein Bauch ist dafür halb leer.“

Robin und Leo rannten über die Felder zum Amalienhof. Nachdem Robin seiner Truppe von dem Gespräch zwischen Schmitz und seiner Frau mitgeteilt hatte und sie von Sheila erfahren hatten, dass sie heute Abend eine Infusion bekommen sollte an Stelle des Futters, wussten sie alle: Bis zum Sonnenuntergang - mehr Zeit hatten sie nicht.

Während er gleichzeitig mit Leo über einen Graben setzte, grübelte Robin darüber, wie sie Amalie dazu bringen sollten, zu ihnen nach Hause zu kommen.

Die Tierpflegerin wusste Bescheid über das Medikament und das Futter. Sie sollte den Kater- und Katzenbesitzern in Robins Haus sagen, dass das Futter tödlich war. Einmal dort, müssten die Kater allen zeigen, wer der Täter war. Robin sah aus den Augenwinkeln, dass Leo nicht mehr neben ihm rannte. Er hielt an. Der Rote saß ein paar Meter hinter ihm auf dem Feld zwischen den katerschulterhohen Gräsern. Nur seine Ohren schauten daraus hervor.

„Was ist los?“, miaute Robin und sprang in hohen Sätzen durch das angehende Getreidefeld zu ihm zurück.

„Ich kann nicht mehr“, piepste Leo.

„Reiß dich zusammen“, knurrte Robin den Kleinen an.

Er versetzte Leo mit eingezogenen Krallen einen Hieb auf den Hintern. Der kleine Kater miaute empört, sprang aber auf und rannte weiter.

Das Tor stand offen. Die Haustür war geschlossen. Die Kater streckten sich an der Tür empor und kratzten mit den Vorderpfoten an der Glasscheibe. Als niemand öffnete, miauten sie im Duett. Robin sprang auf die Fensterbank neben der Tür und drückte seine Nase an die Fensterscheibe. Er sah Amalie mit dem Rücken zum Fenster hinter dem Tresen sitzen. Sie telefonierte. Robin kratzte an der Scheibe. Amalie drehte sich um und legte das Telefon weg.

„Ihr?“, sagte sie, nachdem sie die Tür geöffnet hatte.

„Und was machen wir jetzt?“, miaute Leo.

„Komm!“, miaute Robin laut. Er war wieder ein paar Schritte in den Hof gelaufen. Leo folgte ihm. Amalie blieb im Türrahmen stehen.

Robin lief zurück zur Tür und drückte sich an Amalies Beine. Als sie sich bückte, lief er wieder in die Mitte des Hofes und miaute:

„Nun komm schon!“

Amalie kam nicht. Sie schüttelte den Kopf, lehnte die Tür an und verschwand im Gebäude.

„So wird das nichts!“, nörgelte Leo und legte sich auf die Pflastersteine, die von den ersten Sonnenstrahlen des Tages warm waren.

„Das sehe ich auch!“, knurrte Robin. Dann fiel ihm ein: Wenn er irgendwohin lief, dann hatte er ein Ziel. Das Mauseloch, Leos Wohnhaus, die leere Wohnung. Ohne Ziel kein Weg, hieß das im Umkehrschluss.

„Pass´ auf“, miaute er Leo gebieterisch an, der es sich auf den Pflastersteinen mittlerweile auf dem Rücken bequem gemacht hatte.

Amalie musste wissen, wohin sie kommen sollte. Bei ihm zu Hause lagen viele Postkarten, die Johanna und Stefan von Zeit zu Zeit aus dem Briefkasten holten. Alles, was sie brauchten, war eine der Karten, die sie Amalie zeigen würden. Dann wüsste sie Bescheid. Robin beschloss, dass Leo im Tierheim bleiben sollte. Falls Amalie noch etwas zu dem Fall sagen würde, würden sie es nicht versäumen. Außerdem schaffte der kleine Kater den weiten Weg nicht zweimal innerhalb so kurzer Zeit.

Robin angelte von der Kommode mit der Pfote in das Regal nebenan. Darin stand ein offener Korb mit den Postkarten. Die waren aber so glatt, dass er mit seinen Krallen nichts ausrichten konnte. Ungeduldig warf er den Korb auf die Erde, schnappte die erstbeste Karte mit den Zähnen und sprang auf das Regal vor dem Speisenaufzug. Doch er zögerte. Zwar hatten sie die Adresse, aber wie sollten sie Amalie klar machen, worum es ging? Nämlich um Leben und Tod? Vielleicht wussten Bruno oder Sheila Rat. Robin fuhr in den ersten Stock. Als er in den Flur sprang, stand dort Bruno. Im Maul hatte er eine Tüte des Spezial-Nassfutters.

Robin legte die Postkarte ab. „Was machst du mit dem Futter?“, fragte er.

Bruno legte die Tüte auf den Boden.

„Ich bringe alle Futtertütchen in die leere Wohnung, damit Elke und Jens sie nicht finden können und Sheila sie nicht frisst. Ich habe Angst, dass sie vor lauter Hunger vergisst, wie gefährlich das Futter ist.“

„Lieber Brünó“, miaute Sheila, die inzwischen aus dem

Wohnzimmer gekommen war und hinter ihrem Gefährten stand. „Ich danke dir viele, viele Male, dass du so sehr um mein Wohlergehen und das meiner künftigen Kätzchen besorgt bist, doch ich versichere dir, dass ich meinen Hunger durchaus beherrschen kann, vor allem mit der Aussicht auf eine frische Maus, die mir der kleine Kater Leo mit Sicherheit bald bringen wird."

„Ich fürchte, daraus wird erst mal nichts", gestand Robin. „Leo ist im Tierheim und ich muss auch wieder dorthin."

Dann schaute er Bruno mit leuchtenden Augen an.

„Das ist es! Wenn ich Amalie das Futter zusammen mit der Karte zeige, wird sie verstehen, worum es geht."

Er nahm das Futtertütchen ins Maul und versuchte, die Postkarte gleichfalls aufzunehmen. Dabei fiel das Nassfutter wieder heraus. Egal, in welcher Reihenfolge er es versuchte: Er bekam nur das eine oder das andere mit dem Maul zu fassen.

„Bruno", wandte er sich an den Zimtfarbenen. „Wenn ich die Tüte zwischen den Zähnen habe, schiebst du mir die Karte dazwischen."

Robin lockerte seinen Biss, sobald Bruno die Karte richtig positioniert hatte – es klappte. Jetzt musste er den Weg zum Tierheim zurücklegen, ohne die beiden Sachen abzulegen. Alleine würde er sie nicht wieder ins Maul bekommen.

Robin wählte den Umweg über den Weiseler Wald, um zum Tierheim zu gelangen. Der Morgen war fortgeschritten und viele Menschen würden durch die engen Gassen der kleinen Stadt gehen. Ein Kater mit einer Postkarte im Maul und einer Tüte Nassfutter obendrein würde zu sehr auffallen. Robin rannte nicht, sondern er trabte beständig. Durch das Maul konnte er wegen des Tütchens und der Karte nicht atmen und durch die Nase bekam er nur wenig Luft. Also reduzierte er sein Tempo. Er war froh, als er auf einen umgestürzten Baumstamm stieß. Der war mit Moos bewachsen. Ein weicher Sitz zum Ausruhen. Ein paar Minuten später trabte er wieder los.

Der Kater verließ den Wald. Es schien keine Sonne mehr und als er die Straße erreicht hatte, die zwischen ihm und den letzten Feldern vor dem Tierheim entlangführte, fielen die ersten Regentropfen. Robin schüttelte den Kopf und nieste, als ihm ein Tropfen von der glatten Tüte in seinem Maul in ein Nasenloch sprang. Aber er hielt seine Zähne fest zusammen.

Es regnete stärker und Robin schnaubte unablässig durch die Nase, um das Wasser daraus zu verdrängen. Seine Kiefer fühlten sich an, als hätte sie jemand von außen zugeschlossen und den Schlüssel zu dem Schloss weggeworfen. Wenn er den Weg über den Bauernhof nehmen würde, könnte er sich ein paar Meter sparen. Robin streckte entschlossen seinen Kopf in den Regen und trabte in die neue Richtung. Er bog um eine Hecke, um den Hof zu überqueren.

Das Gebell erschreckte ihn derart, dass er blindlings einen Satz zur Seite machte, auf einen Ball sprang, darauf den Halt verlor und stürzte. Ein schwarz-brauner Schäferhund schoss auf ihn zu. Die Kette an dessen Hals wurde länger und länger, während Robin – das Maul fest geschlossen – auf einer niedrigen Mauer Schutz suchte. Sie würde kaum reichen, um den Schäferhund abzuhalten. Die Kette reichte auch nicht, sie war zu kurz. Vor der Mauer wurde der Hund von den Füßen gerissen.

Robin hätte gerne gefaucht und geknurrt und dem Köter seine Schadenfreude ins Gesicht geschrien. Doch er beherrschte seine Wut, hielt das Maul geschlossen und ließ den hustenden Hund hinter sich zurück, während er über die Mauer davonlief. Schon sah er das Tierheim hinter der Baumgruppe auftauchen. Er begann zu rennen, sprang mit einem Satz von der Mauer herunter und rutschte auf etwas Glitschigem aus. Mit den Vorderpfoten klammerte sich Robin an Grasbüscheln und Erde fest, doch sein Hinterteil hing in einem Loch mit stinkender, brauner Flüssigkeit.

Robin kannte diese übelriechenden Löcher aus Erzählungen und wusste, dass darin schon kleine Kätzchen ertrunken waren. Ihm sollte nicht dasselbe Schicksal wiederfahren. Er schnaufte und zischte durch die Zähne hindurch, mit denen er nach wie vor das Tütchen und die Postkarte festhielt. Zentimeter für Zentimeter zog er sich auf die Erde neben der Jauchegrube. Kaum hatte er sich herausgezogen, wälzte er sich auf den nassen Grasbüscheln hin und her. Doch der Gestank blieb.

Die letzten Meter zum Tierheim rannte Robin, als wäre der Schäferhund hinter ihm her. Wenn er rannte, wehte der Wind den Gestank weg von seiner Nase. Endlich stand er vor der angelehnten Tür zum Tierheim. Er drückte sie mit seinem Kopf auf und ging ein paar Schritte in den Raum hinein. Leo saß auf dem Tresen und ließ sich von Amalie, die mit dem Rücken zur Eingangstür stand, liebkosen. Er schnurrte laut.

Robin ließ das Futtertütchen und die Postkarte auf den Fußboden fallen und legte sich daneben. Er hechelte wie ein Hund und brachte keinen Ton heraus.

„Uhhh", sagte Amalie. „Was stinkt hier?"

Sie drehte sich herum.

„Oh je. Bist du in eine Jauchegrube gefallen?"

Leo sprang vom Tresen und näherte sich dem braun verschmierten Robin. Doch ein paar Schritte von ihm entfernt blieb er stehen.

„Du stinkst“, miaute er Robin an und kräuselte seine Lefzen.

„Ach … was … du … nicht … sagst!“, stieß Robin immer noch atemlos hervor. Dann legte er sich auf die Seite und schloss die Augen. Wenigstens ein paar Atemzüge lang, dachte er.

Selbst als Amalie ihn mit feuchten Tüchern abrieb, rührte er sich nicht. Er ließ es sich sogar gefallen, dass sie ihn herumdrehte, damit sie seine andere Seite abwaschen konnte. Danach hatte Robin wieder weiße statt braune Beine.

„Wozu das Futter?“, fragte Leo, während Amalie die schmutzigen Tücher wegbrachte.

Robin setzte sich auf. Er öffnete und schloss sein Maul einige Male, um seine Kiefer beweglich zu machen.

„Damit Amalie weiß, warum sie zu uns kommen soll.“

Die Tierpflegerin kam wieder und hatte einen Eimer mit Wasser sowie einen Putzlappen in den Händen. Als sie damit den Boden aufwischen wollte, auf dem Robin eine braune Pfütze hinterlassen hatte, stutzte sie. Sie bückte sich. Doch bevor sie die beiden Fundstücke aufhob, hatte Robin sich die Postkarte geschnappt und Leo hielt die Futtertüte zwischen den Zähnen. Robin rannte zur Tür, dann wieder zurück und legte Amalie die Karte auf die Füße.

„Komm´ mit uns!“, miaute er laut und fordernd.

Amalie runzelte die Stirn. Offenbar begriff sie noch nicht. Da ließ Leo die Tüte aus dem Maul fallen, leckte daran und warf sich auf den Boden. Dort wandte er sich, als ob er unter schlimmsten Krämpfen leiden würde und wimmerte wie ein Kätzchen.

Endlich nahm Amalie das Tütchen und las laut:

„Nutri Gravidus!“

Schon sprang Leo wieder auf und lief zusammen mit Robin zur Tür. Dort miauten sie im Duett.

„Das ist die Adresse deiner Besitzer, Robin!“, sagte Amalie mit Blick auf die Postkarte.

„Ja, genau!“, miauten Robin und Leo synchron.

„Ich habe verstanden. Dass da etwas mit diesem Futter nicht stimmt, weiß ich.“ Sie fixierte Robin mit dem Blick.

„Wie auch immer, ich komme noch dahinter, was ihr damit zu schaffen habt. Wir fahren los.“

Robin und Leo saßen im Wohnzimmer und lauschten gespannt der Unterhaltung. Es kam ihnen wie eine Ewigkeit vor, in der vor allen Dingen Johanna wiederholt ausrief:

„Das glaube ich nicht!“ oder „Das kann doch nicht wahr sein!“

Was sie nicht glauben wollte, war den Katern schleierhaft. Amalie hatte die Wahrheit mitgeteilt: Dass Robin und Leo sie hergeführt hatten, weil hier irgendwo, vermutlich sogar in diesem Haus, ein Katzenmörder sein Unwesen treiben musste. Erst, als Amalie bei dem Spezialfutter für trächtige Katzen ankam, dass es höchstwahrscheinlich mit einem Medikament namens Aborol verunreinigt sei und von daher zu Fehlgeburten führe – erst da wurde Johanna ruhig. Stefan hatte ohnehin wortlos zugehört.

„Elke hat erzählt, dass Sheila wieder trächtig ist“, sagte sie und runzelte die Stirn.

Amalie nickte. „Und zuvor hatte sie eine Fehlgeburt, nicht wahr?“

Johanna schwieg.

„Aber sie haben das Futter von der Tierärztin bekommen“, warf Stefan ein.

Robin rannte zur Wohnungstür.

„Kommt, kommt, wir müssen verhindern, dass Sheila heute zur Tierärztin fährt“, miaute er laut.

Leo sprang auf Amalies Schoß und stieß sie mit dem

Kopf an ihr Kinn.

„Los, mach schon“, miaute er fordernd und lief über ihre Beine weiter auf Johannas und dann auf Stefans Schoß, wo er seine energische Aufforderung wiederholte. Dann rannte er bis zur Zimmertür, drehte sich um und warf sich auf den Boden. Wie schon im Tierheim wälzte er sich wie unter Todesqualen und wimmerte laut.

„Und wenn Jens und Elke ihr dasselbe Futter wieder geben?“

Stefan sprang auf und eilte zur Wohnungstür, Amalie und Johanna im Schlepptau. Robin und Leo flitzten vor den Menschen hinunter in den ersten Stock und kratzten an der Tür.

Elke öffnete. Bruno drängte sich zwischen ihren Beinen in das Treppenhaus.

„Es ist etwas Schlimmes passiert“, miaute er, als er Robin und Leo sah. „Sheila ist gerade mit Jens zur Tierärztin gefahren!“

„Wir müssen etwas tun!“, miaute Leo und rannte die Treppen hinunter.

„Wo willst du hin?“, rief ihm Robin hinterher.

Leo blieb auf dem nächsten Treppenabsatz stehen und drehte sich um.

„Zur Tierärztin, schnell, schnell!“

„Warte!“, miaute Robin gebieterisch. „Wir müssen zuerst dafür sorgen, dass die Menschen erfahren, dass Schmitz der Mörder ist.“

„Und Sheila?“

„Sie muss auf sich selbst aufpassen“, antwortete Robin. „Das kann sie. Sie ist sehr schlau.“

Der Hausflur hallte wieder vor Miauen und lautem Palaver, denn mittlerweile waren auch Amalie, Stefan und Johanna eingetroffen. Sie standen im Hausflur und redeten durcheinander. Robin und Leo kamen hinzu, als Elke eine Hand vor den Mund hob und rief:

„Jens ist mit Sheila zu eurer Tierärztin gefahren, Stefan. Was machen wir jetzt?“

„Ruf′ sie an, schnell!“, sagte Stefan.

Elke lief in die Wohnung, die drei Kater hinterher. Sie nahm das Telefon und drückte hektisch auf den Knöpfen herum. Dann riss sie die Augen auf.

„Oh nein!“, rief sie. „Der Strom ist abgestellt. Der Zettel heute Morgen an unserer Tür, die Bauarbeiten!“

„Handy!“, kommandierte Stefan.

Elke wühlte in ihrer Tasche.

„Ich weiß nicht, wo es ist!“, rief sie mit schriller Stimme.

„Wir müssen zu ihr laufen, ich hab´s dir gesagt!“, miaute Leo zu Robin.

„Dein Handy!“, sagte Stefan zu Johanna. „Du weißt, ich habe keins.“

Johanna rannte die Treppen hoch in ihre Wohnung. Robin hinter ihr her. In ihrer Wohnung hielt Johanna ihr Handy in der Hand. Wie eben schon Elke drückte sie auf einige der Knöpfe.

„Das darf doch nicht wahr sein!“

„Johanna, was ist los?“, rief Stefan von unten.

Johanna lief ins Treppenhaus und beugte sich über das Geländer.

„Der Akku ist leer.“

Sie lief einen Stock tiefer und hämmerte bei Mankowski an die Tür. Nichts war zu hören und Robin wollte schon die Treppen hinunterlaufen, als von drinnen eine Stimme rief:

„Wer ist das?“

Mankowskis Stimme klang barsch wie immer.

„Ich bin´s, Johanna Schöning.“

Johanna knetete ihre Hände und sagte leise:

„Dass ich den Typ um etwas bitten muss."

Dann hob sie ihre Stimme wieder und rief:

„Herr Mankowski, ich muss dringend telefonieren. Ich bitte Sie, haben Sie ein Handy? Der Strom ist abgestellt."

Mankowski schwieg. Dann rief er:

„Machen Sie, dass Sie wegkommen. Ich habe mit Ihnen und dem Rest aus dem Haus nichts mehr zu schaffen. Ich bin sowieso bald raus hier."

„Das ist das Beste, was Sie tun können!", rief Johanna durch die Tür.

„Du musst im Erdgeschoss klingeln!", miaute Robin Johanna an und sprang wieder die Stufen in den ersten Stock hinunter.

Dort saßen Bruno und Leo auf dem Treppenabsatz und folgten mit den Köpfen Elke, die hin und her lief und dabei immer wieder murmelte:

„Hoffentlich schaffen sie es noch. Hoffentlich kommen sie noch rechtzeitig!"

„Wo sind Amalie und Stefan?", fragte Robin den Dicken.

„Sie sind zur Tierärztin gefahren", antwortete der und schnaufte schwer.

„Aber das ist doch gut!", miaute Leo aufgeregt in seiner höchsten Tonlage.

„Genau", sagte Robin. „Und wir müssen Elke und Johanna dazu bringen, zu Schmitz zu gehen. Schließlich weiß seine Frau Bescheid. Die kann alles aufklären."

Von hier oben sahen die Menschen viel kleiner aus. Sheila fühlte sich so dicht unter der Zimmerdecke sicher und dachte nicht mit einem Schnurrhaar daran, ihren Hochsitz zu verlassen. Es war für sie als gut erzogene Rassekatze höchst ungewöhnlich, vor den Menschen zu flüchten, doch hatte sie heute Morgen mit dem Versteck unter der Kommode schon einen ersten Versuch hinter sich und sie musste sich eingestehen, dass daraus ein ganz neues Gefühl resultierte: Sie fühlte sich stark. Das Wort Stärke hatte sie in ihrem Wortschatz bisher wenig benutzt, hatte sie diese Eigenschaft doch mit den weitaus häufiger benutzten Wörtern wie Überlegenheit, Intelligenz oder Sprachgewandtheit nie in Verbindung gebracht. Sich dem Zugriff der Menschen zu entziehen, verlieh ihr mit einem Mal die Möglichkeit, Herrin über sich selbst zu sein. Zumindest für diesen Moment.

„So etwas habe ich noch nicht gesehen. Noch dazu in ihrem Zustand“, sagte einer der beiden klein aussehenden Menschen. Es war die Tierärztin Eva Zack.

„Ph!“, stieß Sheila zwischen den Zähnen hervor und richtete sich auf der Schrankwand in der Tierarztpraxis zu ihrer vollen Größe auf. Sie streckte ihren Schwanz in die Luft, bis seine Spitze an die Zimmerdecke reichte und miaute zu den Menschen hinunter:

„Ich bin einhundertprozentig davon überzeugt, dass du auch noch niemals Junge erwartet hast, die jemand töten wollte und die du nur mit einem ausgesprochen gewagten Sprung auf den höchsten Gegenstand in diesem Raum retten konntest.“

Jens schaute zu ihr hoch und seine Stimme klang in Sheilas Ohren so sanft wie selten zuvor.

„Beruhige dich, Sheila. Alles ist gut. Bestimmt hast du doch auch Hunger, nachdem du den ganzen Tag nichts gefressen hast?“

Sheila legte ihren Kopf schief, machte ihre blaugrauen Augen zu schmalen Schlitzen und fixierte Jens, wie er auf eine Leiter stieg und Sprosse um Sprosse zu ihr hochkam. In seiner ausgestreckten Hand zeigte er ihr ein paar Cracker

Trockenfutter. Sheila ging einen Schritt auf den Rand des Schranks zu. Trockenfutter schadete wohl nicht, dachte sie, schließlich war es das Nassfutter, das gefährlich war.

In diesem Moment wurde die Tür aufgerissen und Amalie und Stefan kamen herein. Sheila wich wieder einen Schritt zurück und Jens ließ das Futter fallen, als er sich abrupt herumdrehte und mit beiden Händen an der Leiter festhielt.

„Frau Zack!“, rief Amalie und lief auf den stählernen Tisch zu, auf dem ein kleines Fläschchen mit einer durchsichtigen Flüssigkeit stand.

„Nutri Gravidus i.v.“, las sie laut vor. „Das dürfen Sie der Katze auf keinen Fall geben.“

„Sheila! Ich heiße Sheila!“, miaute Sheila von oben herunter. Sie hatte sich wieder an den Rand des Schranks vorgewagt. Offenbar hatten die Menschen endlich verstanden – und mit der tatkräftigen Hilfe von Robin von Butzbach, wie Sheila vermutete – worum es ging. Sie streckte ihren Kopf nach unten und beäugte misstrauisch den Schreibtisch, über den sie den Sprung hier hoch gewagt hatte. Plötzlich sah es sehr hoch aus. Wie hatte sie das bloß geschafft?

„Was heißt i.v.?“, fragte Stefan.

„Intravenös“, antwortete die Tierärztin. „Das ist eine Infusion für trächtige Katzen. Aber was ist damit?“

„Wir gehen stark davon aus, dass das Futter und die Infusion gleichen Namens mit Aborol verunreinigt sind.“

„Mit Aborol?“, echote die Tierärztin.

Während Amalie sie aufklärte, begann Sheila auf dem Schrank unruhig hin und her zu laufen. Ihren Welpen konnte nichts mehr passieren, alle wussten, wie gefährlich das Futter war. Jetzt ging es darum, den Serienmörder zu stellen. Sie lief wieder zum Rand des Schranks und tastete sich mit beiden Vorderpfoten ein paar Zentimeter die Wand hinunter. Als sie abermals sah, wie hoch sie über dem Fußboden war, zog sie ihre Pfoten zurück und miaute:

„Holt mich endlich von hier oben herunter!“

Doch die Menschen unterhielten sich so aufgeregt, dass niemand auf sie achtete.

„Es muss der Pharmavertreter gewesen sein“, schlussfolgerte Amalie nach einer Weile des Diskutierens. „Vielleicht hat er etwas damit zu tun oder er weiß zumindest etwas. Das passiert doch nicht von alleine.“

„Wo Sie es ansprechen: Auch der Vertreter, der mir immer die Medikamente bringt, hat mir das letzte Mal eine Gratispackung von dem Futter Nutri Gravidus da gelassen. Das hat mich schon gewundert, schließlich ist es recht teuer“, erzählte die Tierärztin.

„Wie sieht denn Ihrer aus?“, wollte Amalie wissen.

„Groß, etwa eins neunzig, vielleicht Anfang 50 – ach so, ja, und auf dem rechten Handrücken hatte er Narben, wie von einer Katze.“

„Das muss derselbe sein, der auch mir das Futter immer bringt. Robin hat ihn einmal gekratzt, als er bei uns war und ihn anfassen wollte. Daher die Narben.“

„Das ist der Mann aus dem Erdgeschoss!“, miaute Sheila laut in den Raum hinein. „Und holt mich endlich von hier herunter, damit wir ihn überführen können.“

„Stefan, ruf doch mal zu Hause an, während ich Sheila von ihrem Hochsitz hole.“

Wieder kletterte Jens auf die Leiter und diesmal ließ sich Sheila auf den Arm nehmen. Auf sicherem Boden angekommen, sprang sie freiwillig in den offenen Katzenkorb.

„Worauf wartet ihr noch?“, miaute sie.

Stefan hatte den Telefonhörer in der Hand.

„Immer noch tot“, sagte er. „Der Strom wird erst in einer halben Stunde wieder angestellt.“

Elke und Johanna liefen wie hungrige Katzen in Braunfels´ Wohnung hin und her. Vom Wohnzimmer in die Küche, von dort wieder in den Flur und wieder zurück.

„Wir müssen etwas unternehmen“, sagte Elke.

„Ja. Aber was?“, fragte Johanna.

„Genau“, stimmte ihr Leo zu, der an der Wohnungstür saß und auf die Türklinke hochschaute.

„Wir können nicht untätig hier rumstehen.“

„Ich habe so einen Hunger – ich gehe gleich in die leere Wohnung und fresse das Spezialfutter für trächtige Katzen. Mir kann es nicht schaden“, knurrte Bruno und starrte zu dem Speisenaufzug.

„Lass´ das“, schalt ihn Robin. „Wir müssen in die Wohnung von Schmitz. Aber nicht über den Aufzug. Die Menschen müssen mitkommen.“

Robin begann, die Wohnungstür mit den Krallen zu bearbeiten. Leo half ihm dabei. Als sich Robin nach Bruno umschaute, lag der auf dem Fußboden, wälzte sich um die eigene Achse und brummte laut. Elke wäre fast über ihn gestolpert. Da krümmte sich Bruno zusammen und wimmerte.

„Was machst du da?“, fragte Robin.

„Ich mache eine Geburt vor“, wimmerte Bruno. Dann warf er seine Stirn in Falten. „Ich mache eine Geburt nach.“

„Ich glaube nicht, dass die Menschen das erkennen können“, sagte Robin.

„Stimmt. Ich habe es auch nicht erkannt“, miaute Leo.

„Macht endlich auf!“, miaute es.

Robin sah Leo an, Leo sah Bruno an. Keiner hatte etwas gesagt.

„Macht schon!“, miaute es wieder. Es kam aus dem Treppenhaus. Auch Elke musste es gehört haben, denn sie öffnete die Tür. Herein hinkte Streuner. Im Maul hatte er ein Stück Zeitung. Das legte er Robin vor die Füße.

„Wer bist denn du?“, fragte Elke, bückte sich zu dem Schwarz-Weißen und streckte die Hand nach seinem Kopf aus. Doch Streuner wäre nicht Streuner, wenn er sich eine Streicheln ohne Not gefallen lassen würde. Er duckte sich, fauchte und kroch unter die Kommode.

„Schon gut“, sagte Elke und stand wieder auf.

„Mittlerweile habe ich auch den Eindruck, dass wir hier eine Katzen-Connection der besonderen Art haben“, sagte Johanna, die in den Flur gekommen war.

„Na endlich kapiert ihr es“, miaute Streuner unter der Kommode hervor.

„Was ist das für ein Stück Zeitung?“, fragte Robin und schnüffelte daran. Es roch nach Amalie.

„Ich habe es aus dem Tierheim geholt“, antwortete Streuner.

„Wann?“, fragte Leo und machte große Augen.

„Heute“, antwortete Streuner einsilbig. Als ihn die drei anderen Kater wortlos anstarrten, setzte er hinzu:

„Schließlich hatte ich den ganzen Tag Zeit. Das habe ich auch hinkend geschafft. Mir ist eingefallen, dass die Tierpflegerin kürzlich daraus am Telefon vorgelesen hat. Darin steht etwas von dem Futter und dem Medikament und woher das kommt.“

Robin nahm das Zeitungsstück zwischen die Zähne und trug es zu Johanna.

Sie schaute eine Weile schweigend darauf.

„Sie liest nicht laut!“, miaute Leo empört.

„Obwohl ein anderer Mensch dabei ist“, fügte Bruno missbilligend hinzu.

„Auf Menschen ist kein Verlass“, knurrte Streuner, der mittlerweile auf der Schwelle der immer noch offenen Tür saß.

„Ruhe!“, fauchte Robin all drei an und wandte sich dann Johanna zu. Die ließ das Papier sinken.

„Das wird immer seltsamer“, sagte sie zu Elke gewandt.

„Was denn?“, fragte Elke.

„Hier steht, dass das Katzenfutter Nutri Gravidus im Verruf steht, bei trächtigen Katzen zu Fehlgeburten zu führen.“

„Das wissen wir schon“, meinte Elke.

„Was wir nicht wussten: Die Firma, die das Futter und das Medikament Aborol herstellt, heißt Mikral.“

„Wird auch langsam Zeit“, miauten Robin und Leo wie aus einem Maul.

Elke schaute Johanna mit hoch gezogenen Augenbrauen an.

„Herr Schmitz arbeitet bei Mikral.“

„Endlich!“ „Los jetzt!“ „Ja, er ist es!“ „Fangt ihn!“ Alle vier Kater miauten durcheinander, bevor sie durch die offene Tür stürzten und die Treppen ins Erdgeschoss hinunterfegten.

Dort miauten sie vor der Wohnungstür. Kathrin Schmitz öffnete.

Die Kater schossen in die Wohnung hinein. Robin lief ins Wohnzimmer. Leo ins Bad. Bruno in die Küche. Nirgends war Schmitz. Als sie wieder in den Flur kamen, saß Streuner vor einer angelehnten Tür.

„Hier ist er“, knurrte er.

„Bist du sicher?“, miaute Robin ebenso leise zurück.

„Ich habe ihn reden hören. Ich weiß, wie sich seine Stimme anhört“, antwortete Streuner und streckte Robin sein kahles Hinterbein entgegen.

Johanna und Elke sprachen mit Kathrin Schmitz und beachteten die Kater nicht.

„Du hältst dich zurück“, befahl Robin Streuner. „Du bist

im Nachteil wegen deines Hinkebeins."

Zu Bruno und Leo gewandt miaute Robin leise:

„Wir gehen da rein und versuchen, ihn zu Fall zu bringen. Wenn er liegt, dann beißen wir ihm alle drei auf einmal in seine Beine. Dann kann er nicht mehr weglaufen."

Sie schoben die Tür mit ihren Köpfen in dem Moment auf, als Schmitz vor einem Bett auf dem Boden kniete und einen Karton hervorzog. Oben auf dem Bett standen zwei weitere Kartons. Auf den Kartons waren kleine Kätzchen abgebildet, die alle mit dicken, roten Kreuzen durchgestrichen waren.

„Ich muss die nur noch entsorgen und dann kann mir keiner was", sagte er halblaut.

Mit dem Karton auf dem Arm erhob er sich und drehte sich um. Die drei Kater standen auf der Türschwelle und versperrten ihm den Weg.

„Ihr schon wieder!", sagte er ärgerlich.

„Auf ihn!", miaute Leo und stürzte sich auf das rechte Bein von Schmitz. Doch der machte einen Satz nach vorne, Leo prallte gegen den Bettpfosten und blieb benommen liegen.

Bruno klemmte den Schwanz ein und versteckte sich hinter Elke, die die Szenerie vom Flur aus beobachtete.

„Wir müssen etwas tun!", sagte sie zu Johanna, rührte sich aber nicht vom Fleck.

„Wir haben mit Ihrer Frau gesprochen, Herr Schmitz. Sie hat uns das bestätigt, was wir ohnehin schon ahnten. Wie konnten sie nur?"

„Sie haben ja keine Ahnung!", schrie Schmitz den Frauen entgegen. „Sie mit ihren Beamten-Lehrerpöstchen wissen nicht, wie beinhart der Kampf da draußen auf dem freien Markt ist. Da hat man leicht reden, wenn einem die Stelle auf immer und ewig sicher ist. Aber ich muss da jeden Tag raus und muss kämpfen und muss mich behaupten und habe eine Eigentumswohnung gekauft, die abbezahlt werden muss und werde nicht befördert, obwohl ich es schon längst verdient hätte."

„Jetzt dreht er völlig durch", sagte Johanna zu Elke.

Während Schmitz schrie, stand er noch immer mit dem Karton auf dem Arm im Schlafzimmer. Hinter ihm kam Leo wieder zu sich. Er hob seinen Kopf und kam wackelig auf die Pfoten. Robin stand im Flur, zwei Menschenschritte von Schmitz entfernt und hatte jeden Muskel angespannt. Mit aufgestelltem Rückenhaar blickte er durch den Spalt zwischen Schmitz′ Beinen hindurch Leo an und nickte. Das war das Kommando.

Robin sprang von vorne auf das rechte Bein des Mannes, Leo von hinten auf dessen linkes Bein. Robin hatte etwas zwischen den Zähnen und biss blindlings zu. Schmitz schrie auf, ließ den Karton fallen, bückte sich und griff Leo am Nackenfell. Dann zerrte er ihn weg von seinem Bein und warf den jaulenden Kater in hohem Bogen in die Küche hinein. Mit dem freien Fuß holte er aus und trat Robin gegen die Flanke. Robin fauchte und lockerte seinen Biss. Ein zweiter Tritt streifte ihn am Hinterteil und er fiel um.

Im nächsten Moment sprang Schmitz vorwärts und stieß Johanna zur Seite. Elke presste sich mit Bruno auf dem Arm an die Flurwand. Schmitz rannte an ihr vorbei ins Treppenhaus.

Robin setzte in großen Sprüngen hinter Schmitz her. Er drehte seinen Kopf und sah, dass Bruno und Leo hinter ihm aus der Wohnung gerannt kamen.

„Schnell, die Tür!", rief Robin und nahm die letzten vier Stufen auf einmal. Durch den enger werdenden Spalt der zufallenden Haustür flitzte er nach draußen.

Vom Gehweg aus sah er Schmitz an seinem Auto stehen.

Der Mann suchte in seinen Jackentaschen nach etwas. Das schien er gefunden zu haben, denn er machte sich an der Autotür zu schaffen. Mit einem Satz war Robin auf dem Autodach. Er sah, wie Leo und Bruno gleichzeitig aus dem Außenausgang des Essensaufzugs sprangen. Robin machte einen Buckel, richtete seine Rückenhaare auf und fauchte Schmitz an.

Schmitz hielt in seiner Bewegung inne. Langsam hob er den Kopf und starrte Robin an. Der Kater wich einen Schritt zurück. Vor diesem Mann musste man auf der Hut sein. Wieder senkte Schmitz den Kopf und öffnete die Autotür. Robin richtete sich auf den Hinterbeinen auf, schlug mit ausgefahrenen Krallen in die Luft und knurrte.

Schmitz ließ von der Autotür ab. Im selben Moment hielt hinter dem Auto ein anderer Wagen mit quietschenden Reifen. Der Mann drehte sich um und rannte die Straße hinunter.

Stefan und Amalie stiegen aus dem Auto und schauten Schmitz nach. Gleichzeitig rannte Johanna über den Gehweg vom Haus zum Bürgersteig und rief Stefan zu:

„Schnell, Stefan, der Schmitz ist der Kätzchenmörder!“

Stefan sprintete hinter Schmitz her, Robin und Leo hinter Stefan. Robin kannte den Weg. Es war fast derselbe, den sie des Nachts genommen hatten, um das tote Kätzchen ins Tierheim zu bringen – mitten durch die Stadt.

Schmitz rannte die Straße entlang. Ein paar hundert Schritte hatte er Vorsprung. Dann schlug er einen Haken nach links und verschwand hinter eine Hecke. Stefan folgte ihm, sprang über einen Jägerzaun in einen Garten und machte ein Hockwende über einen Lattenzaun zum nächsten Garten.

„Nicht schlecht für einen Menschen“, miaute Robin, als er dicht hinter Stefan mit einem Satz auf dem Zaun war und für zwei, drei Sekunden dort balancierte. Er wartete auf Leo, der sich mit den Vorderpfoten oben am Zaun festklammerte und hinüberzog. Ein paar Sprünge weiter und sie hatten die Bundesstraße erreicht. Dort am Rand stand Stefan und konnte nicht hinüber, der Verkehr war zu stark.

Auf der anderen Straßenseite verschwand der Kätzchenmörder in der Straße, die zum Marktplatz führte.

Streuner schaute den Verfolgern nach. Dann setzte er sich auf den Bürgersteig. Mit seinem lädierten Bein war er zu langsam, um mit ihnen mitzuhalten. Er knurrte. Sollte er wirklich gar nichts tun können, um den Verbrecher zur Strecke zu bringen? Er hatte ihn überfahren, achtlos in den Kofferraum geworfen, mit Kartons beschwert. Gar nicht zu sprechen von seiner früheren Gewalttat im Tierheim Amalienhof. Streuner stand auf und ging los. Er begann zu traben, wobei er sich in einem eigentümlichen Wiegeschritt vorwärts bewegte. Das lag daran, dass er seine Hinterpfote bei jedem Schritt über den Boden nachzog. Streuner schlug einen anderen Weg als die Verfolger ein. Wenn er verfolgt würde und die Gegner wären in der Übermacht, würde er versuchen, ihnen dauerhaft zu entkommen. Und das ginge nur, indem er sein Revier verlassen würde.

Menschen verließen ihre Reviere mit Autos, aber seines hatte der Killer vor dem Haus stehen lassen. Menschen verließen ihre Reviere außerdem mit dem Zug. Also musste der Täter zum Bahnhof. Es gab einen kürzeren Weg als den durch die engen Gassen der Altstadt. Streuner lief den Bürgersteig entlang der Bundesstraße und der Einfachheit halber tat er das auf drei Beinen. So war er schneller, als wenn er hinkend trabte. Und dann sah er die Treppe vor sich, die hoch zur Brücke führte. Oben waren die Schienen. Streuner trabte am äußersten Rand der Brücke neben den Schienen und lauschte dabei mit nach hinten gewandten Ohren. Die Züge waren schnell. Der Einstiegsort war nur ein paar hundert Katzenlängen vor ihm.

Stefan blieb abrupt stehen, sodass Robin von hinten in seine Beine rannte. Die Menschen, die kurz vor Geschäftsschluss in der Fußgängerzone unterwegs waren, schauten die beiden überrascht ab. Robin hatte sich sofort gefangen und lief weiter. Doch Stefan kam nicht. Robin drehte sich um. Stefan stand nach vorne gebeugt, die Hände auf die Oberschenkel gestützt und atmete heftig.

„Kann – nicht - mehr“ stieß er atemlos hervor.

„Los, weiter!“, miaute Leo, der ausnahmsweise ein paar Meter vor Robin war. Robin rannte weiter und sah, wie Schmitz weiter vorne um die Ecke bog. Er erschrak. Diese Straße führte zum Bahnhof. Robin legte an Geschwindigkeit zu und überholte Leo. Er bog um die Straßenecke zum Bahnhofsvorplatz, setzte über einen Blumenkübel und wich einem Taxi aus. Dann sah er ihn.

Schmitz machte an der Unterführung Halt.

Vor ihm stand Streuner.

Ein Zug fuhr auf den Bahnhof zu.

Schmitz holte mit dem Fuß aus. Streuner warf sich zur Seite. In dem Moment, in dem der Mann mit einem Bein in der Luft war, sprang Streuner ihn von hinten an und biss in die Wade seines Standbeins. Robin hörte Schmitz´ Schrei über den Platz schallen. Dann stürzten beide zusammen die Treppe hinunter.

Auf dem oberen Treppenabsatz angekommen hielten Robin und Leo an.

„Streuner!“, miaute Leo erschrocken.

Der schwarz-weiße Kater lag am Fuß der Treppe neben Schmitz. Beide regten sich nicht.

„Streuner!“, rief auch Robin.

Da hob der Schwarz-Weiße den Kopf und setzte sich auf. Er schüttelte sich, streckte seinen Schwanz in die Luft und schnüffelte an Schmitz. Als der sich immer noch nicht rührte, setzte sich der Kater auf dessen Brust.

„Hab ihn!“, miaute er mit stolz erhobenem Kopf.

Alle Fünfe

Leo, Bruno, Streuner, Sheila und natürlich er selbst. Robin schaute einen nach dem anderen in der Runde an. Sie saßen in der leeren Wohnung, die immer noch ihr geheimer Treffpunkt war. Die Sonne schien durch das Erkerfenster und die Blätter des Kastanienbaums warfen Schatten wie winkende Hände an die Wände. Auf der Fensterbank zwitscherte eine Amsel, für die sich keiner interessierte.

Schmitz war nicht tot. Da hatten sie sich zu früh gefreut. Als Streuner ihn vor drei Tagen erlegt hatte, war er lediglich bewusstlos gewesen. Wie Stefan, der doch noch an den Unfallort gekommen war, festgestellt hatte. Er hatte einen Krankenwagen gerufen, Schmitz war in ein Krankenhaus gekommen und auch die Polizei war mittlerweile im Spiel.

Bruno saß neben Sheila und drückte sich an ihren rundlichen Bauch. Auf der anderen Seite tat Streuner das Gleiche. Endlich hatte Robin den Kopf frei für das, was ihn immer wieder beschäftigte, seit er dem Schwarz-Weißen begegnet war. Im Laufe der Ermittlungen waren sie sich wieder etwas näher gekommen. Er konnte es wohl wagen.

„Willst du bei uns wohnen?“, fragte Robin ihn.

Streuner schwieg.

„Ich weiß, dass du draußen gut alleine zurecht gekommen bist“, sagte Robin. „Aber jetzt hinkst du. Du kannst dich nicht mehr so gut alleine versorgen. Du bist in noch größerer Gefahr als in gesundem Zustand, wenn du Straßen überquerst."

Streuner erhob sich auf alle Viere und schaute in die Runde.

„Bei den Menschen?" Er blies die Luft durch die zusammengepressten Zähne, was einen zischenden Laut verursachte.

„Nun, in erster Linie bei mir", entgegnete Robin

„Und bei mir", fügte Sheila hinzu und stupste Bruno mit dem Kopf an.

„Bei mir auch", miaute schließlich Bruno.

Streuner schluckte. Dann wischte er sich mit der Pfote über die Augen.

„Ich – überlege es mir."

„Wenn ich du wäre, würde ich nicht so lange überlegen. Sonst ziehe ich hier ein, ich bin schon ganz neidisch", miaute Leo. Obwohl, wenn er es sich recht überlegte, das Leben auch in seinem Haus in den vergangenen Wochen schöner geworden war. Eines Tages war Matsche zu Lotte zu Besuch gekommen. Er entschuldigte sich dafür, dass er Leo geärgert hatte. Gerührt vergoss Lotte ein paar Tränen und schenkte ihm eine Tafel Schokolade. Matsche schenkte Leo eine Packung Käsecracker. Und Leo erfuhr, dass Matsche mit richtigem Namen Mika hieß.

Drei Wochen später saß Sheila auf ihrem Lammfell, das unter dem Erkerfenster in ihrem Wohnzimmer lag. Mit einer Pfote angelte sie nach dem kleinen, noch blinden Kätzchen, das vom Fell auf den Teppich getorkelt war und schob es zurück auf die weiche Unterlage. Die anderen vier Welpen hingen an ihren Zitzen. Seufzend legte sie sich auf die Seite, um auch dem fünften Platz an ihrem Bauch zu machen.

„Sie sehen aus wie du, Bruno", miaute Leo.

„Nein, wie Streuner", gab der dicke Kater zurück.

„Also eigentlich ähneln sie vor allen Dingen Sheila", warf Robin ein.

„Keiner von euch unerfahrenen Katern hat recht", miaute Sheila und hob ihren Kopf von dem Fell. „Wenn ihr meine wunderschönen Kätzchen einmal genauer betrachten würdet, würdet ihr erkennen, dass sie sowohl aussehen wie Streuner als auch wie Brünó und ich."

So war es auch. Zwei der Kätzchen waren reinrassige British Shorthair, eines zimtfarben, das andere blaugrau. Zwei andere sahen eher aus wie Streuner, kurzes schwarzes Haar mit weißen Flecken das eine, mehr weiß mit schwarzen Flecken das andere. Das fünfte aber vereinte alle drei in sich. Das unregelmäßig lange Haar war dreifarbig gescheckt in Schwarz und Rotbraun, der Bauch und die Beine weiß: eine Glückskatze. Wer genau hinschaute, sah einen kleinen, blaugrauen Fleck auf der Nasenspitze.

Sheilas Geburt war vorgestern gewesen, aber erst heute hatten die Kater die Gelegenheit, in Abwesenheit von Elke und Jens den Nachwuchs zu betrachten.

„Was haben Elke und Jens dazu gesagt, dass sie nicht nur reinrassige Kätzchen haben?", fragte Robin.

Sheila nahm eines nach dem anderen am Nacken ins Maul und legte es beiseite. Dann setzte sie sich auf.

„Elke und Jens waren ausgesprochen erfreut und über die Maßen erleichtert, dass die Geburt endlich reibungslos verlaufen ist und die Welpen alle gesund zur Welt gekommen sind; wenn ich ihren Worten Glauben schenke, und das tue ich, dann freuen sie sich über alle Kätzchen gleichermaßen."

Streuner sprang vom Sofa herunter, auf dem er während der Unterhaltung gelegen hatte. Er beschnüffelte das zimtfarbene British Shorthair Kätzchen und knurrte. Sheila schob sich zwischen die Welpen und den schwarz-weißen Kater, stellte ihr Rückenhaar auf und fauchte ihn an.

„Du wirst artig und freundlich zu deinen Kleinen sein und ihnen nichts antun, auch wenn sie wie Brünó aussehen, sonst werde ich zum ersten Mal in meinem bisherigen Leben mit einem Artgenossen kämpfen und auch wenn dieser Artgenosse mein Gefährte ist, so werde ich ihn bekämpfen und besiegen, das verspreche ich dir."

Streuner wich ein paar Schritte zurück.

„Schon gut, es ist nur so, plötzlich sind sie da und du hast nur noch Augen für sie."

„Mach´ dir nichts draus", miaute Bruno. „Das kenn´ ich. Das geht vorbei."

„Also gut", meldete sich Robin, der sich aus dieser Auseinandersetzung herausgehalten hatte. Mit Katzenmüttern war nicht zu spaßen, das wusste er aus Erfahrung.

„Nachdem wir alle über Sheilas und Streuners Kätzchen Bescheid wissen, wollt ihr vielleicht wissen, was mit Schmitz passiert ist?"

Alle Kater- und Katzenköpfe drehten sich ihm zu. Die Welpen piepsten und versuchten, wieder an Sheilas Milchdrüsen zu gelangen.

„Ich habe nicht alles verstanden, was Stefan gestern Abend Johanna erzählt hat. Wegen der beiden toten Kätzchen kann die Polizei nichts mehr machen."

„Waas?" „Warum nicht?" „Das ist unerhört!" „Menschen! Ich sag´s ja immer!"

„Ruhe!", fauchte Robin. „Ich ärgere mich selbst. Aber so ist es: Amalie müsste bei Floras Kätzchen nachweisen, dass Schmitz der Täter war und die Braunfels´ müssten dasselbe bei deinem Kätzchen tun, Sheila. Beides geht nicht, weil Floras Geburt schon zu lange vorbei ist und bei Sheilas Geburt der Polizei die Beweise fehlen, dass es tatsächlich

Schmitz war. Obwohl wir alle wissen, dass er es war."

Leo, Bruno, Streuner und Sheila schwiegen.

„Aber wahrscheinlich wird er trotzdem bestraft. Wortwörtlich hat Stefan gesagt: Die Staatsanwaltschaft erhebt Anklage wegen Schädigung des Arbeitgebers…"

„Was heißt Staatsanwaltschaft?", fragte Leo und schubste den schwarz-weißen Welpen mit der Schnauze auf das Lammfell zurück.

„Ich danke dir, mein kleiner, roter Freund", miaute Sheila, packte den Ausreiser am Nacken und legte ihn zwischen ihre Vorderpfoten.

Robin räusperte sich, um wieder die ungeteilte Aufmerksamkeit der Gruppe zu bekommen.

„Ich glaube, dass die Staatsanwaltschaft so etwas Ähnliches ist wie die Polizei, nur dass sie die Befehle gibt und die Polizisten die Befehle ausführen müssen. Sie wissen mittlerweile, dass Schmitz das Futter mit dem Medikament verunreinigt hat. Sie haben den Schuppen gefunden und seine Fingerabdrücke auf den Tütchen."

„Aber wie haben sie den Schuppen gefunden?", fragte Streuner.

„Schmitz selbst hat es ihnen erzählt. Stefan hat gesagt, dass er wohl keinen anderen Ausweg mehr gesehen hat. Die Polizei wusste schon zu viel. Und zwar von seiner Frau. Sie hat alles erzählt. Und deshalb wird er bestraft, weil er der Firma, für die er arbeitet, absichtlich geschadet hat."

Die fünf schwiegen. Es war alles gesagt. Die Welpen fanden das nicht. Sie piepsten mit geschlossen Augen und weit geöffneten Mäulern und traten mit ihren kleinen Pfoten gegen Sheilas Bauch. Wieder seufzte sie und legte sich auf die Seite.

Etwas später lag Robin neben Johanna auf dem Sofa und hatte die Augen geschlossen. Nur seine Ohren, die sich bei jedem Geräusch ein Stückchen in die entsprechende Richtung drehten, verrieten, dass er nicht schlief. Stefan blätterte in der Zeitung.

„Na so was", sagte er. „Unsere Gegend scheint für Katzen wirklich ein gefährliches Pflaster zu sein."

Robin setzte sich auf und spitzte die Ohren.

Was sonst noch zu sagen ist

Ich danke meinen FreundInnen und Bekannten, die den Katzenkrimi aufmerksam lasen und mich auf Fehler hinwiesen. Immer war ihre Kritik konstruktiv und brachte mich ein Stück weiter. Sie haben wahre Geburtshilfe geleistet. Ich danke auch meinem Mann, der mit mir oft diskutierte, wenn es im Plot mal wieder hakte. Unser Kater Krümel, der sich gerne einen Platz auf meinem Schreibtisch sucht, inspirierte mich außerdem.

Figuren

Robin, der Chef
Europäisch Kurzhaar mit einem Schuss Perser, grauschwarz getigert, weißer Bauch, weiße Beine. Er ist der größte Kater von Butzbach und brummt am lautesten.

Leo, der Youngster
Europäisch Kurzhaar, rot. Der Jungkater piepst lieber als dass er miaut und hat sich Robin zum Vorbild gewählt.

Streuner, der Wilde
Mischling, schwarz-weiß. Der halbe Wildkater ist nirgendwo zu Hause und hält alle Kater und Menschen für seine Feinde.

Sheila, die Vornehme
Britisch Kurzhaar, Russisch Blau. Die einzige Katze in dem Ermittlerteam ist eine Rassekatze, die aus Frankreich stammt und es liebt, selbst einfache Dinge möglichst umständlich auszudrücken.

Brünó, der Depressive
Britisch Kurzhaar, zimtfarben. Stammt ebenfalls aus Frankreich. Sheilas Gefährte und Mitbewohner. Er ist dick und depressiv.

Diverse Katzenbesitzer
Europäisch Kurz- und Langhaar. Kommen erst durch die Ermittlungsarbeit der Katzen-Soko darauf, wer die Kätzchen auf dem Gewissen hat.